최강자 남주의 라이벌을 그만두었더니

I

최강자 남주의
라이벌을 그만두었더니

유나진 장편소설

✦ I ✦

블라썸

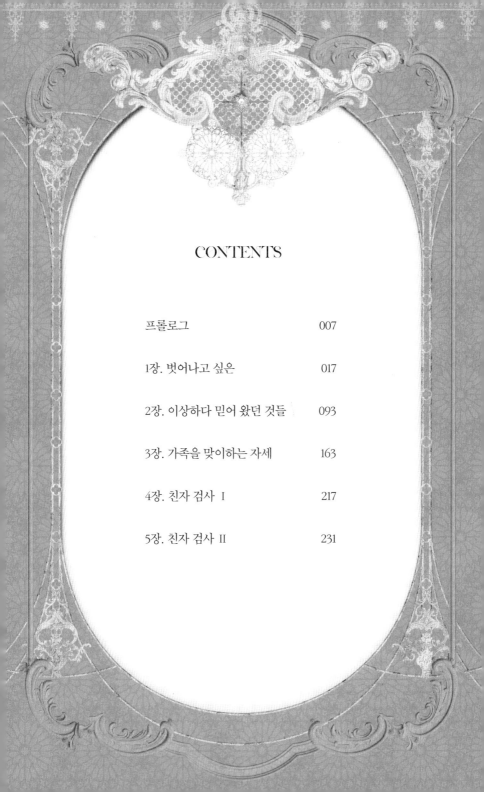

CONTENTS

프롤로그

"아나벨! 당장 안 일어나?"

잔뜩 날 선 목소리가 고막을 때렸다.

"네가 지금 이럴 때야? 새벽같이 일어나서 훈련해야 할 것 아니야!"

문을 벌컥 열어젖히며 리어드가 소리를 질렀다.

"이번이 마지막 기회다! 이번에도 검술 대회에서 1등을 하지 못하면 너는 영영 버림받은 사생아 그 이상도 그 이하도 아니야!"

나는 한숨을 쉬며 침대에 누운 채로 고개를 돌렸다. 연보랏빛 머리카락이 길게 늘어졌다.

"대체 왜 며칠 동안 훈련장도 안 가고 늘어져만 있는 거야? 정신 안 차릴래?"

'하필이면 이런 역할로 태어나다니…….'

며칠 전, 최선을 다해 살아온 내 삶에 커다란 변화가 나타났다. 갑자기 전생이 떠오른 것이다. 심지어 내가 살고 있는 이 세계는 전생에 읽었던 책 속이라는 것도 깨달았다.

책 속의 한 인물로 태어났다는 사실과 이미 정해진 미래에 좌절한 나는 며칠간 방에 틀어박혀 있는 중이었다. 처음에는 인정하기 싫어서 부정했지만, 점점 더 기억은 선명해지고 전생의자아까지 완전히 융합되었다.

하다못해 남주를 짝사랑하는 악녀로 태어났다면 이 정도로 막막하지는 않았을 것이다. 그렇다면 짝사랑만 그만두고 다른 인생 살면 되니까.

게다가 그냥 처음 환생할 때부터 알고 있었으면 모를까 스물두 살의 봄에 갑자기 떠오를 건 뭐람. 스물두 해 동안 원작에 충실해서 업보란 업보는 다 쌓아왔는데 말이다.

"이번에도 이안 웨이드로스에게 질 셈이야?"

내가 다시 태어난 역할인 아나벨 나디트는 남주인 이안의 라이벌이었다. 아니, 아나벨만 이안을 라이벌로 생각하고 이안은 아나벨을 신경도 쓰지 않았다. 이안은 1등이고 아나벨은 2등이니까.

제국의 검술 대회는 4년에 한 번씩 열리는 거대한 행사였다. 얼마나 거대한 행사였냐면 1등을 하면 작위를 줬다. 그런데 문제는 1등만 준다는 것이었다.

'1등만 기억하는 더러운 세상은 여기도 저기도 다 똑같네.'

심지어 24세 이하라는 나이 제한까지 있었다.

'나이 많으면 기회조차 없다는 것도 똑같아.'

나는 이제 22세, 그러니까 얼마 뒤에 열리는 이번 검술 대회가 마지막 기회인 셈이었다.

"무슨 수를 써서라도 작위를 받아야 할 것 아니냐!"

리어드가 다시 한번 호통을 쳤다.

"설마 내 물밑 작업만 믿고 있는 건 아니겠지? 그놈은 괴물이야. 팔다리 다 잘라 놔도 만만치 않은 상대인 걸 너도 알잖아!"

나는 제국의 고위 귀족 중 하나인 아베데스 후작의 사생아였다. 사생아가 귀족가의 자제로 인정받기 위해서는 스스로 작위를 따내야 했다.

어머니가 돌아가시면서 내 보호자는 아버지가 다른 오빠인 리어드가 되었다. 내가 어린 시절부터 검술에 재능을 보인 이후, 리어드의 목표는 내가 작위를 따내어 당당히 아베데스 후작가의 일원이 되는 것이었다.

"언제까지 이렇게 구질구질하게 살 건데?"

'저 쓰레기가 여동생 팔아 호강할 생각에 또 발광하네.'

리어드에게 중요한 것은 아베데스 후작가의 재산이었다. 내가 후작가의 일원이 되면 상속권이 생겨서 적어도 광산 몇 개가 낀 영지 정도는 받을 수 있을 테니까. 어머니가 나를 낳으며 아베데스 후작에게 꽤 많은 돈을 받아 나름 부유하게 살면서도 리어드는 만족하지 않았다.

"리어드, 이런 걸 구질구질하다고 욕하면 대부분의 사람들에게 맞아 죽어."

어차피 이제 나는 검술 대회의 결말을 알고 있었다. 이안 웨이드로스는 이길 수 있는 사람이 아니었다. 말 그대로 세계관 최강자여서 나 같은 사람 열 명이 달려들어도 단숨에 제압해 버릴 인간이었다. 그걸 인정하기 싫어서 지금까지 죽어라고 헛짓거리만 해 온 것이었다. 혼란스러워도 이제 받아들이고 다른 인생을 살아야 했다.

'원래부터 나와 비교도 안 됐지, 뭐.'

제국 제일의 귀족 가문인 웨이드로스 공작가의 후계자 이안 웨이드로스는 완벽한 존재였다. 미래를 생각하려면 일단 그 사실은 인정하고 계획해야 했다.

'물론 간절히 바라면 우주가 내 소원을 이루어 준다고, 내가 뼈를 깎는 심정으로 열심히 노력하면 개미 발톱만큼의 가능성이 있을지 모르지만……'

나는 리어드가 옆에서 뭐라고 빽빽대든 말든 무시하고 거울을 바라보며 가만히 생각에 잠겼다.

'솔직히 그 가능성에 인생을 걸 수는 없어. 게다가 지금까지 뼈를 깎는 심정으로 노력을 안 한 것도 아니고.'

미래를 모두 알아 버린 나는 이제 고위 귀족의 후계자가 되어 떵떵거리고 사는 것을 완전히 포기했다. 리어드의 명의로 되어 있는 재산만 받더라도 평생 놀고먹을 수 있을 텐데.

그리고 전생의 자아까지 섞이고 나니 더 또렷하게 보였다. 귀족의 일원으로 인정받고 싶었던 그 소망은 내 것이 아니라 내 가족들의 것이었다. 내가 진정으로 원하던 건 남들의 부러움이나 1등 그 자체가 아니라 사실……

"이번에는 반드시 우승할 수 있어. 내가 열심히 물밑 작업 중이잖아. 그런데 정작 네가 이렇게 슬럼프에 빠져 버리면……."

상념에 빠져 있을 새도 없이 리어드가 씩씩거리며 말을 이었다.

그 물밑 작업 때문에 우리가 다 망하는 게 미래라고…….

그 미래 생각만 하면 머리가 지끈거리기 시작했다.

"리어드, 제발 입 좀 다물래? 시끄러워."

"뭐? 너 잘되기만을 바라는 나한테 지금 시끄럽다고 한 거야?"

"응, 정확해. 그러니까 이제 나가."

가뜩이나 속이 시끄러운데 리어드까지 꽥꽥대니 정신이 하나도 없었다.

"네가 감히!"

"머리카락 잘리고 나갈래?"

나는 음산하게 말하며 검을 쥐어 보이는 시늉을 했다.

"또 모르지. 요새 네 말대로 훈련을 안 해서 실수로 머리를 잘라 버릴지."

만년 2등이지만 어쨌든 제국에서 검술로 2등은 2등, 리어드 따위는 무력으로 제압이 가능했다.

리어드가 멈칫하더니 씩씩대며 나가 버렸다.

나는 혼자 남아 다시 침대에 벌러덩 드러누웠다.

어차피 안 될 검술 대회 1등은 신속하게 포기한다. 미래를 다 알고 있는데 똑같이 행동하는 건 바보들이나 할 짓이었으니까.

하지만 문제가 남아 있었다. 4년 전 대회에서 발릴 대로 발린 나는 정정당당하게 승부를 볼 수 없음을 깨달았다. 그래서 이미 이안을 어떻게 해서든 이기기 위해 리어드와 함께 별별 음모를 다 꾸며 놓은 것이다.

'결국에는 다 들키는데, 내가 미쳤지!'

나는 한숨을 쉬며 두 손에 얼굴을 묻었다.

리어드가 이안을 해치기 위해 꾸며 둔 음모는 결국 다 들키고 우리는 패가 망신할 예정이었다. 읽을 때는 가차 없는 사이다라며 좋아했는데, 내가 바로 그 역할로 다시 태어나다니!

'있는 재산이라도 지켜야 해.'

패가망신이 뭐야, 둘 다 고소당해서 재판으로 참교육을 당하고 감옥 엔딩을 맞았다.

'아니, 재산이 문제가 아니고 감옥행부터 피해야지.'

그렇다고 이미 파 놓은 함정을 다 뒤집어엎기에는 모든 일 처리를 리어드가 도맡아 해서 무리였다.

'리어드는 절대로 취소할 리 없는데.'

그렇다면 방법은 하나뿐이었다. 패가망신하기 전에 이안에게 피해가 가지 않도록 해야 했다.

"건방진 자식, 두고 봐. 너를 꺾고 말 거야. 무슨 수를 써서라도!"

"기사도부터 제대로 배우고 와라."

혐오감에 물든 붉은 눈이 기억 속에 생생했다.

"비열한 수 쓰며 달려들지 말고."

이안 웨이드로스는 말 그대로 모든 것을 다 지닌 사람이었다. 찬란하게 빛나는 금발, 섬뜩하지만 루비를 품은 것같이 아름다운 붉은 눈, 웨이드로스라는 유서 깊은 집안, 엄청난 검술 실력까지. 사생아 출신인 나와는 완전히 다른 배경을 타고난 자였다. 그렇기에 그동안 내가 기를 쓰고 그를 이기려 애썼는지도 모른다.

13

이기려 애쓰는 것까지는 괜찮았다. 근성 있고 얼마나 좋아. 그러나 문제는 정정당당하지 못하다는 점이었다. 마지막 검술 대회를 앞두고 우리가 꾸민 짓은 분명 범죄였다. 그러니까 범죄자의 당연한 결말을 맞는 것이고…….

웨이드로스 공작가는 기사도로도 유명한 집안이었다. 그래서 비열한 수를 써서 유일한 후계자를 해치려 했다는 걸 알았을 때 누구보다도 잔혹해졌다.

'들키면 절대 안 돼.'

얼마나 계략을 열심히 짰는지 검술 대회 직전까지 이안을 해치려는 계획이 줄줄이 이어져 있었다. 이미 검술 대회 참가 신청은 해 놨고, 기권은 당일밤에 안 된다. 다 버리고 그냥 멀리 도망갈까도 생각해 보았지만 나는 검술 외에는 할 줄 아는 게 없었다. 외국어도 못하고 세상사에도 무지했으며 내 앞으로 된 재산도 없었다. 적어도 검술 대회 2등이라는 스펙을 활용할 수 있는 제국의 수도에서 어떻게든 붙어 있어야 했다. 그래야 최악의 상황이 닥쳐도 먹고 살 길이 있었다.

그러니 방법은 하나뿐이었다. 이안이 이상한 낌새조차 느끼지 못하게 은밀히 그를 둘러싼 위험을 막아, 아예 조사할 생각조차 하지 못 하게 만들어야 했다. 일단 조사가 시작되면 나와 리어드는 한데 묶여 끝이었다. 그 와중에 리어드까지 속여야 했다. 내가 이안을 구해 준다는 걸 알면 나 몰래 다른 계략을 세울 테니까.

'오늘이 바로 대신관이 황궁에 행차하는 날. 이안이 호위를 총괄하지 않던가?'

리어드는 오늘 독침을 뿌려 이안의 팔 한쪽을 못 쓰게 할 계획을 세웠다. 물론 그 괴물 같은 반사 신경 덕분에 생채기만 생기고 며칠 마비 증상만 보일 뿐이지만, 마비조차도 시키면 안 됐다. 그 인간이 자신을 둘러싼 음모가 있다고 여겨서 뒤를 캐고 싶게 만들면 안 되니까.

'아나벨 나디트…… 인생 헛살았지.'

저택의 사람들은 모두 리어드의 편이었다.

그동안 나는 심복 하나조차 두지 않은 채 검술에만 몰두했다. 그러니까 누굴 시킬 수도 없고, 내가 직접 나서는 수밖에 없었다. 혹시라도 이안에게 꼬리를 밟히면 리어드에게 다 뒤집어씌우고 나는 그동안의 호의를 방패 삼아 살아남아야 했다.

나는 결심했다. 이렇게 거지 같은 역할로 환생했지만, 그것도 중간에 책 내용이 기억나 버려 일은 어느 정도 벌어진 상태지만, 어떻게든 수습해서 새 인생을 살겠다고 말이다.

그러려면 '두고 보자'라든가 '다음번에는 너를 꺾는다!' 같은 싸구려 대사만 계속 읊다가 자근자근 밟히는 하찮은 악당 라이벌 역할부터 그만두어야 했다.

1장

벗어나고
싶은

나가기 위해서 옷장을 연 나는 한숨을 푹 쉬었다.

다 낡아 빠진 잿빛 훈련복 두 벌……

성장이 멈춘 이후, 내게는 더 이상의 옷이 주어지지 않았다. 그 외에는 낡은 가죽 머리 끈과 거친 재질의 실내복뿐이었다. 이렇게 좋은 저택에서 내 몫의 옷이 이것밖에 없다는 게 말이 되나. 알고는 있었지만, 또 분노가 솟아올랐다. 원래는 별생각 없이 받아들였던 일이었다.

"단장하는 데에 마음을 뺏기면 검에 집중할 수가 없잖니."

이제는 세상을 떠나서 이 저택에 없지만, 어머니인 케이틀린이 입에 달고 살던 말이었다. 그동안은 당연히 그 말이 옳다고 생각했다. 이안도 못 이기면서 검이 아닌 다른 것을 요구하면 안 된다고 여겨 왔다.

하지만 전생의 기억이 떠오르고 나자 내 처지가 얼마나 불쌍한지 객관적으로 파악이 되었다.

"아가씨, 식사하세요."

하녀가 가져다준 식사는 더 짜증 나기 그지없었다. 퍽퍽하고 맛없는 고깃덩이와 시들기 직전인 채소 이파리 몇 장이 전부였다.

"몸이 날래려면 식단 조절은 필수야."

리어드와 케이틀린은 항상 고급스러운 식사를 하는데, 나는 방에서 홀로 고작 이따위 것만 먹고 살았다. 아주 가끔 케이틀린과 리어드가 먹다가 남은 음식을 선심 쓰듯 줄 때 허겁지겁 맛보고 말이다.

그동안 먹을 것이란 그저 검술을 하기 위한 몸의 연료 정도라고만 생각해 왔다. 하지만 이제 내가 아는 삶은 이것뿐만이 아니란 말이다. 그러니 이런 쓰레기만 먹으면서 살 수는 없었다.

"다른 건 없어? 매일 이런 것만 먹으니 질리는데."

내가 툴툴거리며 말하자 하녀는 친절하게 대답했다.

"하지만 검술 대회 전까지는 리어드 님이 특별히 신경 쓰라고 하셨어요."

검술 대회가 끝나도 '아쉽게 2등을 하셨으니 다음 검술 대회를 위해 오늘부터 준비하라고 하십니다'라는 말로 이런 식사를 줬으면서. 하지만 이제 와서 난리를 칠 힘조차 없어서, 나는 잠자코 포크를 들었다.

'윽, 맛없어.'

내가 알기로 이것은 하급 마물인 이퍼 고기로, 정말 전생의 기억까지 다 통틀어도 맛이 최악인 고기였다.

'고기가 맛없다니 진짜 최악이다.'

하지만 오늘 몸을 쓸 예정이므로 어쩔 수 없이 잘게 썰어 다 먹을 수밖에 없었다. 옷장 속의 훈련복 중 그나마 상태가 좋은 것을 골라 입은 나는 검을 챙겼다. 저택을 나서는 길에 본 리어드는 팔자 좋게 예쁜 여자들 몇 명을 초대해 놓고 애프터눈 티 세트를 즐기고 있었다.

'저 쓰레기……'

그 와중에 샌드위치 하나만 얻어먹고 싶다는 생각이 들었지만, 시간이 없어서 참았다.

눈을 한번 흘겨 주고 길가로 나가자, 매일 보던 세계였는데도 공기조차 다른 기분이었다. 전생을 기억해 냈다는 것 하나만으로 책 속의 세상이라는 것이 실감이 났다.

무엇보다 길가를 둘러보니 잘생긴 남자가 아주 많았다. 가게의 점원마저도 저 세상 미모를 뽐냈다. 그러니까 전생을 기억해 낸 이후 내 외모 기준도 확 낮아진 셈이었다. 결과적으로 무슨 영화 세트장에 와 있는 것처럼 모두가 모델 같았고…….

'아무래도 안 되겠어. 나는 여기서 희대의 바람둥이가 될 테다. 새로운 삶의 가닥은 그쪽이야.'

로맨스 못 찍는 조연으로 태어났어도 내가 로맨스를 찍으면 될 일이었다. 이건 뭐, 길거리에 지나다니는 사람도 영화배우 뺨치게 생겼잖아. 그러기 위해서는 반드시 내 역할에서 얼른 벗어나야 했다.

'얼른 그 자식과 상관없는 삶을 살자.'

이안 웨이드로스는 이목구비가 뚜렷한 미남으로, 작은 얼굴과 균형 잡힌 몸 덕분에 멀리서 보아도 눈에 띄는 매력적인 남자였다. 웨이드로스 공작가의 유일한 후계자답게 금욕적인 생김새와 절제된 태도, 정갈한 몸짓 하나하나가 몹시 귀족적이었다.

지금 그는 곧 있을 임무를 위해 무심하게 호위 행렬을 점검 중이었다. 대신관을 호위하는 것은 엄청난 영광이었다. 따라서 그가 이끄는 웨이드로스 기사단에서도 정예들만 선별했다. 그중에는 말은 많지만 실력은 인정할 수밖에 없는 그의 부관, 아론도 있었다.

"그런데 요즘 좀 잠잠하지 않습니까?"

아론은 이안에게 따라붙으며 말했다.

"누구."

이안의 무뚝뚝한 말에 아론이 킬킬대며 대답했다.

"누구겠어요. 매일같이 이안 님께 찾아와 욕설을 퍼붓고 쫓겨나는 지난 검술 대회 2등이시죠."

이안은 대꾸조차 하지 않았지만, 아론은 끊임없이 떠들었다.

"감히 이안 님께 악담을 하는 분은 아나벨 님뿐이었는데 저는 좀 아쉽군요."

"헛소리하지 말고 출발 준비해."

아론에게 눈길도 주지 않은 채 이안은 그의 흑마에 홀쩍 올라탔다. 아론의 말에 무덤덤하게 대답했으나 그 역시 아나벨이 요 며칠간 아주 조용하다는 것을 의식하고 있었다.

아나벨 나디트. 공식적으로 그에게 두 번 패했고, 비공식적으로는 이천 번이 넘게 패한 사생아 출신 검사. 이제 곧 열릴 검술 대회에서 그녀를 한 번 더 이기면 공식적으로 세 번 이기는 셈이었다.

그와 아나벨은 스물두 살로 동갑이었는데, 이번 대회 이후론 다시 출전할 수 없으니 완전히 끝이라고 볼 수 있었다.

검을 들고 달려드는 그녀의 모습은 나름 아름답다고 평할 수도 있겠지만, 그는 정말로 그녀가 지긋지긋했다. 시도 때도 없이 찾아와 대련을 신청해서 받아 주면 온갖 비열한 수는 다 썼다.

예를 들어 인사를 갖출 때에 머리를 후려친다거나, 다 끝나고 뒤를 돌았을 때 등을 공격하거나 하는 아주 어이없는 행동을 일삼았다. 대충 몇 번 검을 받아 주고 난 뒤에 처참하게 패배시키면 온갖 욕설과 저주를 퍼부었다.

"XX, XX가 XX XXX할 XX, XX하게 XX을 XX해라!"

그 욕설과 저주의 수준은 정말 천박하기 그지없었다. 아나벨이 아무리 후작의 피를 반 이었다고 해도 어쨌든 지금은 평민 신분이었다. 그런데 웨이드로스의 유일한 후계자이자 기사단장인 그에게 이토록 함부로 대하다니 기본적인 품위조차 없었다.

그 어이없는 저주에 진심으로 반박했다가는 똑같은 사람이 될 것 같아서 이안은 그저 무시했다.

"물론 아주 억지를 쓰시는 분이기는 했죠. 분명히 실력으로 져 놓고 그렇게 사람을 미워하니 어이가 없긴 했는데……."

"그럼 기다리지 마."

"그래도 이 삭막한 훈련장에서 나름 구경거리였는걸요. 원래 싸움 구경이 제일 재미있는 법이니까요. 하, 하긴 그것도 얼마 안 남았네요."

언제나 문지기들을 따돌리고 연무장으로 날아 들어와 대뜸 '대련이다!'라고 외치며 이안의 등 뒤를 기습하던 아나벨의 모습에 이제 모두가 익숙해져 있었다. 무례하다며 길길이 날뛰던 기사단원들도 이미 적응했을 정도였다.

하지만 어쨌든 이번 마지막 검술 대회에서 완전히 눌러 주면 결국엔 조용해질 일이었다. 더 이상 그녀에게 이안을 이겨야 할 이유가 없어지기 때문이었다. 그녀가 검술 대회 1등을 해 작위를 받아 후작가의 일원으로 인정받고 싶어 한다는 건 알고 있었다. 확실히 1등에 대한 열망은 그녀가 훨씬 더 간절할 수밖에 없었지만, 그렇다고 해서 쉽게 이길 수 있는 상대에게 져 줄 수는 없었다.

"그런 의미에서, 며칠간 얼굴도 못 봤는데 허전하지 않으세요? 열네 살 때 이후 이렇게 오랫동안 마주치지 않은 건 처음이잖아요."

"전혀."

허전하기는커녕 아주 앓던 이가 빠진 것처럼 시원했다. 스스로를 정정당당하고 고결하다 믿는 이안의 입장에서는 실력도 안 되면서 툭하면 자신을 모욕하는 아나벨을 좋아하려야 좋아할 수가 없었다.

자신이 아주 상식적이고 정상적인 사람이라고 자부하는 그는 남에게 민폐를 꾸준히 끼치는 아나벨을 도저히 이해할 수가 없었다.

"나는 너를 이기는 걸 절대로 포기하지 않아. 왜냐하면 검술은 내 삶의 전부니까. 그러니 나를 네 상대로 인정해! 그렇게 무시하는 눈빛으로 보지 말란 말이야!"

아마 그녀가 언제가 했던 그 말이 아니었다면 이안은 이미 그녀를 모욕죄로 감옥에 넣었을 것이다. 딱 하나, 검술이 삶의 전부라는 그 태도가 안쓰러워 날 뛰는 것을 방치하고 있었다. 기사도 따위는 하나도 찾아볼 수 없었지만, 검에 대한 그 간절함이 이안의 어딘가를 건드린 것이다. 그건 열네 살, 그들이 처음 만났을 때부터 그랬다.

"검술 대회가 다가오는데 설마 더한 계략을 짜고 계시는 건 아니겠죠. 이안 님의 독살을 노린다든가."

아론이 능글맞게 말하자 이안이 차갑게 대꾸했다.

"봐주는 건 검을 들었을 때뿐이다. 검을 들지 않은 상태에서 정해진 선을 넘 으면 그 대가를 치르게 해야지."

주군의 섬뜩한 말에 아론은 즉시 입을 다물었다.

며칠간 코빼기도 보이지 않던 아나벨이 모습을 나타난 것은 대신관을 호위 하며 황궁으로 향하는 가장 큰길에 들어섰을 때였다. 대신관의 행렬을 보기 위 해 와글와글 모여든 사람들 사이로 높게 묶은 연보랏빛 머리카락이 보였다.

"오."

아나벨을 발견한 아론이 중얼거렸다.

"지금 여기서 대련하자고 달려드시는 건 아니겠죠. 눈빛이 이미 누구 하나는 잡을 기세인데요."

그녀와 얽혀서 단 한 번도 좋았던 적이 없었던 이안은 지긋지긋하다는 듯 한 숨을 한 번 쉬고 대꾸도 하지 않았다. 아무리 안하무인인 아나벨이라 할지라도 이렇게 많은 사람들 앞에서 대련하자고 달려들며 욕설을 내뱉지는 않겠지. 그래도 그동안 아나벨은 웨이드로스 연무장에 난입하여 대련을 청하는 아주 기본적인 선은 지켜 왔기 때문이었다.

그때였다. 관중들 속에 있던 아나벨이 펄쩍 뛰어올랐다. 당연히 그 움직임을 가장 먼저 알아챈 사람은 이안이었다.

'갈 데까지 갔구나, 아나벨 나디트.'

이렇게 많은 사람들 앞에서 다짜고짜 자신을 공격하다니 드디어 미친 것이 틀림없었다. 검술 대회가 다가오면서 정말로 머리가 어떻게 된 건가. 이안은 반사적으로 그녀를 향해 검을 빼 들었다. 아무리 자신과는 비교가 되지 않더라도 그녀는 검술 대회 2등이었다. 그의 기사단 중 그녀보다 강한 자는 없었으니 자신이 직접 상대해야 했다.

"아, 아나벨 님!"

그때 이안의 부관인 아론이 경악하며 아나벨의 이름을 외쳤다. 그도 그럴 것이, 어디에선가 날아온 독침이 이안의 오른팔을 막아선 아나벨의 등에 수도 없이 박혔기 때문이다.

"스, 습격이다! 이게 대체 무슨 일이냐!"

대신관은 펄쩍펄쩍 뛰며 소리 질렀다. 내 등에 박힌 독침을 보는 그의 얼굴이 경악에 물들어 있었다.

"감히 누가 나를! 가장 높은 신의 종을!"

나는 얼얼한 등을 펴며 한숨을 쉬었다. 대신관을 노린 게 아니라 이안 웨이드로스를 노린 것인데 잘못 짚은 듯했다. 하긴 이안보다는 대신관의 적이 더 많았으니 합리적인 추론이긴 했다.

"분명히 무신론자들의 짓거리겠지!"

무신론자들의 테러 역시 워낙에 빈번한 일이니 그렇게 여길 수도 있을 것 같았다. 그로 인해 이안이 기사단을 이끌고 호위까지 맡은 것이니까 말이다.

"신이 용서치 않을 것이다!"

이런 오해까지는 예상하지 못했는데, 아주 '오예'였다. 남들이 대신관을 향한 테러라고 생각하면 할수록 좋았다. 그럴수록 나와 리어드는 용의선상에서 멀어지는 것이니까 말이다.

대신관이 분노를 쏟아 내는 동안 나는 재빨리 이안의 몸을 훑었다. 다행히 이안에게는 단 하나의 독침도 스치지 않았다.

"아나벨 나디트? 이게 무슨?"

나를 바라보고 있는 이안의 붉은 눈이 경악에 차 있었다.

"뭐, 대신관님이 맞으셨다면 큰일 났겠지만 검기를 다루는 검사에게는 별것 아닌 독이군."

나는 그를 제대로 바라보지도 않은 채 냉담하게 말했다.

"몸의 움직임이 아무렇지도 않아."

이미 해독제를 잔뜩 먹고 왔으니 당연한 일이었다.

"그럼 이만."

아무도 다친 이가 없으니까 이대로 유야무야 묻히기를 바라야 했다.

"그대, 아나벨 나디트가 아닌가?"

얼른 떠나려는데 대신관이 내 손을 덥석 잡았다.

"지난 검술 대회와 지지난 검술 대회의 2등인 것으로 알고 있네. 이렇게 몸을 날려 나를 구해 주다니 신의 축복이 함께할 걸세."

대신관의 눈이 반짝반짝 빛나고 있었다.

나는 등에 독침을 잔뜩 꽂은 채로 멋쩍게 대답했다.

"해야 할 일을 한 것뿐입니다."

"아니, 그래도 이런 방식의 호의라니……."

나이가 많아 은퇴를 앞둔 대신관은 너무 감동한 나머지 말을 잇지 못했다.

"나는 심지어 웨이드로스 기사단에게 호위까지 부탁했는데, 아무 책임도 없는 자네가 나서서 이렇게 희생을……."

이왕 시작한 거짓말, 나는 아름답게 끝맺음하기 위해 결연하게 말했다.

"평상시에 대신관님을 너무 존경하여 가만히 두고 볼 수가 없었습니다."

그 말에 더 감명을 받은 대신관이 내 손을 꽉 붙잡았다.

"신전이 반드시, 무슨 일이 있어도 반드시 보답하겠네!"

"사양은 안 하겠습니다. 감사합니다."

돈이라도 좀 주면 좋겠다 싶어서 나는 냉큼 대답했다. 그러면서도 한쪽 볼에 뜨겁게 꽂히는 이안의 시선을 모르는 척하느라 애써야 했다.

"그럼 이제 정말로 저는 이만……."

다시 관중 속으로 사라지려는데, 이안이 흑마에서 펄쩍 뛰어내려 나를 다급하게 잡았다.

"뭔가 이상하군."

그의 살기 어린 목소리에 등 뒤로 식은땀이 죽 흘렀다. 그러나 나는 뻔뻔하게 눈을 부릅뜨며 물었다.

"뭐가?"

"며칠째 잠잠하던 네가 갑자기 지금 나타난 것."

전생을 떠올리고 난 뒤 나는 그를 찾아가 행패를 부리는 것을 멈췄다.

"이거 놔!"

나는 할 말이 없어서 괜히 성질을 부리며 그의 팔을 뿌리쳤다.

"그리고 어쨌든 내게 도움이 되는 일을 한 것도."

하긴 평상시의 내가 할 만한 행동이 전혀 아니기는 했다. 그래서 나는 일단 오리발부터 내밀었다.

"따, 딱히 널 도와준 건 아니야! 착각하지 마!"

하지만 그의 섬뜩한 말은 계속 이어졌다.

"무엇보다 가장 이상한 건……."

그의 시뻘건 눈이 번득였다.

"넌 나를 보면 언제나 험한 소리를 했지. 이렇게 잠잠히 물러날 리 없어. 대체 무슨 속셈이지? 당장 말해."

그렇구나! 가장 중요한 것을 까먹었다. 원래의 나라면 벌써 별별 저주와 욕을 다 쏟아부었을 것이다. 갑자기 달라진 모습을 들키면 안 돼! 혹시라도 의심받아 괜히 꼬리라도 밟혔다간 패가망신이었다.

"하, 사람들 앞이라서 참으려고 했는데……."

하지만 그를 대하는 마음가짐은 이미 달라졌다. 이안이 딱히 내게 잘못한 것은 없었고, 이기고 싶은 오기도 사라졌다. 예전처럼 이유 없이 욕하고 거친 저주를 퍼붓기에는 양심의 가책을 느꼈다.

전생의 기억과 함께 되찾은 염치와 체면, 품위까지 덧붙여져 다시는 천박한 욕을 하지 말자고 결심했다. 그래서 나는 그의 얼굴에 대고 적절한 수준의 욕을 퍼부었다.

"샌드위치 먹다가 바퀴벌레 반 마리 발견해라! 길 가다가 머리카락에 비둘기 열 마리가 푸드덕대면서 기생충 탈탈 털어라!"

이안의 얼굴이 무참하게 일그러졌다.

그 옆에 있던 분홍 머리 부관, 아론이 웃음을 참느라 볼에 바람을 불어 넣고 끅끅댔다.

어차피 이안은 대신관의 행렬을 계속 호위해야 하니 오랫동안 나를 붙잡고 있을 수도 없었다.

'자, 이렇게 고비 하나는 넘겼고.'

나는 뿌듯하게 뒤돌아 사람들 사이로 섞였다.

대신관의 호위가 끝나고 웨이드로스 공작가에 돌아온 이안은 가만히 앉아 생각에 잠겨 있었다.

기사단의 일을 보고하러 온 아론이 씩 웃으며 말했다.

"이안 님."

"왜."

"혹시 아나벨 님 생각 중이신가요?"

"닥쳐."

"욕이 날아오는 것을 보니 맞나 봅니다."

샐샐거리는 아론의 짙은 푸른색 눈이 둥글게 휘었다.

이안은 대꾸를 하지 않는 것을 선택했다.

사실 아론의 말이 맞았다. 그는 호위 중에도 내내 아나벨 생각뿐이었다. 실제로 황궁에서 신전으로 돌아가는 길에 무신론자들의 테러가 한 번 더 있었기 때문에, 독침 사건은 그냥 그렇게 묻혀 버렸다. 그런데 이안은 그 사건을 그대로 흘려보낼 수가 없었다.

아무래도 이상했다. 독침이 날아오던 각도와 방향을 상기해 보면 대신관이 아니라 자신을 노렸다고 보는 것이 타당했다. 그렇다면 더더욱 이상했다. 대체 아나벨이 자신을 위해 독침을 대신 맞아 줄 이유가 무엇이란 말인가. 등에 수많은 독침들이 꽂혔는데도 아무렇지도 않았던 걸 보면 검사들에게는 별거 아닌 독이긴 하겠지만…….

"여기서 저희가 생각해 볼 가능성은 두 가지이지요."

아론이 은근슬쩍 그의 앞에 앉아 심각한 어조로 입을 열었다.

"첫째, 대신관님을 호위하던 이안 님의 공로를 가로채고 자신이 빛나기 위한 큰 그림."

"기각."

어느새 아론의 말에 집중한 이안이 바로 대답했다.

"늙다리 대신관이나 감동했을 뿐이지 딱히 아나벨의 명성이 올라가는 일은 아니었다."

"둘째."

아론은 눈썹을 치켜올리며 말했다.

"혹시나 이안 님이 부상을 당하시는 바람에 정정당당한 승부를 치르지 못할까 봐 겁이 나서!"

"그럴 리가."

이안은 고개를 절레절레 저었다.

"아나벨과 정정당당은 전혀 어울리는 단어가 아닌데."

"어쨌든 고맙지 않습니까? 감사 인사라도 해야 하는 건 아닐지……."

"아나벨이 아니더라도 그 정도는 충분히 피할 수 있었다."

아마 아무리 운이 없었어도 하나 정도만 살짝 스치고 말았을 것이다. 딱히 맹독도 아닌 것 같던데, 굳이 감사해야 할 필요는 없었다.

"그래도 요 며칠간 아예 안 오시지 않았습니까? 무슨 심경의 변화가 생긴 것일 수도 있지요."

아론의 말에 잠시 정적이 흐르고, 이안은 손을 내저으며 짜증을 냈다.

"됐다. 늘 그랬듯이 관심 끄고 살면 돼. 무슨 심정인지 내가 알 게 뭔데."

"저는 너무 궁금한데요."

아론이 싱글거리며 웃었다.

"마지막에 날린 욕설도 평소와는 다르게 너무 귀여우시면서 구체적이기까지 하고……. 길 가다가 비둘기 피하셔야겠어요. 샌드위치도 조심하시고요."

"나가."

"그렇게 심한 말씀을……."

"당장 안 꺼져?"

매몰차게 아론을 내쫓은 그는 평소보다 늦게 잠자리에 들었다. 문득 이안은 자신이 22년간 아나벨을 생각해 온 시간을 모두 합쳐도 오늘 그녀에 대해 생각한 시간보다 못하다는 사실을 깨달았다.

'그냥 일시적인 변덕이겠지.'

그는 잠자리에 들어서도 뒤척이며 생각했다. 눈 감으면 왜 이렇게 등에 독침을 꽂고 있던 아나벨의 모습이 떠오르는지. 대놓고 무시하기에는 시각적인 효과가 너무 컸다.

'무슨 고슴도치도 아니고…….'

독침이 수도 없이 박혀 있었던 그 등…… 사람들 속으로 사라지던 그 등이 자꾸만 아른거렸다.

결국 그는 벌떡 일어나 하인을 불렀다.

"아니, 이안 님. 한밤중에 무슨 일……."

"아나벨 나디트의 몸이 괜찮은지 알아 와. 특히 등 말이다."

"네? 지금요?"

"최대한 빨리."

하인을 내보낸 그는 팔짱을 낀 채 완전히 일어나 앉아 생각했다.

'어쩌다 일어난 이상한 사건일 뿐이다. 다시는 이런 비슷한 일도 없을 테니 무사한 것만 확인하고 나면 정말 신경 *끄자*.'

"너 진짜 미쳤어? 왜 그딴 짓을……."

"나한테 고마워하기나 해."

리어드가 소문을 듣고 들이닥쳤지만 나는 퉁명스럽게 대답했다.

해독제도 미리 마신 데다가 이미 의원에게 몰래 치료까지 받아서 완전히 멀쩡해진 상태였다.

"이안은 하나도 안 맞을 기세였어. 이미 뛰어난 반사 신경으로 모두 피할 준비가 다 되어 있었단 말이야. 그래서 혹시나 부상은 하나도 못 입히고 들키기나 할까 봐 내가 대신 맞은 거야."

"네가 그걸 어떻게 알아?"

"난 2등이야. 이안과는 수도 없이 대련했어. 넌 몰라도 난 알아."

제국에서 검술로 2등이라는 건 나름 편한 면도 있었다. 이안이 아닌 다른 상대에게 허세를 부리기 너무 쉬웠기 때문이다.

갈색 머리에 갈색 눈을 가진 리어드는 나와 조금도 닮지 않았다. 심지어 그는 검술에 재능이라고는 눈곱만큼도 없어서 검기조차 다루지 못했다. 그래서 아무렇게나 둘러대도 쉽게 입을 다물게 할 수 있었다.

"뭐, 처음부터 성공할 수는 없으니까. 다음번에는 성과가 있겠지."

이안에게 부상을 입히겠답시고 신나서 의논한 나의 과거 때문에 리어드는 나를 조금도 의심하지 않는 것 같았다.

"우리가 제대로 된 귀족 생활을 할 수 있는 마지막 기회야. 무슨 수를 써서라도 이안 웨이드로스를 망가트려 놓아야 해."

그래 봤자 망가지는 건 우리일 뿐인데 답답하기 그지없었다. 하지만 모든 일을 기획한 사람은 리어드였고 어떻게든 그걸 망치기 위해서는 그를 살살 구슬러서 세세한 계획을 알아내야 했다.

"그래서 다음은 뭔데?"

내가 은근슬쩍 묻자 리어드는 의기양양하게 대답했다.

"내일모레, 그때 우리가 같이 의논했던 히비스커스 폭발 작전. 다 날려 버리자고!"

나는 속으로 한숨을 쉬었다. 이안의 손톱 한쪽이라도 날아가는 날에는 우리가 감옥으로 날아갈 텐데. 결국 나설 사람은 또 나밖에 없었다.

나는 전생의 기억을 떠올린 후 며칠간 방에 틀어박혀 생각과 자아를 정리하는 시간을 가졌다. 내가 전생에서 원작을 읽을 때, 나는 분명히 이안 웨이드로스를 싫어하지 않았다. 오히려 높게 평가하는 편이었다.

그동안은 악연으로 얽혀 있었을지라도 전생을 떠올리고 상황을 객관적으로 보는 눈을 키우자 그에 대한 감정도 달라졌다. 엄청나게 싫어했던 이유 없는 증오는 사라지고 객관적인 판단만이 남았다.

그는 먼치킨답게 남들을 좀 무시하는 경향이 있긴 했지만, 기본적으로 상식적이고 너그러운 정상인이었다. 올곧은 기사도 정신으로 유명한 웨이드로스 공작가의 유일한 후계자인 그는 이름값을 했다.

만일 조금이라도 성격이 이상한 자였다면 아나벨은 살아남지 못했을 것이다. 대련에서 별별 짓거리를 다 하고 모욕적인 언사를 늘어놓아도 '검을 마주 댄 사이에 사사로운 감정을 가져서는 안 된다'라며 그저 무시하기만 했다. 온갖 사사로운 감정은 다 가진 과거의 나와는 그릇 자체가 다른 사람이었다. 그러므로 위험에서 그를 구해 주는 건 그렇게 내키지 않는 일은 아니었다.

'하지만 나도 불쌍하긴 해.'

아무리 전생의 기억을 떠올렸어도 사연 없는 악당은 없다고 나 역시 자기 연민을 좀 가질 여지는 있었다. 내 어머니인 케이틀린은 가난한 몰락 귀족과 결혼하여 리어드를 낳고 몇 년 뒤 남편을 잃었다. 그 후 귀족 하나 물어서 팔자를 고치기 위해 혈안이 되었다. 필사적으로 아베데스 후작을 유혹한 그녀는 임신에 성공하고 나를 낳은 뒤, 울며불며 매달려서 지금 이 저택과 꽤 많은 재산을 뜯어냈다.

고위 귀족을 물어 팔자를 고치는 데 성공한 케이틀린은 더 큰 꿈을 꾸기 시작했다. 우연히 내가 검술에 재능이 있다는 걸 발견한 아주 어릴 때부터 케이틀린은 리어드와 합심하여 미친 듯이 나를 세뇌시켰다. 검술 대회 1등을 하지 못하면 아나벨 나디트는 가치 없는 인간이라고.

어린 시절, 괜히 현실에 안주하지 말라며 리어드에게 모든 상속권을 넘긴다는 각서까지 쓰게 했다. 그녀가 마차 사고로 죽고 나서도 리어드는 계속해서 내게 1등을 강요했다.

"네가 열심히 하지 않아서 어머니는 네가 1등하는 것도 못 보고 돌아가셨잖아. 그러니 마지막에는 꼭 1등을 해서 하늘에 계신 어머니께 보여 드려야 해."

그동안 나는 내 잘못도 아닌데 죄책감에 휩싸여 훈련을 열심히 했다. 그만큼 내가 1등을 못 하게 된 원인인 이안을 더 미워하면서 말이다. 하지만 정작 내가 미워해야 할 대상은 따로 있었다.

'피가 섞였다고 해서 다 좋은 관계가 아니야.'

마음 같아서는 아무리 어머니가 같다고 해도 리어드와 인연을 끊고 남남처럼 살고 싶었다. 그러나 모든 재산은 리어드의 관리하에 있었고 나는 땡전 한 푼 없었다.

'생각할수록 억울하네. 진짜 쓰레기 아냐? 내 검술 대회 상금까지 다 꿀꺽해 놓고 나한테는 하녀 하나 안 붙여 줘?'

케이틀린이 온갖 사치를 다 부리면서도 내게는 제대로 된 옷 한 벌 사 주지 않은 기억이 밀려들었다. 오죽하면 저택은 나름 화려하고 넓은데, 내 방은 좁고 어두운 데다 가구 하나도 제대로 갖춰지지 않았을까. 케이틀린과 리어드는 나를 하루 종일 훈련장에 처박아 두곤 둘이서 고급 레스토랑을 가거나 쇼핑을 다니곤 했다. 그럴 때마다 나는 검술 대회 1등만 하면 그들과 어울려 행복해질 수 있다는 희망을 품고 검에만 매달렸다.

그 결과가 이 모양 이 꼴이었다. 뛰어난 검술 외에는 기반 하나도 없어서 어쩔 수 없이 리어드에게 붙어 있어야 하는 처지의 불쌍한 여자.

'이제는 저 자식이랑 더 이상 같이 살고 싶지가 않다.'

나는 결심했다.

'검술 대회 직전까지 리어드의 계략을 다 무위로 돌리고 이 저택을 뜬다.'

일이 해결되고 나면 리어드와 함께 살 이유가 조금도 없었다.

'검술 선생이나 할까. 그렇게 돈 벌면서 연애나 실컷 하자. 여기저기 둘러봐도 미남이 도처에 깔려 있는데.'

이안 웨이드로스랑 얽히지만 않으면 나는 원작에 등장하지도 않는 조연 중 조연이었다. 그러니 소소하게 이 세계를 즐기며 살아가면 그만이었다.

미래 계획을 야무지게 세운 나는 콧노래를 부르며 저택을 나섰다. 이안에게 갈 시간이었다. 살짝 위험을 귀띔해 주고 의심을 피하기 위한 욕설만 내뱉고 돌아오면 되는 일이었다.

웨이드로스 공작가의 연무장에서는 기사들의 훈련이 한창이었다.

"간식 드시고 하시죠."

아론이 싱글벙글 웃으며 트레이를 끌고 왔다.

"제가 직접 특별 간식을 아버지께 부탁드렸거든요."

아론의 아버지는 웨이드로스 공작가의 수석 셰프였다. 모든 기사단원들은 기대에 찬 눈으로 아론이 밀고 온 트레이를 바라보았다.

"푸, 푸흡."

어제 대신관의 호위에 참여했던 기사들은 터져 나오는 웃음을 어쩌지 못하고 입 밖으로 내뱉다가 재빨리 이안의 눈치를 보았다.

트레이에는 샌드위치가 산더미같이 쌓여 있었다.

"제가 퀴즈 하나를 내겠습니다."

아론은 어제 호위에 나가지 않아 영문을 모른 채로 환호만 보내고 있는 어린 종자 한 명에게 장난스럽게 물었다.

"샌드위치를 먹다가 바퀴벌레가 나왔다고 칩시다. 몇 마리가 가장 기분이 나쁠까요?"

"네? 음…… 두 마리? 세 마리?"

종자는 고개를 갸웃하며 덧붙였다.

"어쨌든 많으면 많을수록 기분이 나쁘지 않을까요?"

"저도 딱 그 수준으로만 생각했었는데, 어제 어떤 분이 제게 아주 큰 깨달음을 주셨답니다."

아론은 아주 진지하게 대답했다.

"정답은……."

그러나 아론은 더 이상 말을 이어 갈 수 없었다. 이안이 붉은 눈을 번득이며 섬뜩하게 말했기 때문이다.

"특별 간식을 가져와 특별히 맞기 싫으면 닥쳐라."

"이럴 수가. 저는 상처받았습니다."

아론이 과장되게 한숨을 토해 냈다.

"사람에게 얻은 상처는 짐승에게서 치유해야겠지요……."

그는 슬픈 표정으로 아련하게 하늘을 바라보았다.

"그런 의미에서 비둘기를 열 마리쯤 애완동물로 키워 볼까 고민 중인데, 다들 어떻게 생각하십니까?"

"아론 레인필드."

이안이 검을 뽑아 들었다.

"넌 오후 내내 내 대련 상대다."

아론은 사색이 되어 뒷걸음질 치면서도 말을 멈추지 않았다.

"아니, 매일같이 대련하러 오시던 아나벨 님은 대체 뭐 하시는 거죠? 이 위기 상황에서 불쌍한 아론 레인필드를 구해 주시지 않고!"

아론의 말에 기사단 사람들의 입가가 일제히 씰룩이기 시작했다.

이안은 무뚝뚝하고 정제된 사람이었지만 주변에 무관심하여 대다수의 일을 너그럽게 눈감아 주곤 했다. 그럼에도 불구하고 그에게 농담을 걸거나 장난을 치는 건 상당히 어려운 일이었다. 워낙에 실력이 출중하고 공과 사가 분명했으며 인상이 싸늘했기 때문이었다.

그런 그에게 대놓고 할 말 다 하는 사람은 그의 부모인 웨이드로스 공작 부부 외에 둘뿐이었다. 검술 대회 2등 아나벨 나디트와 부관 아론 레인필드. 둘은 이안에게는 못 미치지만, 누구에게나 인정받는 굉장한 실력자라는 공통점이 있었다.

"설마 어제 등에 꽂힌 독침들 때문에 앓아누우신 건 아닐까요?"

아론의 처절한 말에 이안이 냉담하게 대꾸했다.

"멀쩡하니 걱정하지 마라."

"오오?"

이안의 대답이 끝나자 아론의 짙은 푸른 눈이 흥미롭다는 듯이 빛났다.

"아나벨 님이 멀쩡하신 건 어떻게 아셨습니까?"

순간 이안의 눈에 아주 잠시의 당혹감이 스친 것을 아론은 놓치지 않았다.

"혹시 아나벨 님의 예상치 못한 기행을 떠올리며 밤새 뒤척이다가 한밤중에 하인을 보내서 알아보는 몹시 괴이한 일을 하신 건 아니겠죠?"

다행히 이안은 아론의 속사포 같은 말에 대답하지 않아도 되었다.

"이안 웨이드로스!"

문지기들을 가뿐하게 따돌리고 아무런 절차나 예고도 없이 웨이드로스 연무장에 들이닥친 사람이 있었기 때문이다.

"내가 왔다!"

거침없는 낭랑한 목소리, 높게 묶은 연보랏빛 머리카락에 짙은 푸른색 눈, 늘 똑같은 잿빛 수련복. 아나벨 나디트가 꽤 오랜만에 나타난 것이다.

이안은 옅은 한숨을 내쉬고는 조용히 주변을 둘러보며 말했다.

"물러서라. 어차피 나밖에 상대할 수 있는 이가 없다."

웨이드로스 기사단 사람들은 이미 썰물처럼 갈라져 연무장 구석에 자리를 잡고 앉아 있었다. 물론 그들도 처음부터 조용히 비켜 주지는 않았다. 제대로 된 대련 신청 절차도 없이 시도 때도 없이 찾아와 안하무인으로 굴어 대는 아나벨을 가만두면 안 된다는 강경파도 많았다. 그러나 그들은 하나같이 아나벨의 검에 무너지고 말았다. 단 한 명도 이안에게 달려드는 그녀를 막을 수 없었고 결론은 똑같았다. 어차피 그녀를 제압할 수 있는 사람은 이안뿐이었다.

아론 정도면 꽤 오래 상대할 수 있을지도 모르겠으나, 아론은 '저는 차마 저분에게 검을 들이댈 수가 없습니다. 이상하게 영혼의 울림이 오거든요'라는 같잖지도 않은 핑계를 대며 절대 나서지 않았다. 그래서 그들은 어느 순간부터 흥미진진하게 둘의 대련을 관람하다가, 패배한 아나벨이 온갖 욕설을 내뱉으며 뛰쳐나가는 것을 보며 비웃었다.

그런데 오늘은 좀 이상했다. 아나벨이 이안의 앞에 대련의 절차대로 예의를 갖춰 선 것이다. 평소에 예의고 뭐고 없이 그냥 냅다 달려들었던 것을 생각하면 확실히 기이한 일이었다.

그녀가 천천히 검을 빼 들었다.

기사단 사람들은 평소와 달리 긴장한 채로, 대치하고 있는 두 사람을 숨죽여 바라보았다.

"뭐? 오스칼이 샌드위치를 직접 만들어? 그걸 기사단에 특별 간식으로 내보냈다고?"

웨이드로스 공작 부인, 레슬리는 테이블을 쾅, 하고 쳤다. 공작가의 수석 셰프, 오스칼 레인필드의 샌드위치는 쉽게 맛볼 수 있는 것이 아니었다. 당장 자신의 것도 만들어 올리라고 명령했지만, 재료가 다 떨어졌으니 다시 장을 봐서 한 시간 후에 만들어 올리겠다는 대답이 돌아왔다.

"한 시간을 어떻게 기다려! 연무장으로 간다. 하나는 남겨 놨겠지!"

없으면 이안의 것이라도 빼앗겠다는 일념으로 레슬리는 벌떡 일어났다. 지금은 공작 부인이었으나 그녀는 가난한 평민 출신이었다. 따라서 먹고 싶은 것 앞에서 체통을 따지는 짓 따위는 나이가 들었어도 절대 할 생각이 없었다.

뛰어난 검사였던 그녀는 그 어떤 하녀를 보내더라도 자신보다 느리다는 것을 잘 알고 있었다. 누구보다 빠르게 펄쩍펄쩍 뛰어 아주 오랜만에 연무장에 들른 그녀는 눈앞에 펼쳐진 광경에 살짝 놀랐다.

"호오."

레슬리는 아주 자연스럽게 트레이에서 샌드위치를 하나 집어 들고는 기사들 사이에 자리를 잡고 앉았다.

"마, 마, 마님!"

"쉿."

그녀를 알아본 주변의 기사들이 펄쩍 뛰며 놀랐지만, 레슬리는 완전히 기척을 숨긴 채로 입술에 손가락을 가져다 댔다.

"나도 구경 좀 하자."

이안의 앞에 선 연보랏빛 머리를 가진 여자는 그녀도 익히 알고 있는 사람이었다. 아나벨 나디트, 검술 대회에서 그녀의 아들에게 밀려 항상 2등만 하는 비운의 사생아. 아베데스 후작이 어떤 몰락 귀족의 과부에게서 얻은 딸이라고 했다. 그 과부, 케이틀린 나디트는 사교계에 별 관심이 없는 레슬리조차도 이름을 알고 있었다. 오만 군데에 얼굴을 들이밀며 '우리 아나벨이 후작가의 일원으로 인정받으면…….'이라고 으스대곤 했으니까 말이다.

그 뻔뻔함 때문에 아베데스 후작 부인이 속앓이를 했던 것도 기억났다.

'하필 아베데스 후작의 사생아라니, 가여운 것. 부모 복도 지지리 없지.'

아나벨의 친부, 아베데스 후작은 객관적으로 봐도 무책임한 사람이었다. 레슬리가 알기로, 아나벨이 태어나고 나서 앵앵거리며 조르는 케이틀린이 성가셔서 잔돈푼 좀 쥐어 준 것 외에는 아나벨에게 관심조차 두지 않았다. 아나벨이 참전한 첫 검술 대회에서 우연히 그녀를 마주한 뒤 '연보랏빛 머리카락 빼고는 별로 나를 닮지도 않았구나'라고 퉁명스럽게 말한 것이 다였다.

심지어 케이틀린이 죽고 나서 모든 재산을 리어드가 상속받을 때에도 딸을 위해 아무것도 하지 않았다. 그녀가 그토록 1등에 목매는 것이 다 후작의 일원으로 인정받기 위해서라는 걸 모르지 않을 텐데.

"하루가 멀다 하고 찾아와서 이안에게 대련을 요청한다지? 어제도 왔었나?"

레슬리 역시 아나벨이 매일같이 아들을 찾아와 검을 들이대는 것을 알고 있었다. 2등이 1등에게 갖는 끝없는 도전 정신을 모르는 바 아니었다. 그녀가 예전에 웨이드로스 공작에게 가졌던 마음이었기 때문이다.

그래서 그녀는 아나벨이 이안에게 끊임없이 달려드는 것 자체는 전혀 거슬리지 않았다. 그게 바로 검을 든 자의 근성 아니던가.

다만 검사로서의 기본적인 예의조차 차리지 않는다는 소문이 들려 좀 찜찜하던 차였는데…… 정갈하게 인사를 하고 차분하게 검을 뽑아 드는 것을 보니 딱히 그런 것 같지도 않았다.

"요 며칠 안 오시다가 오랜만에 오신 겁니다."

기사는 충실하게 대답했다.

"그래도 어제는 대신관님의 호위 때 마주치셨어요."

레슬리는 흥미롭게 눈을 빛내며 더 말해 보라고 다그쳤다. 어제 있었던 일에 대해 들은 레슬리는 고개를 갸웃했다. 기사는 아나벨이 대신관을 구해 준 것처럼 얘기했지만 정황이 이상했다. 그럼 대신관의 앞을 막아야지 왜 이안의 앞을 막았겠는가? 현장에 있지 않아 모르겠지만, 왠지 대신관보다는 이안의 부상을 막아 주었다는 생각이 들었다.

그때 두 사람의 검이 부딪쳤다.

'역시 움직임이 깔끔한데. 검기 쓰는 것도 날렵하고.'

검술 대회에서 두 사람의 대결을 본 적이 있었지만, 그게 거의 4년 전이니 레슬리의 눈에는 두 사람의 대련이 또 새로웠다.

'잠깐만.'

몇 번의 합이 이어졌다.

'둘 다 묘하게 성의 없는데?'

샌드위치를 베어 물면서 흥미진진하게 다음 합을 기다리던 그녀의 미간이 살짝 찌푸려졌다.

'등이 비었잖아! 이안이 놓칠 리가 없는데 왜 저러지?'

찰나였지만 아나벨의 등에 일격을 가할 기회가 있었는데, 이안은 그 빈틈을 그냥 흘려보내고 말았다. 물론 성의 없는 사람은 이안뿐만이 아니었다.

"흥, 오늘은 여기까지만 하지."

아나벨마저도 대충 그의 검을 몇 번 피하다가 물러서며 말했다.

'이상한데. 분명 더 마주할 여지가 남아 있어. 아직 지친 것 같지도 않은데.'

다른 기사들은 눈치채지 못했겠지만, 레슬리는 단번에 아나벨이 최선을 다하지 않았음을 알아챘다.

"비열한 속임수 쓰지 마라."

이안 역시 아나벨이 대충대충 움직이는 것을 알아챘는지 눈을 가늘게 뜨고 나직이 말했다.

"네 수는 모두 파악하고 있다. 물러서는 척하면서 갑자기 달려드는 게 네 734개의 비열한 수 중 하나 아니던가."

레슬리는 혀를 찼다.

그녀의 고지식한 아들이라면 저 734라는 숫자를 아무렇게나 뱉어 내지는 않았을 것이다. 진짜로 하나하나 센 것이 틀림없었다.

"무슨 소리야! 대련을 끝낸다고 하지는 않았어."

아나벨이 검을 집어넣으며 말했다.

"내일."

"뭐?"

"내일 오후 7시에 마저 하는 걸로 해."

밑도 끝도 없는 소리에 이안이 미간을 찌푸리며 대답했다.

"안 돼. 선약이 있다."

그때 아나벨이 이안 쪽으로 바짝 달라붙었다.

역시 기습이라고 생각한 이안이 재빠르게 검을 들이댈 때였다. 아나벨이 이안에게 아주 작은 목소리로 뭐라고 속삭였다.

레슬리는 재빨리 기를 끌어모았지만 간신히 몇 마디만 엿들을 수 있었다.

"……에 가지 마. ……니까. ……해. 특히…….."

'뭔데? 뭔데?'

답답해진 레슬리가 일어나서 자신의 존재를 알리려던 찰나, 아나벨이 뒷걸음질하며 소리쳤다.

"감히 내 대련 신청을 무시하다니! 비 오는 날 웅덩이에 발이 빠졌는데, 신발 안에 지렁이 들어가 버려라! 길 가다가 하품하는데, 마침 마차 바퀴가 흙탕물 잔뜩 튀겨서 입 안이 찝찝해져라!"

그러더니 훌쩍 나타났던 것처럼 홀연히 공작저를 떠났다.

레슬리는 헛웃음을 짓고 말았다.

'온갖 모욕적인 저주나 욕설을 퍼붓는다고 하더니 저런 종류였어? 저 정도는 귀여운데?'

그리고 그런 아나벨의 뒷모습을 바라보는 이안은 굉장히 미묘한 표정을 하고 있었다.

레슬리는 아주 오랜만에 아들의 일에 관심을 가지고 싶다는 생각을 했다.

아니, 정확히 말하면 아들과 그 라이벌의 묘한 관계에 말이다.

말도 안 되는 일이었다. 분명히 무슨 속임수일 것이다. 아나벨이 자신에게
도움이 될 일을 할 리가 없다.

열네 살에 첫 검술 대회에 나가 그녀를 간단히 이겨 버린 이후 아나벨은 그
의 인생에 가끔 나타나는 편두통 같은 존재였다. 분명히 존재를 인지하고 있지
만 평소에는 잊고 사는, 그러나 일단 나타나면 기분이 나쁜 존재. 상관없는 삶
을 살고 싶은데도 정말이지 끈질기게 불쑥불쑥 튀어나오는, 그러나 퇴치할 방
법이 마땅히 떠오르지 않는 그런 것 말이다.

"내일 밤 절대 히비스커스에 가지 마. 네게 안 좋은 일이 생길 것 같으니까."

아나벨이 속삭인 말은 짐작도 못 한 경고였다. 그가 히비스커스라는 술집에
서 약속이 있는 건 어떻게 안 것일까?

"내 말 무시하고 만일 가더라도 계속 전방을 주시해. 특히 서쪽 외벽."

딱히 비밀은 아니었지만 자신의 사생활까지 캐고 다니는 줄은 몰랐는데. 아
마 평소 같으면 완전히 무시했을 것이다.

하지만 자꾸 생각이 났다. 독침이 잔뜩 꽂혀 마치 바늘집 같았던 그 등이. 당
시에는 호위하느라 바빠서 바로 제대로 붙잡아 대화하지 못했지만, 자신의 오

43

른팔을 감싸듯 다가온 그녀의 결연한 표정이 생생했다.

남들이 들으면 미쳤다고 할 생각이지만, 그는 처음으로 누군가가 자신을 보호해 준다는 느낌을 받았다. 이성적으로 생각하면 그럴 리가 없는데, 느낌이라는 것은 말 그대로 본능적인 것이라서 어쩔 수 없었다.

"작전을 바꿨나. 무슨 큰 그림이지."

이안은 결국 결정했다. 그녀의 말을 반만 듣기로 한 것이다. 히비스커스에 가되 술을 마시지 않고 잔뜩 긴장하여 전방을 주시하기로.

그가 외출 준비를 하는데, 공작저 정원에서 아론이 경건하게 두 손을 모으고 기도하고 있는 것이 보였다.

"아론 레인필드?"

이안은 미간을 찌푸리며 물었다.

"뭐 하고 있는 거지?"

"아."

아론은 분홍색 머리카락을 휘날리며 경건한 태도로 대답했다.

"기우제 지냅니다."

비 오는데 웅덩이에 발이 빠지고 흙탕물을 뒤집어쓰라는 아나벨의 저주가 또 재미있었던 것이 틀림없었다.

"그리고 불쌍한 한 마리의 지렁이를 위해 기도하고 있었습니다. 그 지렁이의 운명은…… 커헉!"

이안은 아론을 대차게 걷어찬 뒤 한숨을 쉬며 성큼성큼 걸었다. 그나마 기사단에서 실력이 가장 뛰어나 부관으로 두었는데, 머리가 좀 정상이 아니었다. 뒹구는 아론을 뒤로한 그는 한숨을 쉬며 다시 걸음을 옮겼다.

날이 살짝 흐린 게 정말로 비가 올 것 같기도 했다. 흑마를 타고 시내로 가는 길, 그는 괜히 웅덩이와 마차 같은 것을 의식하느라 평소처럼 말을 신나게 몰지 못했다. 그런 것들이 시야에 들어올 때마다 아나벨의 얼굴이 둥실둥실 떠다

넜다. 그녀와 얽히기 시작한 열네 살 이후로 한 번도 그런 적이 없었는데.

"자, 드디어 이번 검술 대회의 결승전입니다!"

열네 살, 결승전에서 처음 마주한 소녀의 얼굴은 어딘가 악에 받쳐 있었다. 짙 푸른 눈동자에 머무르고 있는 것은 분명한 살기였다. 귀족가의 도련님으로 자 라나며 검술 천재로 어릴 때부터 이름을 날리던 이안은 그런 선명한 적의를 처 음 맞닥뜨렸다.

아무리 경쟁 상대라고 해도 저렇게까지 이를 갈 필요는 없지 않나……. 그럼 에도 불구하고 검을 쥔 채 꼿꼿하게 서 있는 소녀의 첫인상은 꽤 예뻤다. 낡고 값싼 훈련복과 자신을 노려보고 있는 잔뜩 굳은 얼굴과는 별개로 말이다.

그래서 그녀를 이기고 우승을 했을 때, 은근히 신경이 쓰이기도 했다. 그에게 패배한 그녀는 이를 갈며 죽일 듯이 자신을 노려보았으니까. 하지만 그렇다고 이길 수 있는 상대에게 져 줄 수는 없는 노릇 아닌가. 그래도 아나벨 나디트, 그 여자애의 첫인상은 분명 좋았는데…….

그 좋은 첫인상은 만 하루를 가지 않았다. 그 이후 그는 세상에 존재하는 모 든 욕설을 아나벨 나디트로부터 들어 왔다. 매일 찾아와 귀찮게 굴고, 온갖 비 열한 방법으로 그에게 달려드는 등 진상 짓이란 진상 짓은 다 했다.

그렇게 8년, 눈에 박혀 있던 좋은 첫인상마저 흐릿해지기 충분한 시간이었 다. 그런데 대체 왜 요즈음에 와서 그녀가 자꾸 떠오르는지 알 수 없었다.

이안이 어찌저찌 시내의 술집, 히비스커스에 도착하자마자 웨이터가 웃으며 다가왔다.

"좋은 저녁입니다, 이안 웨이드로스 님. 늘 모시던 곳으로 안내하겠습니다."

완전히 외진 자리였다. 이안은 히비스커스에서 누군가를 만날 때마다 항상 같은 자리에 앉았다. 그도 유명인이었지만 상대방 역시 눈에 띄면 좋을 일이 없는 사람이었기 때문이다.

좀 일찍 도착해서인지 그의 약속 상대는 아직 오지 않은 상태였다. 그는 상대방을 기다리면서도 아나벨 생각에 빠져 미간을 찌푸리고 있었다.

그때였다.

쾅!

이안은 펄쩍 뛰어 안쪽으로 피했다. 서쪽 외벽이 무너지며 그가 앉아 있던 자리를 덮쳤다. 온갖 벽돌과 장식품 등이 테이블로 쏟아져 난장판으로 변해 버렸다. 히비스커스 안은 완전히 아수라장이 되었다.

"손님! 괜찮으십니까!"

다행히 벽 쪽에는 이안밖에 없어서 다른 다친 사람은 없었다. 이안 역시 놀라운 속도로 피한 덕분에 하나도 다치지 않았다. 하지만 지금 그가 괜찮은 것이 문제가 아니었다.

"괜찮다."

이안은 몰려드는 웨이터들에게 건성으로 대답하고 무너진 외벽 사이로 뛰쳐나갔다. 이 정도 무너지는 속도라면 아나벨의 경고가 없었더라도 멀쩡히 잘 피했을 테지만, 지금 그게 중요한 건 아니었다. 당장 만나서 자초지종을 물어보고 싶었다.

무작정 아나벨을 찾기 위해 시내를 가로지르려던 그는 아나벨의 거처조차 모른다는 사실을 떠올렸다. 아마…… 어머니 쪽으로 피가 반만 섞인 오라비랑 산다고 하지 않나. 그 오라비의 이름조차 몰랐다. 그냥 아무나 붙잡고 나디트가의 저택이 어디냐고 물어보는 수밖에 없었다.

"나 찾아?"

그때 느릿한 목소리가 들려왔다. 그는 그제야 고개를 들고 느티나무 가지 위에 팔짱을 끼고 앉아 있는 아나벨을 발견했다.

"내가 가지 말랬지, 검만 든 멍청한 금발 머리 자식아. 왜 경고를 했는데도 알아듣지를 못하니. 뇌세포 신선하게 보관 못 할래?"

태연히 앉아 있는 그녀의 등 뒤로 연보라색 머리카락이 휘날렸다.

"너……."

하지만 아나벨은 그와 오래 대화를 나눌 생각이 없는 듯했다.

"문턱에 발 찧어서 새끼발톱 빠질 것같이 달랑거려라! 그래서 며칠 동안 양말 신을 때마다 조마조마해 가면서 내적 비명 질러라!"

그의 대꾸조차 듣지 않고 아나벨은 작별 인사와도 같은 욕설을 내뱉었다. 그러고는 벌떡 일어나 어둠 속으로 사라졌다. 이안은 당장 아나벨을 쫓아가려고 했다. 이게 어떻게 된 일인지 지금 즉시 듣고 싶었다. 그녀를 붙잡는 건 그에게 그다지 어려운 일이 아니었다.

어수선한 술집을 뒤로하고 달려 나가려는 찰나, 누군가 그의 팔을 잡았다.

"이안, 괜찮나?"

그의 약속 상대였다.

"누군가의 테러인 것 같다. 폭발물을 발견했다는군."

짙은 회색 로브를 둘러쓴 남자는 어둠 속에서 초록색 눈을 반짝였다. 이안은 그에게 간단히 예를 표하며 말했다.

"저는 괜찮습니다, 전하."

이안의 약속 상대는 황자인 로버트였다. 군신 관계를 떠나 오래도록 친밀하게 지내 온 그들은 종종 술집 히비스커스에서 만나 회포를 풀곤 했다. 말이 회포지, 로버트가 이런저런 이야기를 하면 무뚝뚝한 이안이 받아 주는 형태이기는 했다. 이안이 주기적으로 히비스커스에 가는 것은 그다지 비밀이 아니었으나, 그 상대가 황자인지라 언제나 보안을 지켜 왔다.

"몰래 움직인다고 움직였는데 내 정체가 탄로 난 모양이야."

로버트는 당연히 이 테러가 자신을 겨냥한 것이라고 생각했다. 이안 웨이드 로스는 아직 공작위를 받지 않았을뿐더러 정치적으로 아무런 움직임도 보이지 않았다. 황자이기 때문에 적이 많은 자신과는 다를 수밖에 없었다. 게다가 로버트는 다른 황자들과는 조금 달랐다. 대놓고 황태자와 내립각을 세우고 있었으며, 본인도 황위에 대한 야심이 있었기 때문이다. 그런 그의 야심을 황태자와 황후가 가만히 두고 볼 리 없었고, 이미 이러한 위험에 노출된 경험이 많았다.

"다행히⋯⋯."

이안은 미간을 찌푸리며 힘겹게 말했다.

"⋯⋯위험을 경고해 준 이가 있어서요."

"그대에게?"

로버트는 고개를 갸웃하더니 손뼉을 한번 치고는 반색하며 말했다.

"그 고마운 자가 누군지 말해 줄 수 있겠나?"

고마운 자⋯⋯.

요 근래의 욕설은 좀 결이 달라지긴 했지만, 열네 살 이후로 그는 아나벨에게 매일같이 쌍욕을 들어 왔다. 그중에는 정말 모욕적이고 상스러운 언어들도 많았기에 이안은 '고마운 자'라는 단어와 아나벨을 연결시키는 데에 잠시 시간을 들일 수밖에 없었다.

"아무래도 내게 접촉하기 힘드니 그대에게 귀띔해 준 것이라고 생각하는 것이 올바른 추론 같은데."

"흠⋯⋯. 전하를 노린 테러요?"

"감히 누가 이딴 허접한 테러로 검술 대회 1등인 자네를 노리겠어? 게다가 자네는 딱히 적도 없잖아?"

로버트가 어깨를 으쓱했다. 그러고 나서 아무 말도 없는 이안을 바라보며 재미있다는 듯이 덧붙였다.

"아, 한 명 있지."

"……."

"자네에게 매일 달려든다는 그 2등…… 이름이 아나벨이던가? 자네를 테러할 사람은 그 여자밖에 없지 않아?"

이안은 자신도 모르게 이마를 짚었다. 차라리 단순한 악연일 때가 나았다. 예전에는 아무리 욕을 들어도 그때만 기분이 나쁘고 그냥 잊어버리곤 했다. 그런데 지금은 이렇게 자꾸만 얽히고 계속 생각이 나니 미친 듯이 거슬렸다. 이게 아나벨의 큰 그림이라면 아주 성공적인 셈이었다.

"경고를 해 준 이가 바로 아나벨 나디트입니다."

"아, 그래?"

이안이 씹어뱉듯 말하자 로버트의 얼굴에 화색이 돌았다.

"어떻게 된 일인지 대충 알겠군."

"예?"

"아베데스 후작이 대표적인 황태자파 아닌가."

여전히 떨떠름한 표정을 짓고 있는 이안에게 로버트가 차분히 설명했다.

"어쩌다가 후작에게서 그런 정보를 엿듣지 않았을까. 형님은 언제나 나를 죽이고 싶어서 안달이신 분이니까 이런 테러를 기획하고도 남지."

여기서 말하는 '형님'은 당연히 황태자였다. 로버트는 상당히 정치적으로 움직이는 자였고 당연히 판세를 읽는 데 머리가 빠르게 돌아갔다.

이안이 낮게 물었다.

"아나벨은 후작에게 자식으로 인정받고 싶어 합니다. 왜 굳이 제게 황자님을 향한 테러 계획을 알려 주겠습니까?"

"아베데스 후작이 아나벨을 어떻게 대하는지는 아나?"

로버트가 팔짱을 끼며 말했다.

"하긴 사교계에 관심이 없으니 아나벨에 대해 잘 모르겠지."

이안은 아무런 대답도 할 수 없었다. 그는 검술 외에는 딱히 외부 세계에 관심을 가져 본 적이 없었다. 아나벨에게는 더더욱 관심을 두지 않았다. 그에게 아나벨은 그냥 비열한 검사, 귀찮은 2등, 혼자만 불타는 성가신 라이벌 정도가 끝이었다. 오죽하면 그녀가 사는 곳도 모르고, 그녀의 하나뿐인 가족의 이름도 모르겠는가. 8년간 거의 매일같이 만나 왔으면서 말이다.

"아나벨이 태어났을 때 친모에게 돈 좀 쥐여 준 것 외에는 관심조차 두지 않았어. 아무리 검술 대회 2등으로 이름을 꽤 날렸어도 말이야. 나 참, 그것도 아비라고……."

로버트는 고개를 절레절레 저었다.

"제 욕정을 어쩌지 못해 사생아를 보고는 그 친모에게 돈이나 좀 던져 주면 끝인가. 심지어 그 돈은 모두 제 오라비가 가로챘는데."

"그렇습니까?"

"내가 아나벨이라면 아베데스 후작이 원망스럽긴 할 거야. 낳아 놓고 제대로 책임도 지지 않으니 말일세. 그렇다고 어디 내놓기 부끄러운 딸도 아니고, 나름 열심히 살고 있는데. 엿 먹어 보라고 이 정도는 할 수 있는 일 아닌가?"

"……."

"어쨌든."

다소 굳은 이안의 표정을 보며 로버트가 말을 이었다.

"이렇게 경고해 준 건 감사한 일이군. 내가 조금만 일찍 와도 당할 뻔하지 않았나. 좀 늦었으니 망정이지."

로버트가 침착하게 이야기하는 내내 이안은 의심을 키워 가는 중이었다. 물론 로버트의 추론이 합리적이라는 건 부정할 수 없었다. 그러나 그가 봐온 아나벨은 절대로 그렇게 복잡한 행동을 하는 여자가 아니었다. 그렇게 정치적으로 움직이면서 황가의 일까지 간섭한다고? 그냥 어떻게든 이안을 이겨야 한다는 집착 외에는 아무것도 관심이 없어 보였는데.

만일 어쩌다 아베데스 후작을 통해 오늘의 테러 계획을 알게 되었다고 해도 절대로 귀띔해 줄 리가 없었다. 오히려 조금이라도 자신이 다치기를 바라며 조용히 멀리서 테러범을 응원하고 있으면 모를까. 갑자기 엄청난 심경의 변화가 생겼다기엔 마지막에 또 엄청난 저주를 하고 갔는데.

"하지만 여전히 제게 욕설과 저주를 퍼붓는 여자입니다. 굳이……."

로버트가 부드럽게 그의 말을 끊었다.

"뭐, 자네에게는 저주를 퍼부을 수 있지. 어쨌든 그녀가 구해 주고 싶었던 사람은 자네가 아니라 나 아닌가."

아무리 생각해도 그게 아닌 것 같은데, 딱히 반박할 말도 없었다. 이안은 아나벨에 대해서 정말 아무것도 모르는 상태가 되어 버렸다. 매일같이 마주했는데도, 지금 한 번 스쳐 지나간 황자보다도 그녀를 몰랐다.

그 이상한 괴리감이 그의 마음을 알싸하게 스칠 때였다.

"그러니 다음 만남에서는."

이안의 생각은 더 이어지지 못했다.

"아나벨 양과 셋이서 보는 것이 좋겠어."

로버트가 폭탄과도 같은 말을 꺼냈기 때문이다.

"남들 눈을 피해서 몰래 감사 인사도 전할 겸 말이야."

로버트의 초록색 눈이 매혹적으로 휘었다. 그는 부드럽고 다정한 어조로 계속해서 말을 이었다.

"사정이 딱한데 내가 도와줄 수 있는 일이 있을지도 모르고."

때맞춰 아론의 기우제가 통했는지 비가 쏟아지기 시작했다. 길가에 빗물이 고이는 웅덩이마다 아나벨의 얼굴이 다시 둥실 떠올랐다.

"자네가 자주 만나니 주선 좀 해 주게."

"자주 만나는 건 아니고, 그냥 자꾸만 얽히는 것뿐입니다."

무뚝뚝한 이안의 대답에도 로버트는 뜻을 굽히지 않았다.

"그게 그 말이지. 검술 대회 전에 반드시 자리를 한번 마련해 줘."

주룩주룩 내리는 비를 보고 있노라니 그녀의 지난 저주가 떠올랐다. 그래서 이안은 자신의 가슴속을 가득 채우는 이 불쾌감이 무엇인지 더 깊이 생각할 수가 없었다.

"어떻게 됐어?"

집에 돌아오자마자 리어드가 다급하게 물어 왔다. 그는 내가 이안의 부상을 직접 눈으로 확인하려고 나간 줄 알고 있었다.

"실패했어."

나는 그와 눈도 마주치지 않은 채로 무뚝뚝하게 대답했다.

"그 정도 무너지는 속도라면 이안은 무조건 피할 수 있어. 더 비싼 폭탄을 썼어야지."

그 와중에도 돈 아끼느라 싸구려 폭탄을 쓴 것이 똑똑히 보이는 테러였다.

리어드가 한숨을 쉬며 이마를 짚었다.

"이런."

그러더니 씩씩대며 덧붙였다.

"괜찮아. 앞으로도 기회는 많으니까."

그래, 기회는 아직 많지. 우리가 감옥에 들어갈 기회. 특히나 이번에는 정말 위험했다. 나중에 의구심을 품은 이안이 싹 다 조사하면서 히비스커스 사건에 '황자 시해 시도'라는 죄목까지 덧붙였기 때문이다.

리어드는 이안이 정기적으로 히비스커스의 외진 자리를 예약하는 것을 알고 있었다. 그래서 이렇게 일을 꾸민 건데, 그와 만나는 상대가 로버트라는 건 상상도 못 했던 것이다.

'하긴 리어드의 정보력으로는 무리였겠지.'

나는 그를 두고 방에 올라와 침대에 벌러덩 누우며 생각했다.

'이안이 로버트와 정기적으로 만날 정도로 절친이라는 걸 말이야.'

내가 황자라도 이안과 친하게 지내고 싶을 것 같았다. 세계관 검술 최강자에 다가 인성도 괜찮고 집안도 엄청난 데다가 정치질에 관심도 없다.

'부럽다, 남주 버프……. 하.'

진짜 사근사근한 성격 빼고는 모든 걸 다 가진 남주라고 볼 수 있었다. 하긴 그러니 나중에 자신과 똑같은 완벽한 여주와 이어지는 것이겠지만.

어쨌든 이 소설의 장르는 로판이다 보니 이안도 로맨스를 찍기는 찍었다. 물론 댓글 반응은 그냥 그랬다. 이안이 너무 완벽한 데다 모든 일을 상식적으로 처리하는지라 '오히려 그래서 무매력'이라는 의견이 다수였기 때문이다. 욕먹을 것도 없지만 그렇다고 인상에도 안 남는 지극히 정상적인 존재.

'뭐, 그래도 데리고 살기에는 별다른 단점 없고 정상적인 게 최고지.'

또라이 변태 남주는 남의 애인으로는 재미있어도 내 애인으로는 절대 안 되는 법이었다. 그러나 이 세계에서 나와 절대 핑크빛으로 얽힐 리 없는 남자가 이안이었다.

'무난하고 잘생긴, 이안이랑 비슷한 하위 호환의 남자를 잘 골라 보자.'

어쨌든 이번에는 이안이 절대로 그냥 넘어가지 않을 것 같다는 생각이 들었다. 분명히 나를 붙잡고서는 어떻게 된 일이냐 다그치겠지.

나는 대충 대답할 핑계를 정하고 나서야 편히 잠자리에 들었다. 꼬치꼬치 캐묻기 시작하면 또 대충 욕설이니 지주를 씌우고 튀면 그만이었다. 원래의 내가 개연성 없이 몰상식적인 언행을 남발했다는 것은 어느 정도 다행이었다. 막무가내로 어떤 행동을 저지르든 별다른 제약이 없었으니 말이다.

하지만 나는 다음 날, 예상치 못한 상황을 맞게 되었다.

"안녕하십니까."

항상 이안의 옆에 붙어 있던 분홍 머리 청년이 우리 집에 찾아온 것이다.

"아론 레인필드라고 합니다."

귀여운 인상의 그는 나를 보며 빙글빙글 웃었다. 말투에도 장난기가 가득 묻어 있는 것이 이안과는 완전히 상극 같았다. 당연히 이안이 들이닥칠 줄 알았던 나는 좀 당황했다.

"저는 이안 님의 부관이기도 하지만, 레슬리 님…… 그러니까 마님의 수다, 아니 대화 상대이기도 한데요."

아론은 항상 흥미로운 눈으로 나를 바라보곤 했으나 그간 말을 붙인 적은 없었다. 아니, 사실 나는 이안 외에는 웨이드로스 기사단 사람들과 아예 얽히지 않았었다.

"레슬리 님께서 뵙고 싶어 하셔서 모시러 왔습니다."

레슬리 님이라면, 웨이드로스 공작 부인? 그러니까 이안의 어머니?

아니, 이게 무슨 일이야.

내가 이안에게 고발당해서 감옥에 갇히는 결말은 수도 없이 상상했지만, 이안의 어머니에게 불려 가는 일은 생각도 해 본 적이 없었다.

레슬리 웨이드로스 역시 검사였다. 평민 출신의 천재 검사였던 그녀 역시 만년 2등이었다. 그녀를 항상 이겼던 사람이 바로 웨이드로스 공작이었다. 그녀역시 젊은 시절, 웨이드로스 공작과 엄청난 라이벌 관계였다고 들었다. 아마부상을 당하고 다시는 검을 쥐지 못하게 되었을 때 시름시름 앓던 그녀에게 웨이드로스 공작이 청혼했다나 어쨌나. 그런 이야기를 내가 알고 있는 것은 내어머니 케이틀린이 계속해서 떠들던 가십거리였기 때문이다.

케이틀린에게는 가난한 평민 검사가 무려 공작을 낚았다는 것이 배가 아파

죽을 만큼 샘나는 일이었다. 일부러 아픈 척을 한 게 틀림없다느니, 평민 출신이라 역시 기품이 없다느니, 그동안 분명히 검으로 유혹했을 거라느니 별별 말을 다 지어냈다.

그럼에도 불구하고 그녀는 케이틀린에게 아무런 관심조차 없었다. 아니, 원래 모든 것을 심각하게 생각하지 않는 성격이었다. 심지어 그녀는 아들인 이안이 검술 최강자 자리에 올라도 그러려니 했다. 그녀의 생각에 1등과 2등이 결혼해서 낳은 아들이 1등을 하는 건 당연한 일이었기 때문이다.

그 외에는 정보가 없었다. 어차피 케이틀린이 막 떠들어 댄 것 중 반은 헛소문일 테니까. 그냥 평민 출신인 것을 굳이 감추려고 하지 않는 털털한 사람이라는 것 정도?

나는 처음으로 웨이드로스 공작저의 담을 넘지 않고 마차를 타고 정문으로 들어갔다. 물론 이렇게 고급 마차를 타는 것도 처음이었다.

"굳이 이런 마차까지는 필요 없는데."

나는 평민 주제에 이안에게 찍찍 반말을 써 댔다. 그러니 그 부관인 아론에게도 반말을 써야 뭔가 족보가 꼬이지 않을 듯했다. 아론은 전혀 상관없다는 듯한 태도였다.

"괜찮습니다. 제가 필요해서 타고 온걸요."

"……."

"아나벨 님의 요즈음 욕설은 아주 인상 깊게 듣고 있습니다."

아론은 내 맞은편에 앉아서 헛소리를 아주 진지하게 해 댔다.

"솔직히 말씀드리면 예선의 욕설은 좀 난잡하고 상스러워서 딱히 취향이 아니었는데, 샌드위치 저주부터는 한 마디 한 마디가 주옥같았습니다. 단 하나도 놓치고 싶지 않았어요."

그래서 나는 어젯밤에 그가 놓친 욕설을 들려주었다.

아론은 고개를 끄덕여 가며 대답했다.

"그렇죠. 발톱이 빠지는 게 아니라 빠질락 말락 하는 것이 키포인트이지요."

나사 하나 빠진 것 같은 청년이지만 아론 역시 굉장한 실력자였다.

"그러면서 며칠간 아주 신경 쓰이고 말입니다."

그는 열두 살 때 한번 검술 대회에 참가한 이후 아예 대회에 나오지 않고 있었다. 슬프게도 첫 상대가 열네 살의 이안이었던 것이다. 1차전에서 광탈한 그는 그다음부터는 그냥 관중석에서 남들을 평가하는 것에만 열중했다. 누군가가 그 이유를 물어보면 어차피 계속 1등을 못 할 텐데, 자신에게는 1등에게 1차전에서 패한 것으로 자존심을 지키는 것이 우월 전략이라고 대답했다. 그건 어느 정도 맞는 말이어서, 그 이후 아론의 실력을 제대로 평가할 수 있는 방법이 없었다.

하지만 그에게서 느껴지는 검기가 확실히 예사롭지 않았다. 괜히 제대로 된 랭킹도 없으면서 이안의 부관인 것이 아니었다.

"그런데……."

나는 마차에서 내리며 조심스럽게 물었다.

"대체 공작 부인께서 나를 왜 부르는 거지?"

"보고 싶으신가 보죠."

아론은 중요한 말은 하지 않고 별로 중요하지 않은 말만 열심히 이어 갔다.

"그리고 중요한 건 점심 식사 초대라는 겁니다. 레슬리 님께서 특별히 부탁하셔서, 저희 아버지가 직접 나서서 훌륭한 코스 요리를 준비하셨답니다."

"아…… 버지?"

"예. 제 아버지가 바로 오스칼 레인필드입니다."

내가 공작가 요리사의 이름까지 알아야 하나, 라는 얼굴로 멀뚱하게 아론을 바라볼 때였다. 아론이 오히려 더 미심쩍어하며 눈을 깜빡였다.

"이 시점에서 놀라셔야 하지 않을까요?"

"왜?"

"오스칼 레인필드라니까요. 그 유명한 오스칼 레인필드 맞아요."

"……유명하신 분인가?"

"레인필드 레스토랑 모르세요?"

전의 기억을 뒤져 봐도 전혀 없었다.

아론은 한숨을 쉬며 고개를 절레절레 저었다.

"아나벨 나디트 님…… 이안 웨이드로스밖에 모르는 바보……."

아니, 그런 논란의 여지가 있는 말은 굳이 하지 않으면 좋겠는데.

내가 아무런 대꾸도 하지 않자, 그는 고개를 갸웃거리며 중얼거렸다.

"이상한데. 분명히 나디트 모자가 생일 만찬만큼은 늘 저희 레스토랑 본점에서 즐겼다고 했거든요."

"어머니랑 리어드가?"

그러고 보니 케이틀린과 리어드는 언제나 생일이 되면 저녁때 둘이서 나가곤 했다. 내 복잡한 표정을 본 아론이 결연히 말했다.

"일단 맛을 보시죠."

이안의 어머니가 불러서 온 건데, 점심 식사로 뭔가 묘하게 중심이 바뀐 것 같았다. 정말 어이가 없을 지경이었다. 이런 상황에서 밥 준다고 그게 잘 넘어가는 정신 나간 애가 어디 있겠는가?

내가 바로 그 정신 나간 애였다.

그것도 보통 잘 넘어가는 게 아니라 미친 듯이 잘 넘어갔다.

'미쳤네. 이건 요리가 아니라 작품이다.'

음식 하나하나가 놀라울 정도로 맛있었다. 물론 눈앞의 레슬리 님 역시 전투적으로 식사를 하고 있었다. 어느새 그녀는 내 안에서 '레슬리 님'으로 격상되었다. 검은 머리카락에 붉은 눈을 가진 그녀는 굉장히 소탈했다. 일단 식사부터 하고 이야기를 시작하자더니 정말 식사에만 집중하는 중이었다.

"내가 공작 부인이 되고 나서 가장 먼저 한 일이 오스칼 레인필드에게 공작 저의 셰프가 되어 달라고 제안한 거야."

레슬리 님은 결연하게 말했다.

"공작저로 들어오게 하는 데에는 3년이 걸렸지만 말이다."

나와 레슬리 님은 식사 내내 음식 얘기만 했다. 심지어 셰프라는 오스칼이 메인 요리를 직접 내오기까지 했다. 막연히 푸짐한 아저씨를 상상한 나는 생각보다 샤프한 생김새에 놀랐다. 분홍빛 머리카락에 푸른색 눈을 가진 그는 키가 훤칠한 미중년이었다.

'아론하고 묘하게 닮긴 했네.'

아론이 나이가 들면 저렇게 될 것 같았다.

"저는⋯⋯."

나는 정신없이 음식을 먹으며 말했다.

"이렇게 맛있는 음식은 정말 처음 먹어 봐요! 이렇게 접시가 계속 나오는 식사도요!"

레슬리 님이 미간을 찌푸리며 물었다.

"접시가 계속 나오는? 그럼 평소에는 식사를 어떻게 하는 거지?"

"어머니나 리어드가 전 살이 찌면 안 된다고 해서⋯⋯. 간이 안 되어 있는 냉동 이퍼 고기를 주로 먹어요."

아무리 생각해도 내 식사는 여기에 비하면 접시만도 못했다. 정말 형편없이 맛없는 인간 사료였는데.

"이퍼? 숲 근방에 서식하는 하급 마물 말하는 거야?"

"네, 맞아요."

내 말에 반응한 사람은 고기를 자르려고 준비하고 있던 오스칼이었다.

"이퍼? 그것도 냉동? 그건 쓰레기나 다름없는데. 빈민가에서나 먹는 음식 아닙니까?"

레슬리 님의 동공 역시 흔들렸다. 그녀가 떨리는 목소리로 물었다.

"아니, 그럼 이렇게 마른 게……. 혹시 케이틀린과 리어드가 제대로 밥도 안 주면서 훈련만 시킨 거니?"

"그래도 삼시 세끼 꼬박꼬박 단백질로 주기는 했으니까 밥도 안 준다고 하기에는……."

내 말에 잠시 방에 정적이 흘렀다.

"아, 아예 음식의 종류를 모르는 수준은 아니에요! 남은 음식은 종종 방으로 올려 보내 주었거든요!"

황급히 덧붙였지만 분위기는 좋아지지 않았다. 특히 레슬리 님은 포크를 쥔 채 그대로 굳어 있었다. 일어나선 안 되는 일이 벌어졌다는 표정이었다.

가장 먼저 움직인 사람은 오스칼이었다.

"도저히 안 되겠군요."

갑자기 오스칼이 장갑을 벗었다.

"냉동 이퍼 고기라니. 그것도 삼시 세끼를. 세상에, 그런 끔찍한 일이."

그러더니 주머니에서 무언가를 꺼내 내게 내밀었다.

"아무 지점에나 가서 편하실 때 드십시오."

「레인필드 레스토랑 식사권」

아무 지점…… 그렇다면 체인점? 나는 그제야 아론이 레인필드 레스토랑을 언급한 것을 기억해 냈다. 이름을 모르는 것만 해도 괴짜 취급을 받을 정도로 엄청난 레스토랑임이 틀림없었다.

'엄청나게 부자겠다.'

식사권을 받아 드는데 손이 떨리기까지 했다.

"가, 가, 감사합니다. 너무 맛있어요……."

레슬리 님이 기가 찬다는 듯이 한숨을 쉬었다.

"이런 말 하면 좀 그렇지만 케이틀린도 리어드도 너무하는구나. 누구 덕분에 그렇게 사는 줄도 모르고 제대로 식사도 안 챙겨 줘?"

그녀는 내게 음식을 몰아주면서 이를 갈았다.

"다른 건 몰라도 밥 제대로 안 주는 사람들은 아주 나쁜 것들이야."

레슬리 님은 부들부들 떨기까지 했다.

"상상할수록 정말 끔찍하네. 나쁜 건 알았지만 생각보다 더 악질이구나."

"네. 리어드는 쓰레기입니다."

아니 왜 이렇게 불쌍하냐, 나. 처음 전생이 떠올랐을 때에는 살아남을 궁리를 하느라 바빠서 신경 쓰지 못했는데, 성장 환경에서부터 지금 처지까지 정말 불행했다.

그래도 다음 검술 대회까지만 버티면 된다. 리어드와 내가 신나서 짠 계략들을 다 흐지부지 만든 다음 리어드를 손절할 테니까! 아무리 늘 진다고 해도 세계관 2등인데 내 한 몸 건사하지 못할 이유가 없었다. 그놈의 검술 대회 1등만 포기해도 인생 즐길 수 있는 여지는 차고 넘쳤다.

식사 도중에 오스칼이 커다란 칼을 들고 직접 고기를 잘라 주었는데, 그 솜씨가 엄청났다.

"세상에……."

나는 나도 모르게 중얼거렸다.

"아론 레인필드가 왜 그렇게 검을 잘 쓰는지 알겠네요……."

검기는 없었지만, 칼을 다루는 세밀함이 가히 볼만했다.

"오스칼뿐이겠니."

레슬리 님이 싱긋 웃으며 말했다.

"오스칼의 아내인 메릴린도 아주 칼을 잘 쓰지."

오스칼은 나를 보더니 한숨을 한번 삼키고 고기를 몰아주었다. 입에서 살살 녹는 것이 지금까지 내가 먹던 것은 역시 쓰레기였구나 싶었다. 냉동 마물 고기와는 차원이 다른 부들부들한 소고기……. 레슬리 님은 내가 디저트를 아껴 먹는 것을 보더니 하녀를 불러 디저트를 포장해서 준비하라고까지 말했다.

뭐지, 이 천사님은! 하긴 언제나 문제는 조무래기 악역인 나였지, 웨이드로스 공작가 사람들은 다 멀쩡하고 괜찮았다. 남주 집안답게 아무런 지뢰 요소가 없었다. 그래서 나는 다시 한번 다짐했다.

'역시 내 이상형은 이안 웨이드로스의 하위 호환이다. 시댁 포함.'

양심은 있으니 '하위'는 꼭 붙어야만 했다.

식사가 다 끝나고 나서, 레슬리 님은 내게 직접 차를 따라 주며 웃었다.

"자, 이제 배를 채웠으니 본격적인 이야기를 해 볼까."

나는 그제야 정신이 들었다. 대체 나를 왜 불렀을까? 드디어 제발 이안 옆에서 꺼지라고 말하기 위해서? 아니, 지금 여기서 저만큼 그러고 싶은 사람이 없는데요, 제대로 꺼지려면 시간이 좀 걸립니다…….

마음의 준비를 하고 나는 담담히 대답했다.

"네, 뭐든지 말씀하세요."

어떤 모욕을 당해도 식사가 워낙 훌륭해서 대수롭지 않게 넘길 수 있을 듯했다. 식사권도 하나 받았고 말이다. 이 정도 밥 먹여 줬으면 싫은 말 한마디는 군소리 없이 들어 주는 게 인지상정 아닌가.

매사에 너그러워진 나는 사과의 말까지 준비한 채로 그녀를 바라보았다. 그런데 그녀의 입에서 나온 질문은 아주 의외였다.

"왜 우리 이안을 구해 준 거지?"

나는 순간적으로 당황하여 찻물을 뱉을 뻔했다.

아니, 이렇게 밑도 끝도 없이 단정지어 물어보시면 어쩌자는 거지. 이안도 눈치 못 챈 것을 어떻게 레슬리 님이 알게 된 건지 짐작이 안 갔다.

"무, 무슨 소리세요?"

"대신관님 호위 때도 그렇고, 어제 술집 테러도 그렇고."

레슬리 님은 눈을 깜빡이며 말했다.

"다들 아니라고 생각하지만, 내 합리적인 추론에 의하면 네가 이안을 자꾸 구해 주고 있는데. 이안을 싫어하는 것 아니었니?"

"구해 주다뇨. 이안 싫어하는 것 맞고요, 절대로 구해 주지도 않았습니다. 저는 그냥 상관없는 사람이에요."

괜히 수상하게 보였다가 도리어 뒤를 밝히면 큰일이었다. 내가 구해 준 것이 맞다고 하더라도 대체 왜 구해 줬느냐 물으면 딱히 대답할 말이 없었다. '사실 여기가 책 속의 세계인 걸 깨달았습니다. 그래서 저는 새사람이 되었습니다'라고 말하면 누가 믿어 주겠는가.

원작에서 웨이드로스 가문이 나와 리어드를 얼마나 탈탈 털었는지 떠올려 보면 무조건 계획을 망치는 게 우월 전략이었다.

"그럼 어제는 어떻게 된 일이지?"

"네?"

"네가 연무장에서 이안에게 경고하는 걸 들었거든."

어제 그 자리에 레슬리 님도 있었던가!

나는 낭패스러운 표정을 숨기기 위해 안면 근육에 힘을 주었다.

"나는 이제 검을 다루지는 못하지만, 한때 검을 다뤘던 몸이니 기를 어느 정도 쓸 줄 알아서 말이다. 그리고 실제로 어제 이안이 테러로부터 무사했다지."

레슬리 님이 기척을 숨기고자 했다면 서로와의 대련에 정신이 팔려 있던 나와 이안은 당연히 눈치채지 못했을 것이다. 게다가 하도 연무장에 기사들이 많아서 그 존재를 알아채지도 못했다. 생각하지도 못한 변수였다.

"뭐, 다들 로버트 황자님을 노린 테러라고 하지만 말이다."

나는 잠시 생각에 잠겼다. 나의 우선순위는 무엇인가. 무조건 나와 리어드가 한데 묶여 이안을 해하려 한다는 사실을 들키지 않는 것이었다.

그렇다면 일단 황자님을 향한 테러라고 얼른 둘러대야 했다. 대신관 테러로 돌려 버렸을 때 몹시 편했던 기억이 있어서, 나는 재빨리 긍정했다.

"사실은 제가 정말 우연히, 테러 계획을 알게 됐는데요."

나는 결국 이안이 캐물으면 대충 둘러대려던 대답을 해야겠다고 다짐했다.

"역시 아베데스 후작인가…….."

레슬리 님은 심각한 표정으로 중얼거렸고, 나는 조심스럽게 말을 이었다.

"그래서 이안이 다치게 되면……."

그때 노크도 없이 문이 벌컥 열렸다.

"어머니! 아나벨 나디트를 부르셨다고 들었습니다. 그 망나니를 왜! 안 그래도 제가 찾아서 물어볼 말이 있었는데……."

아니, 아무리 내가 망나니여도 이렇게 대놓고 망나니라고 부르면 내가 하려던 말이 무색해지는데. 그것도 내 생애 가장 맛있는 걸 먹어서 이렇게 행복한 날에 말이다.

망나니라고 부르면 망나니짓을 해야 하지 않겠는가. 나는 그래서 바로 온순한 버전으로 준비해 두었던 대답을 바로 거칠게 선회했다.

"……억울하잖아요. 왜냐하면 이안의 상대는 저뿐이니까요! 빌어먹을 이안 웨이드로스를 다치게 할 수 있는 사람은 아나벨 나디트뿐입니다!"

나는 그를 똑바로 노려보면서 테이블을 쾅, 하고 쳤다.

"어설프게 부상당한 나머지 자리보전이라도 해서 제가 한 대 치지도 못하는 상황이 되는 건 완전 싫어요!"

이안이 방문 앞에 선 채 그대로 굳어서 나를 바라보았다.

레슬리 님이 눈을 동그랗게 뜨며 박수를 쳤다.

"어머."

심지어 어딘가 감동받은 표정이었다.

"바로 그게 웨이드로스에서 추구하는 기사도 정신이란다."

"……네?"

"온전한 상태에서 이기고 싶다는 것 아니니? 괜한 부상으로 제대로 된 결투
가 벌어지지 않는 상황이 싫은 거지!"

그 말에 이안이 끼어들었다.

"어머니, 그건 아닙니다. 어머니가 잘 모르셔서 그러시나 본데, 아나벨 나디
트는 정정당당과는 거리가 먼 어쩔 수 없는 만년 2등…….."

"듣는 만년 2등, 아주 기분이 나쁘구나."

이안은 말문이 막힌 듯 아랫입술을 깨물었다. 레슬리 님 역시 늘 웨이드로스
공작에 밀려 2등이었으니까. 나는 뭔가 쌤통인 것 같아서 레슬리 님 몰래 이안
에게 혀를 쏙 내밀었다.

"저, 저, 저게 진짜!"

이안은 기가 찬다는 듯이 눈을 부릅떴고, 나는 이때다 싶어 벌떡 일어섰다.

"뭐, 피차 얼굴 보고 싶은 사이가 아니니 이만 일어나지."

먹을 것도 다 먹었겠다 더 이상 여기 있을 이유가 없었다. 게다가 레슬리 님
한테 추가 질문을 받는 것도 난감했다. 그 와중에도 의심을 피하기 위해 나가
면서 이안에게 단호하게 말하는 것도 잊지 않았다.

"내가 오늘은 맛있는 걸 먹어 기분이 좋아서 소소한 저주를 하나만 해 준다.
샤워하다가 파워 고음 열창했는데 아론 레인필드가 듣고 있어라!"

이안의 표정이 그 어느 때보다 무참하게 구겨졌다.

"잠시, 아나벨 양!"

대충 인사를 하고 나가려는데, 레슬리 님이 벌떡 일어나 내 팔을 잡았다.

아, 너무 심한 저주였나? 내가 선을 넘었나? 하긴, 소소하다고 하기에는 곱씹어 볼수록 끔찍한 저주이긴 했다. 아들의 편을 들어 내게 뭐라고 하실 것이 분명하여 나는 약간 찔린 표정으로 그녀를 바라보았다.

한데 레슬리 님이 나를 보며 다급하게 건넨 말은 의외였다.

"디저트는 가지고 가야지!"

"……네?"

"왜 제일 중요한 걸 잊고 가는 거야? 그러면 못써. 먹을 것에는 항상 진심이어야지."

결국 오스칼 님이 직접 바리바리 싸 준 케이크들을 잔뜩 들고 집으로 돌아가는 길은 행복했다. 어릴 때부터 항상 맛없는 것들로 간신히 배를 채울 정도로만 먹다가 처음으로 배부르게 맛있는 식사를 하니 너무 좋았다. 가장 행복한 기억이 가장 피해야 할 곳에서 생기다니 참 역설적인 일이었다.

심지어 내일은 내 생일이었다. 기억에 따르면 당연히 아무도 축하해 주지 않을 것이다. 리어드는 물론이고 어머니인 케이틀린 역시 내 생일을 조금도 신경 써 주지 않았으니까.

그래도 나 혼자서라도 이 맛있는 케이크를 먹으며 조금은 특별한 아침을 맞을 생각을 하니 기분이 좋았다.

"넌 정말 어쩜 그렇게 타이밍을 못 맞추니!"

씩씩대고 있는 이안을 보며 레슬리는 짜증을 냈다.

"막 재미있는 대화를 하려고 하는데 왜 들이닥쳐서 깽판이야, 진짜!"

레슬리는 성질을 부리다가 불현듯 아들의 얼굴을 보며 눈을 깜빡였다. 가만있자, 자신의 아들이 저렇게 풍부한 표정을 지을 수 있는 애였던가?

이안은 어릴 때부터 무뚝뚝하고 감정 기복이 적었다. 심지어 누구나 쉽게 이겨 댔으니 타인에게 관심도 없었다. 아나벨 나디트를 제외한 모든 사람이 그와 친하게 지내고 싶어 했다. 그렇기 때문에 딱히 간절한 사람도 없었고 결핍된 것도 없었다.

남들은 잘났다며 이안을 치켜세워 주었지만, 웨이드로스 공작 부부는 아들의 빛에 따라오는 그림자를 알고 있었다. 내가 잘났으니 남에게 아무것도 바라지 않는 무심함과 무뚝뚝함. 귀족가의 상식과 기품을 갖췄지만, 그만큼 남의 부족함을 인정하지 않는 냉정함. 레슬리는 그동안 한 번도 그런 것을 문제 삼지는 않았지만, 웨이드로스 공작가가 이안의 대에서 후계자 없이 끝날 수도 있다는 생각은 종종 했었다.

물론 아들이 독신으로 살다 죽는다고 해도 개인의 선택이니 어쩔 수 없는 일이었다. 왜냐하면 웨이드로스 공작과 이렇게 되기 전까지는 본인도 철저한 독신주의자였기 때문이다.

그런데 늘 똑같은 표정으로 모든 것에 심드렁하던 이안이 저렇게 씩씩거리는 표정을 짓다니!

"어머니, 대체 왜 갑자기 아나벨에게 관심을 가지게 되신 겁니까? 원래 아무 관심 없으셨잖아요."

"그냥 너한테 열등감 폭발해서 난동 부리는 애인 줄로만 알았지. 네 앞길의 성가신 방해물 정도로만 생각했다고."

"정확히 알고 계신데요."

이안은 헛웃음을 지으며 팔짱을 꼈다.

"그리고 재미있는 대화라뇨? 여전히 제게 저주를 퍼붓는 여자와 무슨 얘기를 나누시려고요."

"그 저주도 아주 귀엽던데?"

레슬리는 놀리듯 말했다.

"오늘 네가 목욕할 때에 아론을 몰래 들여보내야겠다."

"진짜 그 저주는 너무했죠. 도저히 용납하기가 어렵습니다."

이안이 신경질적으로 머리카락을 쓸어 넘겼다.

"검술 대회만 끝나면 너 이상 얽힐 일도 없을 테니 그때까지만 참겠습니다."

"흠, 그러니?"

레슬리는 천천히 차를 마시며 씩 웃었다. 아들이 펄펄 날뛰는 것을 보는 일도 재미있었지만, 그녀는 아나벨에게 살짝 감동했다. 무조건 이기고 싶은 상대이지만 남의 손에 다치는 건 싫다니. 레슬리가 아나벨의 위치였을 때에는 하지 못했던 생각이었다.

기사도 정신은 멀리 있지 않았다. 바로 아나벨의 진심에 있는 것이었다.

"나는 그 애가 마음에 든다."

"그래서요?"

"너는 어떠니?"

"제가 욕먹으면 흥분하는 변태도 아니고, 아나벨을 마음에 들어 할 리가 없지 않습니까."

이안이 그답지 않게 흥분하며 말했고, 레슬리는 대수롭지 않은 듯 고개를 끄덕였다.

"뭐, 그렇구나. 어쩔 수 없지. 우리는 각자의 노선을 타자꾸나."

"네?"

"언제부터 우리가 그렇게 서로의 인생에 간섭했다고. 한 사람에 대한 평가는 갈릴 수도 있는 법이지."

불안감이 담긴 이안의 눈빛을 무시한 채 레슬리는 말을 이었다.

"오늘도 잿빛 훈련복이더구나. 생각해 보니 그 애가 다른 옷을 입은 걸 본 적이 없어. 검술 대회 때도 그렇고, 연무장에서 우연히 봤을 때도 그렇고……."

레슬리의 말에 이안은 아무런 대답도 하지 않았다.

레슬리는 굳게 다물린 아들의 입을 보면서 저 무심한 애는 매일같이 아나벨을 봤으면서도 그런 생각을 한 번도 하지 않았음을 눈치챘다.

"간단한 코스 식사였을 뿐인데도 세상 감동한 눈치에…… 매일같이 냉동 이퍼 고기만 먹었다고 하던데."

"……"

"아버지인 아베데스 후작은 철저히 무관심하고, 죽은 친모로도 모자라 하나 남은 오빠까지 어떻게든 그 애를 밑천 삼아 배 불릴 생각만 하고 있으니……"

이안은 더 이상 펄펄 뛰지 않고, 한숨을 쉬더니 인사를 하고 나가 버렸다.

레슬리는 잠시였지만 이안의 아주 다양한 표정을 본 것 같다고 생각했다. 분노, 황당함, 당황함, 어딘가 불편함까지.

'재미있다, 재미있어. 목각 인형 같던 이안의 감정이 널을 뛰는 모습이라니.'

그녀는 흐뭇하게 차를 마신 뒤 종을 울렸다. 어디선가 대기하고 있던 아론이 잔뜩 신난 표정으로 들어왔다.

"레슬리 님."

아론의 짙은 푸른 눈이 장난스럽게 휘었다.

"즐거우셨습니까?"

"막판에 이안이 와서 다 망쳤다고 생각했는데……"

레슬리가 씩 웃으며 대답했다.

"나름 뭐, 더 재미있어진 것 같기도 하고 그래. 이안이 백일쯤에 뒤집기 못해서 끙끙거리던 것 이후로 가장 재미있었어."

그녀는 진지하게 말을 이었다.

"그 이후에는 이안을 키우면서 수월하긴 했지만, 재미는 좀 없었단다. 뭐든지 휙휙 잘해 버려서 말이야."

"드디어 아주 오랜만에 아드님으로부터 재미를 찾으신 점 진심으로 축하드립니다."

"그런 의미에서 내가 아나벨 양에게 선물을 좀 하고 싶어."

"선물이요?"

"응. 혹시 레인필드 부인에게 예약을 좀 잡아 줄 수 있을까? 그 낡은 잿빛 수련복 좀 벗겨 보고 싶어서 그래."

레슬리는 정신없이 식사를 하던 아나벨을 떠올렸다. 물결치는 연보랏빛 머리, 짙고 푸른 눈, 오밀조밀한 이목구비…… 꾸미면 정말 예쁠 것 같은데. 그녀역시 검을 다루던 이였으니 당연히 그런 것들에 신경 쓰지 않는 아나벨을 완전히 이해할 수 있었지만, 이것은 그냥 그녀의 욕심이었다.

레슬리가 아나벨을 처음 본 것은 그녀가 열네 살, 처음으로 검술 대회에 참가하여 이안과 결승전에서 맞붙었을 때였다.

사실 둘은 태생부터가 비교조차 하기 힘들었다. 이안은 당대를 휩쓴 유명한검사 둘 사이에서 태어난 웨이드로스의 후계자였다. 어린 나이부터 연무장에서 아버지로부터 직접 검을 배웠고 기사들을 이끌었다.

반면 아나벨은 사생아 출신으로 간이 훈련장에서 선생을 자꾸 바꿔 가며 검을 익혔다. 이안이 아나벨을 이겼을 때 그 누구도 이상하다 여기지 않았다. 레슬리 역시 아나벨을 보면서 저 환경에서 2등을 한 것이 참 대단하다, 정도로만생각했을 뿐이었다.

그녀는 특히 아나벨의 어머니, 케이틀린을 별로 좋아하지 않았다. 심지어 온갖 보석과 비싼 드레스로 자신을 치장한 케이틀린은 낡아 빠진 수련복을 입은어린 아나벨을 차갑게 내려다보며 수고했다는 말도 없이 한숨을 쉬었다. 마치1등이 아니면 아나벨은 전혀 가치기 없다는 듯이.

케이틀린이 죽고 나서는 리어드가 그 모든 것을 상속받아 똑같이 아나벨을학대하고 있는 듯했다. 아니, 아무리 그래도 냉동 이펴 고기만 먹이다니. 굶는것을 가장 싫어하고, 그다음으로는 맛없는 음식 먹는 것을 싫어하는 레슬리에게는 정말 끔찍한 일이었다.

그래서 레슬리는 아나벨에게 마음이 쓰이기 시작한 것이다.

"당장 내일이 좋겠어. 내일 옷도 맞춰 주고 밥도 한 번 더 같이 먹어야지."

그 말에 아론이 멋쩍은 듯이 귀 뒤를 긁었다.

"아, 내일은 좀 곤란할 것 같습니다."

"왜? 역시 예약이 가득 차 있지? 그래도 내 부탁이면 한 시간쯤은 내어 줄 수 있지 않을까?"

"아뇨."

아론은 그답지 않게 신중한 표정으로 대답했다.

"내일은 저희 누님의 기일이라서요."

레슬리는 아, 하고 탄성을 내뱉고는 두 손을 맞잡았다.

"그럼 당연히 다음에 잡아야지. 당연한 일이고말고."

오스칼 부부에게는 태어나자마자 세상을 떠난 딸이 있었다. 살아 있었다면 아마 이안과 동갑일 것이다.

'그 기일이 내일이었구나.'

레슬리는 찻잔을 만지작거렸다.

이안은 몸을 씻으며 입을 꾹 다물고 있었다. 실수로 콧노래라도 흥얼거리지 않기 위해서였다.

그의 어머니라면 아론을 보내고도 남았다. 게다가 아론이라면 자신이 흥얼거린 노랫말을 연무장의 종자들에게 가르쳐서 합창단을 만들어 아침마다 돌림노래로 부르게 할 인간이었다.

조심조심 샤워를 끝낸 그는 문턱을 조심하며 발끝으로 살며시 걸었다.

'진짜 이게 무슨 짓인지.'

더한 쌍욕을 들었을 때에도 신경 쓰지 않았는데, 자꾸 아나벨의 말들이 머릿속을 맴돌았다.

"아, 깜짝이야."

가운을 걸친 그는 창가에 비둘기 한 마리가 앉아 있는 것을 보고 괜히 신경질을 부렸다.

"당장 꺼져!"

비둘기가 어이없다는 듯이 그를 빤히 바라보며 날개를 푸드덕거리더니 결국 날아가 버렸다.

이안은 침대에 누워서 또 한숨을 쉬었다. 결국 대체 왜 자신에게 히비스커스의 위험을 경고해 주었냐고 묻지 못했다. 레슬리와 얽히는 바람에 어영부영 넘어가 버린 것이다.

"……억울하잖아요. 왜냐하면 이안의 상대는 저뿐이니까요! 빌어먹을 이안 웨이드로스를 다치게 할 수 있는 사람은 아나벨 나디트뿐입니다!"

진짜 그런 마음인가. 너무 싫어서 자신이 아닌 다른 사람의 손에 다치는 것도 싫은 상태가 존재하나? 그는 진지하게 생각해 보다가 상상의 나래를 다른 방향으로 틀었다. 이안 웨이드로스가 가장 싫어하는 사람은 당연히 아나벨 나디트였다. 그 여자를 안 싫어한다면 그건 정상인이 아니었으니까.

그런데 그 아나벨 나디트가 다른 상대에게 다친다고 상상해 보자. 괜한 테러에 휘말려서 커다란 부상을 입는다거나…….

"……안 돼."

아나벨이 심각한 부상을 입는다. 그러면 자신과 대련할 때 마음껏 칠 수가 없다. 예를 들어, 자신이 아나벨의 등을 노릴 수가 없었듯이.

'아, 그렇군.'

이안은 쉽게 납득했다.

'역시 사람은 역지사지를 해 봐야 해.'

완벽하게 아나벨의 심리를 이해했다고 믿으며, 이안이 편안하게 잠자리에 들려던 때, 창문을 무언가가 톡톡 두드리는 소리가 났다. 또 비둘기였다.

"아니, 저 빌어먹을 비둘기가 또⋯⋯."

그가 신경질적으로 창문을 열어 내쫓으려고 하자, 비둘기가 한심하다는 얼굴로 자신을 바라보며 발을 내밀었다. 아. 평범한 비둘기가 아니라 전서구였다. 그리고 그에게 이런 전서구를 보내는 사람은 한 명뿐이었다. 로버트 황자.

「다음 만남 때 아나벨 양을 꼭 데리고 오게. 장소는 바꾸는 것이
좋겠지. 붉은 벽돌집 3번 테이블로 예약을 해 놓겠네.」

이안은 쪽지를 몇 번이나 읽었다. 비둘기가 답장을 안 주냐는 듯이 그의 손등을 콕콕 찍었다. 그는 아랫입술을 물고 답장을 썼다.

「그때 뵙겠습니다. 아나벨 나디트는 워낙 제 말을 안 들으니 데려갈
수 있을지 모르겠군요. 안 된다고 생각하시는 편이 나을 듯합니다.」

답장을 써서 비둘기의 다리에 묶어 보낸 뒤, 그는 신경질적으로 침대에 누웠다. 기분이 계속 안 좋았다. 아나벨이 대신관의 호위 행렬에서 그를 구해 줬을 때부터 계속해서 그랬던 것 같았다.

아침부터 아주 기분이 좋았다. 왜냐하면 오늘은 내 생일인 데다가 케이크까

지 있기 때문이었다. 하루가 지났어도 여전히 놀라운 맛의 케이크를 먹으며 행복감에 젖은 나는 결심했다. 역시 맛있는 것을 먹고 난 후에는 또 맛있는 것을 먹어야겠다고.

어제 오스칼에게 받은 식사권을 쓸 생각이었다. 원래 아껴 쓰려고 했지만, 오늘은 바로 내 생일이니까!

나는 한 번도 제대로 생일을 챙겨 본 적이 없었다. '생일 축하해'라는 말도 들어 본 기억이 없으니, 아마 케이틀린도 리어드도 내 생일을 모르는 것이 틀림없었다. 물론 그 두 명이 생일에 아무 의미를 두지 않는 건 아니었다. 서로의 생일은 기가 막히게 챙기곤 했으니까. 생일마다 잔뜩 차려입고서 둘이 나갈 때, 나는 문 앞에서 한참을 머뭇거리다가 물었었다.

"다들 어디 가는 거예요?"

"오늘 리어드 생일이라 식사하러 간다."

"저는……."

"아나벨, 하루라도 훈련을 거르면 되겠니? 이안 웨이드로스를 이기려면 일분일초가 아깝지 않아?"

"……."

"착한 내 딸, 검술 대회에서 1등만 하렴. 매일이라도 함께 저녁을 먹어 줄 테니 말이다."

"……네."

"다 이안 웨인로스 때문이야. 그 자식이 너를 이기지만 않았더라도, 우리 세 식구는 훨씬 더 행복하게 지낼 수 있을 텐데 말이다."

"그래, 아나벨. 어머니 말씀이 맞아. 나도 내 생일에 너랑 저녁을 함께 먹을 수 없어서 마음이 아파. 그러니까 어떻게든 이안 웨이드로스를 꺾어."

내가 화목한 가족의 일원이 되지 못한 것은 모두 이안 때문이라고 생각하던 시절이 있었다. 그래서 이안을 꺾을 때까지는 생일조차도 축하할 필요가 없다고 생각했다. 아니, 전생의 기억이 떠오를 때까지만 해도 그랬다.

하지만 객관적인 시각을 장착하고 새사람이 된 나는 이제 내 생일은 내가 축하해 주기로 했다. 그동안 이안을 이기겠다며 지금 이 순간의 시간도 아깝다고 생일날 훈련만 했다니, 나도 참 바보 같았다. 케이틀린과 리어드가 축하해 주지 않는다고 해도 나는 태어난 가치가 있었다.

"이상한데. 분명히 나디트 모자가 생일 만찬만큼은 늘 저희 레스토랑 본점에서 즐긴다고 했거든요."

아론의 말에 따르면 케이틀린과 리어드가 나를 빼고 간 곳이 바로 레인필드 레스토랑이었다. 그렇다면 나 역시 그곳에서 생일을 축하해도 나쁘지 않을 것 같았다.

'레인필드 레스토랑…… 분명 엄청 맛있겠지.'

메인 셰프가 직접 만들어 주었던 어제 식사만은 못하겠지만 체인점의 규격화된 맛 역시 믿음직스러웠다.

'나 혼자 축하하는 생일도 좋아.'

옛날에는 케이틀린과 리어드와 함께가 아니라면 아무 의미도 없다고 생각했다. 하지만 지금은 전혀 아니었다.

'올해는 혼자지만, 내년에는 미남 하나 꿰차고 같이 축하해야지.'

일단 그러려면 내년에 자유의 몸이어야 하는데……. 휴. 그냥 외국으로 튀어 버리는 경우의 수도 있었지만, 어쨌든 나는 제국에서 검술 대회 2등으로 이름이 난 사람이었다. 외국으로 튀는 것보다는 어떻게든 범법 행위를 저지르지 않으면서 내 이름값을 활용하는 게 가장 좋은 방법이었다.

그러니 지금처럼 어떻게든 이안을 구해 주면서 이안과는 절대 얽히지 말아야 했다. 이렇게 어이없는 미션을 성공해 내야 하다니…….

'다 내 업보지.'

리어드의 계획에 흔쾌히 동조했던 건 과거의 나였으니, 오늘의 내가 고생하게 되는 건 어쩔 수 없었다. 모든 것이 계획대로 흘러간다면 미래의 나는 평온하겠지, 뭐.

"야, 너."

내가 신나서 식사권을 챙겨서 나가려는데, 응접실에서 차를 마시고 있던 리어드가 나를 불러 세웠다. 옷을 새로 샀는지 아주 때깔이 좋았고, 테이블에 놓인 틴 케이스를 보니 찻잎 역시도 엄청 비싼 것임에 틀림없었다.

그동안 한 번도 내 생일을 축하해 준 적이 없는데, 설마 오늘?

"어디 가? 훈련 안 해? 요새 너 정말 시들하다?"

"……그 말 하려고 부른 거야?"

"그럼 내가 너한테 무슨 말을 해?"

기대도 안 해서 실망도 안 했지만 새삼 화는 났다.

나는 성큼성큼 걸어서 그에게 다가갔다.

"난 할 말 있어."

"뭔데? 혹시 이안 웨이드로스가 조금이라도 다쳤대?"

"아니, 그거 말고. 나 돈 좀 줘."

"……응?"

"내가 어릴 때에 네게 상속권을 모두 넘겼잖아. 그래서 난 지금 옷 한 벌 제대로 살 돈도 없어서 매일 두 벌 가지고 돌려 입는다고."

리어드의 눈동자가 살짝 흔들리더니, 바로 평정심을 되찾고 말했다.

"말했잖아. 네가 1등 하면 다 넘겨 줄게."

심지어 목소리는 다정하기까지 했다.

"근데 그때까지는 네가 다른 곳에 정신 팔면 안 되지. 이거 다 네 덕분에 얻은 돈인 거 알고 있어. 그러니 믿고 기다려. 게다가 이번은 정말 마지막이잖아?"

"정신 안 파는데."

"밖에 나가서 옷 사고, 친구 사귀고, 밥 사 먹는 게 다 정신 파는 거지 뭐야. 너는 아무 생각하지 말고 훈련만 해. 정말 검술 대회까지만이야. 내가 너한테 돈을 안 주는 게 아니고, 너를 관리해 주는 거라니까?"

"그런 관리 필요 없어."

"이번에 1등 할 수 있을 거야. 그럼 다 넘겨 줄게. 지금은 널 위해서 안 돼."

검술 대회 1등만 하면 이 모든 걸 다시 내게 준다고. 그때까지는 내가 한눈팔지 못하도록 일부러 돈을 안 주는 거라고. 내가 그 말을 믿을 리 없었다.

그냥 지금 검을 뽑아서 죽여 버리고 그냥 내가 다 상속받을까. 잠시 고민했지만 그래도 마지막 혈육의 정이 살인 충동을 눌렀다. 아무리 저 인간이 개진상이어도 어쨌든 나와 피가 반이 섞였으니 차마 죽이거나 반불구로 만들 수는 없었다.

나는 전생의 기억 속에서도 고아였다. 진짜 쓰레기였지만 리어드가 어쨌든 내 생애 통틀어 단 하나뿐인 혈육이었다. 물론 친부인 아베데스 후작과 그 두 아들이 있긴 했지만, 딱히 가족으로 치고 싶지도 않았다. 그들은 심지어 나를 경멸하기까지 했으니까 말이다.

리어드는 나를 이용할 생각만 하는 쓰레기였지만, 적어도 나를 자기 동생으로 인정은 했다. 하지만…….

"……리어드."

나는 숨을 몰아쉬며 말했다.

"혹시 오늘 무슨 날인지 알아?"

리어드는 모를 것이다. 이것이 내가 그에게 주는 마지막 기회라는 걸.

'여기서 잘만 대답하면 그냥 처음 마음먹었던 대로 손절로 끝내 줄게.'

리어드가 잠시 고개를 갸웃하더니 확신 없는 목소리로 대답했다.

"음, 검술 대회 심사 위원을 발표하는 날인가? 내가 알기로 다음 주였는데."

"……내 생일이야."

"아, 그래?"

리어드는 살짝 놀란 표정을 지어 보이더니 다시 눈웃음을 쳤다.

"하지만 지금 생일 같은 걸 챙길 여유가 있는 건 아니잖아. 검술 대회가 얼마 안 남았는데? 생일이야 내년에도 돌아오지만, 대회는 이번이 마지막이라고."

"그래서 돈조차도 안 주겠다고?"

"생일이 뭐 대수냐, 수많은 날들 중 하나일 뿐인데. 그런 건 대회 때까지만 미뤄 두자. 심지어 이번에는 이길 수밖에 없도록 잘 계획해 놨잖아."

"……."

"걱정 마. 내가 어떻게 해서든 이안 웨이드로스를 반불구로 만들어 놓을 거라니까. 고작 두 번 실패했을 뿐이야. 아직 기회는 있어. 당장 내일 밤에도 테러 하나를 준비해 놓았는걸. 이번에는 진짜 신경 썼어."

"내일 밤?"

리어드의 말에 분노만 차곡차곡 적립하고 있던 나는 새삼 흠칫 놀랐다.

"그래. 내가 다 물밑 작업 해 놨다니까. 그때 말했던 그 아이템 있지? 네가 신나서 협조해 줬던 거. 그걸 드디어 받아 왔거든."

그 아이템을 내일 밤에 쓰는구나……. 하, 정말 한숨만 나왔다.

"그럼 이안 웨이드로스도 끝나는 거야."

'끝나는 건 우리야, 이 등신아…….'

그가 이미 다 이안 웨이드로스를 해치려는 물밑 작업을 해 놓은지라, 정확한 일시와 사정을 알려면 계속 살려 두고 정보를 빼내야 했다. 나는 그가 누구와 연결되어 있는지도 몰라서 그의 계획들을 취소할 수도 없었으니까.

어쨌든 그가 지금 대화로 무엇을 날려 먹었는지 알면 저렇게 속 편히 차를 마실 수는 없을 것이다. 손절로는 안 돼. 누구 좋으라고. 이 좋은 집, 내가 누려 보지도 못한 이 재산, 이걸 다 넘기고 떠날 수는 없었다. 원래는 '그냥 먹고 떨어져라'라고 생각했다면 이제는 그조차도 꼴 보기 싫어졌다.

적어도 나를 발판 삼아 혼자서 이렇게 누리고 있는 호사는 꼭 끝내 버릴 것이다. 적어도 생일 축하한다는 말 한마디만 해 줬어도 하나뿐인 가족의 정으로 좀 봐줬을 텐데.

'두고 봐.'

저놈의 저런 빤질빤질한 낯도 검술 대회 날이 마지막이다.

'거지꼴로 참교육 당할 줄 알아.'

나는 뒤도 돌아보지 않고 저택을 나섰다.

이를 갈며 리어드에 대한 복수심을 눌러 담은 나는 시내로 향했다. 기분이 나쁠 때는 맛있는 것을 먹어 줘야 했다.

레인필드 레스토랑을 찾는 것은 어렵지 않았다. 시내에 도착하자마자 눈에 들어오는, 가장 크고 세련된 건물 위에 '레인필드 3호점'이라고 적혀 있었기 때문이다. 심지어 3호점이라니, 1호점과 2호점도 있다는 얘기인데, 그 오스칼이라는 분은 엄청 성공하셨군.

새삼 한 번 더 그 실력에 대해 경의를 표한 후 레스토랑에 들어가려던 때.

"아나벨 양?"

짙은 잿빛 로브를 둘러쓴 낯선 남자가 불현듯 나타나 내게 아는 척을 했다.

"혹시 혼자 식사하려고?"

나는 순간 온갖 기억을 다 뒤져 보았다. 아무리 생각해도 내게 이렇게 친절하게 말을 걸 만한 남자가 없었다. 왜냐하면 아나벨의 일상은 훈련하거나, 이안을 찾아가 행패를 부리거나 둘 중 하나였기 때문이다. 당연히 사교 활동은 하나도 하지 않았고 친구도 없었다. 게다가 어머니인 케이틀린의 인덕이 좋지 않아 굳이 나를 챙겨 주는 어른도 없었다.

"……누구시죠?"

나는 경계하며 눈을 가늘게 떴다. 로브로 꽁꽁 자신의 모습을 둘러싼 것부터 수상하기 그지없었다.

"원래는 이안에게 자리를 마련해 달라고 했는데, 힘들 거라고 하더군."

그가 로브를 휙 벗었다. 동그란 초록색 눈은 예쁘게 휘었고 은발은 햇빛에 반짝였다. 갑자기 사람들의 시선이 쏠렸다.

"그대가 지난밤 구해 준 로버트 네로도스 하이미르엔이라고 하는데."

로, 로버트 황자? 어안이 벙벙해진 내 얼굴을 보며 그가 부드럽게 물었다.

"괜찮다면 식사를 같이 해도 괜찮을까?"

웨이터는 로버트를 보더니 기절할 듯이 놀라며 가장 좋은 창가 자리로 안내했다. 순식간에 레스토랑의 모든 종업원들이 긴장하는 것이 눈에 보였다.

나는 얌전히 테이블에 앉아 주위를 둘러보았다.

'아론 레인필드, 금수저였네.'

레스토랑의 내부는 굉장히 화려하면서도 아름다웠다.

'일하는 사람만 해도 몇 명이야……'

심지어 이곳은 3호점이었다. 케이틀린과 리어드는 항상 본점에서만 식사를 했다고 하니 본점은 더 화려할 것이다.

"저기……."

문득 호기심이 생긴 나는 종업원 중 하나에게 물었다.

"혹시 본점은 어디에 있나요?"

"본점은 비오리디 거리 32길에 있습니다."

종업원은 친절하게 대답했다.

"워낙에 대기 인원이 많아서 반년 전에 예약을 해 두어야 하는 점 참고해 주십시오."

하, 그러면 케이틀린과 리어드는 6개월 전에 꼬박꼬박 예약을 해 둔 건가. 나는 괜히 열받지 않으려고 애쓰며 재빨리 아론을 떠올렸다. 장난스러운 그의 얼굴을 떠올리자, 부러움에 분노가 좀 가라앉았다.

제국은 귀족과 평민의 경계가 뚜렷하지 않은 편이었다. 정확히 말하자면 옛날에는 뚜렷했었지만 요즈음 평민의 권리가 점차 올라가고 있는 추세였다. 레슬리 님만 해도 평민이었지만 아무런 어려움 없이 웨이드로스 공작 부인이 되었다. 특히나 돈 많은 평민이라면 아쉬울 게 전혀 없었다.

'부관에서 잘려도 그냥 여기 카운터나 보면 되겠어.'

원래 맛집 사장 자녀들은 유학 가서 MBA 받은 뒤 죄다 가게 카운터를 보지 않던가. 괜히 이안의 부관이면서 그렇게 깐족거릴 수 있는 게 아니었다. 게다가 외아들이라고 했으니 이 모든 게 다 그의 것인 셈이었다.

나는 부러움을 삼키며 메뉴판을 노려보았다. 내가 꽤 오랫동안 망설이자 로버트가 부드럽게 말했다.

"괜찮다면 코스 3번을 추천하지. 음식이 다 괜찮거든."

나는 재빨리 가격을 보았다. 가장 비쌌다. 이것 참, 부담스러운데.

"예, 그럼 그렇게 하죠."

하지만 내게나 부담스러운 가격이지 황자 정도면 가뿐하겠지. 나는 가볍게 대답하고 메뉴판을 덮었다. 갑자기 로버트와 합석이라니 나 역시 당황스러웠다. 그러나 그와의 합석을 승낙한 것은 단순한 이유에서였다.

"당연히 식사는 내가 대접해야겠지."

그렇다면 식사권을 아낄 수 있다. 오늘 말고도 한 번 더 올 수 있다는 생각에 그의 에스코트까지 받으며 레스토랑으로 들어온 것이다.

다들 때 빼고 광내고 오는 곳이라, 나같이 땀에 젖은 낡은 훈련복에 검까지 뒤에 메고 온 사람은 없었다. 그런데 앞에는 황자인 로버트까지 있으니 묘하게 시선이 집중되는 기분이었다. 심지어 로브를 벗은 로버트는 완전히 정복을 차려입은 상태였고 뒤에는 호위까지 두었다.

"감사 인사를 꼭 하고 싶었거든."

나는 사태 파악을 하기 위해 일단 입을 다물고 식사에만 집중했다. 원작대로라면 나중에 로버트 황자 시해까지 얽히는데 도리어 감사 인사라니 이 무슨 반가운 오해인가. 저번에 대신관도 그렇고, 이렇게 타인들이 다 자기를 구해 주었다고 착각을 하면 나야 좋았다. 이안의 의심도 피할 수 있고 말이다.

로버트는 내게만 들릴 정도의 작은 목소리로 속삭였다.

"내게 테러를 경고하고 싶었는데, 길이 없으니 이안에게 알린 것이 맞지?"

"크흠, 흠…… 뭐……."

딱히 할 말이 없어 망설이고 있자 그는 나름대로 결론을 내린 모양이었다.

"물론 아나벨 양의 입장은 이해를 해."

로버트는 달래듯이 말했다.

"테러에 대해 어떻게 알았는지는 묻지 않겠어. 혈연이라는 것은 참 복잡한 것이니까."

더 묻지 않겠다기에 나는 냉큼 대답했다.

"감사합니다."

어떻게 된 건지 대략 알 것 같았다. 레슬리 님노 내가 어쩌다가 아베데스 후작을 통해 테러 계획을 알게 된 것이라고 오해하고 있었다. 지난 식사 때 어영부영 핑계를 대자, 바로 '아베데스 후작인가'라고 중얼거리기까지 했으니까.

하긴 로버트와 이안 중에서 테러를 당할 만한 사람은 당연히 로버트였다. 지금 제국에서는 나름 황위 쟁탈전이 치열했다. 그 중심에 있는 사람이 내 앞에 앉아 있는 저 순한 얼굴의 로버트였다. 순하고 다정하게 생긴 인상과 달리 정치력 만렙에 야망은 백만렙이었다. 내가 황태자라고 해도 가만두고 싶지 않을 것 같았다.

"굳이 더 묻지 말아 주세요."

사실 그게 이안을 노린 리어드의 짓이라고 실토해 봤자 절대 내게 득이 될 게 없었다. 어차피 아베데스 후작의 진정한 자식으로 인정받고 싶은 생각도 없었으니, 아베데스 후작은 살짝 누명을 써도 괜찮을 것 같았다. 어차피 아베데스 후작과 로버트는 척을 졌는데, 좀 더 서로를 나쁘게 생각한다고 해서 달라지는 건 없었다.

"참, 부끄럽긴 하군. 형제끼리 피를 보며 서로 해치려고 하는 게 말이야. 아나벨 양은 오라비와 사이가 나쁘지 않다고 들었는데."

"그건 리어드의 생각인 것 같고, 일단 제 입장은 다릅니다."

나는 음식을 가져다주는 웨이터들이 모두 저 세상 미모인 것을 보며 대충 대답했다. 대부분의 남자들이 내 미적 기준을 만족시킨다는 것은 아주 대단한 일이었다. 검술 대회만 문제없이 마무리하고 내 신변이 완전히 안전해지면 직장도 구하고 연애도 하고 또 그러다가 결혼도 해야지. 가족이라고 하나 있는 리어드가 쓰레기 같으니 진짜 좋은 가족을 직접 만들고 싶었다. 그러므로 이곳의 아무 남자와 엮여도 눈이야 호강하겠지만 로버트는 좀 곤란했다.

로버트 역시 황자답게 몹시 잘생긴 건 사실이지만, 그는 결국 황제가 되는 사람이었다. 심지어 정치적인 움직임이 상당히 복잡해서 황태자를 밀어내기까지 하는 엄청난 지략가였다.

'황후는 별로야. 일거수일투족 신경 써야 하는 게 부담스러워.'

나는 소소하고 평범한 로맨스를 찍고 싶은 것이지 정치 로맨스를 찍고 싶은 게 아니었다. 나중에 이안마저 그 친분 때문에 얽혀서 꽤 짜증 나는 일을 당하기까지 했다. 엄청난 배경을 가지고 있는 이안마저도 위기에 처하는데, 나 같

82

은 애는 한방에 처리당할 가능성이 높았다.

뭐 누가 들으면 떡 줄 사람은 생각하지도 않는데 왜 혼자 멀리 가냐고 할 수도 있겠지만, 어차피 상상인데 상관없지 않나.

'게다가 괜히 얽혔다가 헤어지기라도 하면…… 전 국민이 내 연애사를 다 아는 것 아냐.'

이곳도 황족의 일거수일투족은 사람들의 가십거리였다. 지금 이렇게 식사하는 것도 오늘 오후쯤이면 사교계에 다 퍼져 있을 것이다. 식사 정도는 괜찮은데, 데이트 코스까지 남의 입방아에 오르내리고 싶지는 않았다.

'혹시 모르잖아. 내가 100명 사귀고 결혼할 수도 있는데.'

첫 애인부터 너무 거물이면 다음 남자가 부담스러울 수도 있지 않을까. 여기 남자들은 거의 대부분 내 이상형 역치를 뛰어넘으니 어차피 연애 상대는 널렸다. 적당히 편하고 정상적인 남자를 찾으면 될 일이었다.

"원래는 이안과 셋이서 보려고 했어."

"네? 왜요?"

"아나벨 양이 나와 단둘이 보는 것을 부담스러워할 수 있다고 생각했거든."

"뭐, 딱히 그렇지는 않은데요."

나는 주위를 한번 둘러보고 덧붙여 말했다.

"하지만 황자님은 괜찮으시겠어요?"

나야 '너 왜 황자님이랑 단둘이 밥 먹었어?'라고 물어볼 친구조차 없었다. 그러니 그와 밥 한 끼 먹는다고 해서 아무런 타격도 귀찮음도 생기지 않았다. 하지만 온갖 스캔들에 휘말릴 로버트는 입장이 좀 다르지 않나.

그냥 로브를 뒤집어쓰고 먹어도 되는데, 굳이 이렇게 모습을 드러내고 나와 식사를 하는 이유는…….

'아베데스 후작에게 경고하고 싶어서 그러나? 근데 아베데스 후작은 이번 일과 정말 상관없는데.'

뭐 어떤 정치적인 움직임이든 처음부터 잘못 짚었기 때문에 별 효과는 없을 것이다. 하지만 그거야 뭐, 로버트의 사정이고 내 사정은 아니었다.

"괜찮으니 먼저 식사를 함께 하자고 했겠지? 사실은 이안이 아나벨 양을 별로 좋아하는 것 같지 않아서 셋이 보는 것도 쉽지는 않을 것 같았는데……."

"역시……."

나는 음식을 먹으며 한숨을 섞어 물었다.

"이안은 저를 많이 싫어하죠?"

"뭐, 거짓말은 안 할게."

로버트는 싱긋 웃으며 대답했다.

"내가 아나벨 양 이름만 꺼내도 별로 안 좋아하는 눈치야."

"정상인이라면 그럴 수밖에 없죠."

내가 이안을 높이 사는 것이 바로 그 정상인이라는 점이었다. 이안은 딱 교과서처럼 정석적으로 행동했다. 자신에게 호의적인 사람에게는 예의로 대하고, 나처럼 개차반으로 구는 사람에게는 무시로 일관하고. 모든 반응이 예상되는 아주 상식적인 사람에게 그동안 나는 무슨 짓을 한 거지 싶었다.

'말 그대로 완벽한 인생에 운 없이 밀어닥치는 자연재해 같은 존재였지.'

내가 그에게 해 줄 수 있는 건 최대한 얌전히 사라져 주는 것밖에 없었다.

"생각보다 자기 객관화를 잘하는데, 아나벨 양."

로버트가 재미있다는 듯이 말했다.

"어쨌든 위험을 귀띔해 주려고 결심해 줘서 고맙다는 말을 하고 싶었어."

그는 초록색 눈을 접어 보이며 예쁘게 웃었다.

"앞으로도 잘 부탁한다는 의미에서."

"네."

나는 무심하게 대답한 뒤 다시 음식에 집중했다.

로버트가 작정하고 저렇게 내게 잘해 주는 데에는 이유가 있었다. 아베데스 후작을 통해 또 이런 일이 생길 것 같으면 계속 귀띔해 달라는 뜻이겠지. 나를 자신의 사람으로 만들고 싶은 것이다. 로버트는 굉장히 정치적인 사람이고, 자신에게 이득이 되지 않는 일은 절대로 하지 않는 타입이었다. 착하고 순둥순둥해 보이며 다정한 인상이지만 절대로 속으면 안 된다는 뜻이었다.

'대단한 인간들하고는 그냥 안 읽히는 게 답이다.'

이안 웨이드로스도 그렇고 로버트 황자도 그렇고 그냥 저 멀리 천상계에서 살라고 두고 나는 성층권쯤에서 내 삶을 영위해야 했다. 평민 출신 세계관 2등 검사 정도가 살 수 있는 그럭저럭 괜찮은 삶 말이다.

"디저트는 무엇으로 하겠어?"

식사가 끝나 갈 때쯤 로버트가 물었다.

"케이크죠."

아침에 케이크를 먹긴 했지만, 그래도 생일 기념 식사이니 당연히 케이크를 먹어야 할 것 같았다.

"여기는 아이스크림이 더 맛있어."

"그래도 케이크로 할래요."

단호하게 말한 나는 귀 뒤를 긁적이며 덧붙였다.

"사실 오늘 제 생일이라서요."

"생일이라고?"

로버트는 눈을 크게 뜨며 진심으로 놀랐다는 표정을 지어 보였다.

"네, 그래서 기념으로 식사하러 온 거였는데……."

"……그렇군."

혹시라도 나를 너무 불쌍하게 여기는 내색을 하면 괜찮다고 씩씩하게 말해 줄 예정이었다. 내가 혼자서 여기 온 것은 친구도 가족도 없어서가 아니라……. 아, 없어서 혼자 온 것 맞네. 나는 빠르게 인정하고 그냥 불쌍해 보이기로 마음먹었다.

하지만 의외로 그는 왜 생일인데 혼자 왔느냐고 묻지 않았다. 대신 웨이터를 불러 다시 메뉴판을 건넸다.

"그럼 내가 생일 선물을 해도 될까?"

"네?"

"식사는 감사 인사고, 생일 선물은 또 따로 해야지. 여기 이 종이가 와인 리스트인데 골라 봐."

분명히 글자는 읽을 줄 아는데 외계어만이 가득한 기분이었다.

"생일인 줄 알았으면 아까 미리 더 좋은 와인을 주문했을 텐데……. 식사가 끝났으니 디저트 와인이 좋겠지?"

"와인을 왜……."

"생일에 술이 빠지면 섭섭하잖아."

대체 어느 세상 논리인지는 잘 모르겠지만, 어쨌든 나는 생각지도 못한 생일 선물을 받게 되었다. 은근슬쩍 메뉴판을 보니 모두 다 가격이 엄청났다.

"고민이 된다면 이걸로 하지."

그가 가리킨 와인은 내일이면 이름도 까먹을 것 같았지만, 일단 가격은 정말 비쌌다.

'무슨 와인이 한 끼 식사값이네.'

종업원은 로버트의 주문에 따라 와인을 가져왔고, 저 한 병이 어지간한 코스 요리 가격이라고 생각하니 의지가 불타올랐다.

'반드시 다 먹는다.'

한 모금 마시고 나니 아주 달콤한 게 꽤 맛이 좋았다. 딱히 쓰지도 않고 이 정도야 음료수처럼 콸콸 들이켜도 괜찮을 것 같았다. 이 집, 와인도 맛집이네.

"자, 아나벨 양. 생일 축하해."

로버트가 잔을 들어 올리며 매혹적으로 미소를 지었다. 나는 살짝 감동받은 얼굴로 그를 바라보았다.

"세상에…… 황자님, 저 생일 선물 처음 받아 봐요."

사실 술도 처음 먹어 보았지만 지금 그게 중요한 것이 아니었다.

"생일 축하 한다는 말도 처음 들어 보고요."

그 말에는 로버트의 미간도 살짝 찌푸려졌다. 아마 이번에는 정말로 불쌍해 보인 것이 틀림없었다.

"감사합니다, 정말로요."

그러거나 말거나 나는 진심을 가득 담아 말했다.

"황자님…… 평생 모기 잡을 때마다 아직 물리기 전이기를 바랄게요."

"세상에."

내 말에 로버트 역시 감동받아 눈을 깜빡이기까지 했다.

"그런 섬세한 축복을……."

"진정한 감사의 의미였어요."

"뭘. 나 역시 아나벨 양의 사정이 완전 남일 같지는 않아서, 오늘 같은 날 와인을 살 수 있어서 기쁜데."

"……황자님께서 왜 제 일이 남 일이 아니실까요?"

"글쎄, 잘 생각해 봐."

그는 장난스럽게 눈썹을 치켜올렸다.

"사생아 출신에 친모는 죽고 친부에게 인정받기 위해 죽도록 노력한 사람이 아나벨 양뿐만은 아니야."

나는 와인을 벌컥벌컥 들이켜다가 깨달음을 얻었다. 로버트 역시 지금의 황제가 연회 중 타국의 무희에게서 본 시생아였다. 로버트의 친모는 그를 낳다가 숙었고, 당연히 로버트에게는 아무런 지지 기반이 없었다.

죽도록 노력해서 황제의 인정과 총애는 받고 있었지만, 딱히 상황이 좋지는 않았다. 스스로 꽤 영향력 있는 자리까지 올라온 만큼, 현재 황후와 황태자가 그를 없애기 위해 혈안이 되어 있으니까 말이다.

나는 적어도 나를 죽이려고 하는 이는 없었다. 이안에게 비열하게 군 것을 들키기 전에는. 그리고 그건 적에게 당했다고 하기에는…… 그냥 인과응보인 것이었고.

"황자님, 저는……."

내가 뭐라고 말을 하려던 찰나였다.

"크, 크흠."

나와 로버트의 눈이 동시에 커졌다.

로버트가 눈을 천천히 깜빡이며 고개를 갸웃했다.

"이안?"

우리는 우리의 앞에 선 키 큰 남자를 올려다보았다. 아니, 이 사람이 대체 여기에 왜? 심지어 기분도 별로 안 좋아 보였다. 하긴 나를 볼 때면 항상 기분이 안 좋은 건 당연한 건가?

"대체 여기는 무슨 일이야?"

로버트의 질문에 이안은 아무 말 없이 썩은 표정만 짓고 있을 뿐이었다.

이안은 그냥 평범한 하루를 보내는 중이었다. 여느 때와 같이 연무장에서 기사단들과 함께 검을 휘두르고 있었다.

이런 평화로운 시간도 이제 얼마 남지 않았다. 웨이드로스 공작은 차차 이안에게 공작위를 물려줄 생각을 하고 있었다. 아마 이번 마지막 검술 대회가 그기점이 될 듯했다. 그 이후로는 수많은 공작령 업무를 처리하느라 이렇게 연무장에서 하루 온종일 보낼 수는 없을 것이다.

'그런데 묘하게 시간이 안 가네…….'

그는 계속 연무장 밖을 힐끔거리는 자신을 발견하고 몰래 고개를 저었다.

'왜 아나벨이 문지기들을 따돌리고 대련하겠다며 뛰어 들어오지 않지?'

정말 이상한 일이었다. 지난번 대신관 호위 전에도 아나벨이 며칠간 오지 않았었는데, 그는 신경조차 쓰지 않았었다.

그런데 왜 지금은 계속 신경 쓰고 있을까.

마치 기다린다거나, 기다린다거나, 기다리는 것처럼.

"흠."

아론이 검을 휘두르다가 뒤통수를 긁적이며 말했다.

"뭔가 시간이 안 가는군요. 기대했던 이벤트가 없어서 그런가."

"이벤트?"

"드디어 아나벨 님이 저를 의식하시고 저주의 내용에 제 이름을 넣었다는 기쁜 소식을 전해 들었습니다."

이안은 이를 갈며 속으로 '어머니⋯⋯.'를 중얼거렸다. 결국엔 전했구나.

"그에 대한 제 간절한 대답도 전해 드려야 하는데요."

"무슨 대답?"

"도적들에게 잠입술을 배워서라도 최대한 노력하여 아나벨 님의 기대에 부응해 보겠다는⋯⋯. 아!"

이안이 그를 노려보면서 검을 빼 들려는데, 아론이 과장된 표정으로 연무장 입구를 바라보았다. 이안은 자신도 모르게 아론을 따라 입구로 고개를 돌린 뒤 살짝 실망했다. 아나벨이 아니었다.

잠깐, 실망?

그는 피식 웃으며 자기 자신을 나무랐다. 실망이라니 말도 안 되는 이야기였다. 실망이 아니라 안도여야 정상 아닌가. 아나벨이 올 때마다 짜증이 솟구쳤던 것이 불과 며칠 전인데.

요즈음 자꾸 감정이 제자리를 못 찾는 느낌인데, 조만간 마음의 정상화를 위해 명상이라도 해야 하나 싶었다.

"아론 님."

연무장으로 급히 달려온 사람은 레인필드 레스토랑의 하인 중 하나였다.

"죄송하지만 다소 긴급한 사안이 있어서 왔습니다."

"그래? 뭔데?"

아론은 이안의 부관이기도 했지만, 어쨌든 레인필드 레스토랑 오너의 유일한 자식이기도 했다.

하인과 몇 마디 나누던 아론은 심각한 표정으로 이안에게 다가왔다.

"죄송합니다. 잠시 자리를 비우고 3호점에 다녀와야 할 것 같습니다."

"그래. 마음 놓고 충분히 볼일 다 보고 와."

아론의 표정이 심각하여 이안은 즉시 대답했다.

"혹시 심각한 일인가? 웨이드로스의 도움이 필요하거나."

"아뇨……. 뭐, 아주 오래 걸리지는 않을 겁니다."

아론은 결이 좋은 분홍색 머리를 긁적이며 말했다.

"오늘 저희 누님의 기일이라 부모님 모두 올포드 해안가에 가셨거든요."

"아."

아론의 위로 태어나자마자 세상을 떠난 여자아이가 있다는 것은 이안도 얼핏 들어 알고 있었다. 올포드 해안가는 그 죽은 아기의 유해를 뿌린 곳이었다.

"항상 제가 같이 간다고 해도 유사시를 대비해 수도에 남아 있으라더니 정말 이런 긴급 사안도 생기네요."

아론은 살짝 한숨을 쉬더니 이어서 말했다.

"지금 3호점에서 로버트 황자님과 아나벨 님, 두 분이서 식사를 하고 계신다고 합니다."

이안은 폭탄과도 같은 말에 자신이 무슨 표정을 지었는지 기억하지 못했다.

"황족께서 이렇게 예고도 없이 방문하시다니 대체 이게 무슨 일인지…… 그것도 본점도 아니고 3호점에……."

아론은 그답지 않게 초조한 얼굴로 중얼거렸다.

"제가 셰프는 아니지만 그래도 책임자 대리인으로서 직접 테이블에 가서 인사는 드려야 할 것 같습니다."

이안은 잠시 할 말을 잃었다.

로버트와 아나벨의 식사라고? 지금, 단둘이?

그가 로버트에게 아나벨과의 자리는 주선하지 못할 것 같다고 전서구를 보낸 바로 다음 날 이런 일이 벌어지다니.

자신이 알기로 로버트는 말이 나올까 봐 절대로 여자와 단둘이 공식적으로 식사를 하지 않았다. 그 정도로 철저하게 정치적인 사람이 정체조차 숨기지 않고 보란 듯이 시내에서…….

"그럼 지금 출발하겠습니다."

"잠깐."

이안은 자신도 모르게 아론을 붙잡으며 말했다.

"가, 같이 가지."

"……네? 왜요?"

"내 부관에게 그렇게 엄청난 일이 생기다니 마음이 좀 쓰여서."

"엄청나지는 않습니다. 그냥 인사만 하고 오면 되는데요. 그리고 제게 쓸 마음이 있었다니 부관이 된 이후 처음으로 안 사실입니다."

"오랜만에 로버트 황자님도 뵙고 싶어서 그런다."

다행히 히비스커스에서의 만남을 전혀 모르는 아론은 금방 납득하고 고개를 끄덕였다. 이안과 로버트는 막역한 사이라는 것을 알고 있었기 때문이다. 오랫동안 보지 않았으니 이참에 보고 싶다는 건 일리가 있는 말이었다.

"흠, 뭐, 그럼…… 같이 가실까요?"

그렇게 이안과 아론은 두 사람의 식사 자리에 나타나게 된 것이다. 그들은 화기애애한 분위기에서 와인 잔까지 서로 부딪치고 있었다. 이미 식사도 다 끝난 것 같고, 그렇다면 그 긴 코스 요리가 이어지는 동안 내내 저렇게 둘이서 대화를 나누었다는 뜻인가?

이안은 로버트와 함께 이야기를 하고 있는 아나벨을 먼발치에서 본 후 기분이 급강하하는 것을 느꼈다. 그녀가 저렇게 차분하게 앉아서 누군가와 식사를 하고 있다니. 분명 이상할 것도 없는데 새로웠다. 처음으로 보는 그녀의 정상적인 얼굴이었다. 화를 내거나 빈정거리거나 욕을 퍼붓는 모습이 아닌…….

살짝 미소를 띤 입매, 부드러운 눈빛, 살짝 달아오른 뺨 같은 것.

사실 아나벨은 로버트의 앞이라서가 아니고 맛있는 음식을 배불리 먹어서 온화해졌을 뿐이지만, 이안이 그 사정까지 알 수 있을 리 없었다.

문득 이안은 갑자기 화가 울컥 솟구치는 것을 느꼈다. 아나벨에게 그 어떤 욕설을 들었을 때보다도 기분이 나빴다.

아나벨이 저렇게 온순한 표정을 지을 수도 있었다고?

2장

이상하다
믿어 왔던 것들

이안이 대체 왜 여기서 나오지? 예상치 못한 상대의 등장에 내가 케이크만 우물거리고 있는데 로버트가 재차 물었다.

"갑자기 여기는 왜 온 거야?"

"······그게."

이안은 그답지 않게 살짝 망설이고 있었다. 그때였다.

"인사가 늦었습니다, 아론 레인필드입니다."

평상시의 훈련복이 아닌, 정복을 우아하게 갖춰 입은 아론이 나타났다. 옷을 갈아입느라 이안과 함께 등장하지 않았구나.

"황자님이 오셨으니 마땅히 저희 아버지께서 직접 인사를 올려야 하는데, 멀리 출타 중이셔서 아들인 제가 인사드리는 점 양해해 주십시오. 음식은 모두 괜찮으셨습니까?"

그러니까 황족을 맞이하여 대표로 눈도장 찍는 것이었다.

"훌륭했네. 아나벨 양은 어땠지?"

"모두 좋았습니다, 전하. 덕분에 정말 좋은 시간 보냈습니다."

황족이 대단하긴 하구나. 공작저에 있던 아론까지 달려와 인사할 정도면. 나는 와인을 한 모금 더 마시며 천천히 눈을 깜빡였다.

이로써 아베데스 후작의 사생아, 아나벨 나디트가 로버트 황자와 보란 듯이 레스토랑에서 식사를 했다는 사실은 귀족가에 확 퍼지겠지.

'내가 알 바냐.'

나는 이제 귀족가의 일원이 되고 싶다는 생각도 없었다. 아베데스 후작가에서 인정받아야 한다는 것은 케이틀린과 리어드가 내게 세뇌시키다시피 한 욕망이었다. 솔직히 말하자면 나는 귀족이 되고 싶어서 그렇게 노력한 것이 아니었다. 1등을 해야만 케이틀린과 리어드가 기뻐하면서 나를 사랑해 줄 줄 알고 그랬다.

'어차피 어떻게 해도 사랑은 못 받고, 리어드 같은 놈이랑 이제는 잘 지내고 싶지도 않다.'

슬프게도 리어드와 함께 이안을 해치려는 계획을 세웠을 때, 나는 그와 친밀해졌다는 생각을 했다. 그래서 신난 마음에 이런저런 못된 짓에 동의했다.

'다 바보짓이었지.'

굳이 가족에게 사랑받지 않아도 된다. 그 생각을 버리니 아베데스 후작가에 대한 미련은 완전히 사라지고 그냥 잘 먹고 잘 살면 된다는 생각만 들었다.

얌전히 술을 마시고 있는데 한쪽 뺨에 뜨거운 시선이 느껴졌다. 이안이었다.

"그런데 넌 대체 여기 왜 왔어?"

방금 로버트에게 이안은 나를 정말 싫어한다는 것을 확인 사살 받았기 때문에 나는 퉁명스럽게 물었다. 심지어 저 진심으로 싫어 죽겠다는 얼굴이라니, 아무리 욕먹어도 싼 나지만 새삼 빈정이 상해 버렸다. 그동안 보았던 얼굴 중에 제일 썩은 표정이었다. 반듯하기만 했던 얼굴의 안면 근육이 저렇게까지 움직일 수 있구나 싶었다.

"그건……."

"아니, 별로 궁금하지도 않다. 마침 잘 왔어."

늘 그래 왔던 것처럼 나는 등 뒤의 검을 툭툭 쳐 보였다. 우리가 서로 안부나 물으면서 이곳에 왜 왔는지 설명할 사이는 아니었다.

"이렇게 나타난 이상, 당연히 검을 맞대 봐야지!"

아나벨과 이안이 만나면 하는 일은 싸움을 거는 것밖에 없었다. 물론 정말로 대련을 할 생각은 아니었다. 나라면 몰라도 신사적인 이안이 이런 곳에서 검을 뽑아 들 리 없었다. 그러니 당연히 이안이 레스토랑에서 지금 뭐 하는 짓이냐고 타박할 줄 알았다.

"뭐, 그래."

하지만 내 말을 귓등으로 흘린 채 자신의 볼일을 볼 것이라고 예상했던 이안은 이상하게 반색을 하며 대답했다.

"상대해 주지. 당장 일어나."

응? 내가 먼저 시비를 걸긴 했지만 이렇게 반가워하며 받아들일 일인가?

"좋아. 널 보니까 몸이 근질근질했는데 잘됐어."

하지만 나는 허세를 부리며 벌떡 일어섰다. 물론 남은 와인을 모두 입에 털어 넣는 것을 잊지 않았다. 이게 얼마짜린데. 당연히 내 피와 살이 되어야지. 순식간에 너무 많은 술이 들어오자 머리가 아팠지만 나는 당당하게 외쳤다.

"그렇게 노려보면 누가 무서워할 줄 알고!"

질 게 뻔했으니 살짝 무서웠지만 대충 맞부딪쳐 주다가 '크흑, 두고 보자!' 정도의 대사를 날리고 내빼면 되는 일이었다. 이 짓도 검술 대회까지만…….

"안 됩니다!"

사색이 되어 말린 사람은 바로 아론이었다. 항상 우리의 싸움을 구경하는 게 취미인 줄 알았는데 의외였다. 역시 부관에서 레스토랑 오너 임시직이 되자 갑자기 평화주의자가 된 것인지…….

"나가서 싸워 주시면 안 될까요? 여기 소품들이 꽤 비싸서요."

그건 아니고 그냥 자본주의자가 된 것뿐이었다.

"그래, 나가서 싸우자고."

만인의 앞에서 지는 건 나도 싫었기에 냉큼 대답해 주었다.

"역시 아나벨 님."

아론이 엄지를 치켜올렸다.

"물론 패배하시겠지만 그래도 응원하겠습니다."

이안과 나를 동시에 엿 먹이는 대사였다. 왠지 의도한 것 같기도 하고…….

"황자님, 잘 먹었습니다."

어쨌든 나는 그 와중에도 공손히 인사하고 나서 성큼성큼 걸어 레스토랑을 나갔다. 이안이 재빨리 따라붙었다.

"괜한 곳에 피해를 줄 수는 없으니 공작저 연무장으로 가지."

"거기까지 가자고? 좀 멀지 않나?"

"말을 타고 가면 돼."

"나 말 없는데."

"같이 타면 되지."

결과도 정해져 있는 대련인데 그렇게까지 해야 하는 일인지……. 먼저 싸움을 건 탓에 거절할 수도 없어서 나는 엉거주춤 그의 말에 올라탔다.

"어, 어? 잠깐."

내 뒤에 바투 붙어 앉은 그의 존재감이 엄청났다.

바짝 얼어붙은 나는 짧은 말의 갈기를 쥐고 허리에 힘을 주었다. 그가 말의 고삐를 쥐자 마치 안긴 것 같은 자세가 되어 버려서, 나는 잔뜩 몸을 뻣뻣이 세웠다. 팔이나 등에 닿지 않기 위해서 필사적으로 노력해야 했다. 조금만 말이 흔들리면 그대로 살갗이 부딪쳤다.

아니, 말을 함께 탄다는 게 이렇게 가까이 몸을 붙여야 하는 일이었어?

이안도 거기까지 생각은 못 했는지 근육이 잔뜩 긴장한 것이 느껴졌다. 그 와중에 술기운이 올라오는지 머리가 어질어질해지는 것과 동시에 시야가 흐릿해지기 시작했다.

이안은 누군가와 말을 함께 타 본 적이 처음이었다. 일단 다른 데서 본 것대로 아나벨을 앞에 태우고 고삐를 잡긴 했는데, 아나벨의 몸이 살짝살짝 닿아서 신경 쓰였다. 그나마 아나벨의 운동 신경이 좋아, 혼자서 균형을 나름대로 잘 잡고 있는 것 같아서 다행이었다.

그들은 잔뜩 긴장한 채로 서로에게 닿지 않기 위해 최선을 다했다. 이안은 뻣뻣하게 굳어 어깨조차 아플 지경이었다. 바람이 불 때마다 아나벨의 연보랏빛 머리카락이 볼을 간지럽혔다.

아나벨 역시 민망한지 퉁명스럽게 말했다.

"내가 말 좀 태워 준다고 고마워할 줄 알았다면 오산이야. 흥, 단추 많은 옷 다 꿰입다가 마지막에서야 첫 단추부터 어긋난 걸 알아채라!"

하필 자신이 입은 옷은 단추가 많긴 많았다. 반면 그녀는 언제나처럼 잿빛 훈련복 차림이었다.

"오늘도 잿빛 훈련복이더구나. 생각해 보니 그 애가 다른 옷을 입은 걸 본 적이 없어. 검술 대회 때도 그렇고, 연무장에서 우연히 봤을 때도 그렇고……."

불현듯 레슬리의 말이 생각난 이안은 괜히 아랫입술을 깨물었다. 옷이야 그냥 몸만 덥히면 되는 것이라고 생각하기엔 그의 옷은 너무 고급이었다. 딱히 그가 신경 쓰지 않아도 옷상에는 좋은 옷들이 가득했다. 식탐이 없다고 생각했지만 언제나 최고급 음식들이 식탁에 올라왔다. 그러니까 그런 걸 생각하지도 않고 살아온 삶이었다.

"쿠키 먹다가 하나 땅에 떨어졌는데, 계속 고민하다가 재빨리 주워서 후후 불어 먹는 걸 잘 보이고 싶은 여자한테 들켜 버려라."

이안이 무슨 생각을 하는지도 모르고 아나벨은 웅얼거리며 계속해서 저주를 퍼부었다.

"간단한 코스 식사였을 뿐인데도 세상 감동한 눈치에⋯⋯. 매일같이 냉동 이퍼 고기만 먹었다고 하던데."

심지어 가까이서 보니 정말 마른 것 같았다. 냉동 이퍼 고기가 뭔지는 몰라도, 레슬리가 분개할 정도면 몹시 안 좋은 음식일 것이다. 정말로 잘 못 챙겨 먹고 다녔던 것인가? 그다지 작은 키가 아님에도 불구하고 자신의 품에 확 들어올 것만 같은⋯⋯.

아니, 대체 다른 누구도 아닌 아나벨을 대상으로 왜 이런 생각을 하고 있는 것인가? 세상에 여자가 아나벨 하나만 남았다고 해도 그들은 끝까지 싸우기만 할 사이였다. 무인도에 둘이 갇혀도 미친 듯이 서로를 바다에 밀어 넣을 관계였다. 품에 안다니, 어떻게 그런 미친 생각을 할 수 있지.

그가 자기 자신에게 환멸감을 느낄 때쯤에 아나벨의 몸이 살짝 기울어졌다.

황급히 그녀를 붙잡자, 아나벨이 머쓱해하며 변명했다.

"아니, 거의 난생처음으로 술을 많이 마셔서⋯⋯."

"술?"

"황자 전하께서 와인을 사 주셨거든."

자세히 보니 아나벨의 귀 뒤가 벌겋다.

"생일이라서⋯⋯."

"⋯⋯오늘 네 생일이야?"

"응."

이안은 자신도 모르게 신음을 삼켰다.

로버트는 그녀의 생일에 와인을 청했고 자신은 대련을 청했다. 아무리 자신이 아나벨을 싫어한다고 해도 생일날 검을 맞대자고 한 건 좀 그런가? 그는 먼저 싸움을 건 사람은 아나벨이라는 것도 잊고 곰곰이 생각에 잠겼다.

그렇게 얼마나 달렸을까. 갑자기 아나벨의 몸이 툭, 하고 기울어졌다. 동시에 이안의 심장도 툭, 하고 떨어졌다. 아나벨이 완전히 술에 취해 눈까지 감고 잠이 들어 버린 것이다.

"이, 이, 이, 이봐?"

이안은 그녀가 떨어지지 않도록 어설프게 그녀의 몸을 붙잡고서 말했다.

"저, 저, 저, 저기? 아나벨 나디트?"

아나벨은 답 없이 곤히 잠들어 있을 뿐이었다. 뻣뻣하게 굳은 이안은 간신히 그녀의 몸에 최소한의 접촉만 한 채로 숨죽여 공작저에 도착했다.

"그래서."

레슬리는 팔짱을 끼고 아들의 한심한 작태를 바라보았다.

"일단 여기로 데리고 왔다고?"

아나벨의 몸이 그의 흑마 위에 늘어져 있었다. 공작저에 도착하자마자 그녀를 말 위에 얹어 놓고 자신은 내려서 말을 끌고 온 것이 틀림없었다.

"당연히 이 지경으로 취했으면 아나벨의 집으로 데려갔어야……. 아니지."

레슬리는 고개를 저었다.

"거기 가 봤자 냉동 이퍼 고기밖에 더 먹겠어? 잘 데리고 왔다."

"네?"

그리고 멍청한 표정을 짓고 있는 아들에게 산뜻하게 말했다.

"자, 그럼 넌 이제 꺼져."

이안에게 손을 휘휘 내저은 레슬리는 펄쩍 뛰어 흑마 위에 널브러져 있는 아나벨을 둘러 안았다. 그러고는 여전히 어이없다는 듯 그녀를 바라보고 있는 이안에게 못을 박듯 말했다.

"우리는 각자의 노선을 걷기로 하지 않았니?"

아무리 손에서 검을 놓았다고 해도 예전의 근력이 남아 있었기에, 그녀는 아주 손쉽게 아나벨을 안아 들고 공작저 안으로 들어갔다. 그 와중에도 아나벨은 검을 꼭 쥐고 색색 숨을 몰아쉬고 있었다.

레슬리는 피식 웃으며 벌게진 아나벨의 얼굴을 바라보았다. 예전에는 아무 생각이 없었는데, 이제 아나벨을 보면 자신의 옛날 모습이 생각났다. 검술로 유명한 오랜 대귀족가의 후계자에게 밀리는 만년 2등 평민.

아나벨은 그녀보다 사정이 더 좋지 않았다. 가족이라고 있는 것들이 모두 쓰레기 같으니 말이다. 게다가 어쨌든 자신의 아들을 두 번이나 구해 주지 않았는가. 이안도 아나벨도 부정하며 언급하는 것조차도 싫어하지만, 어쨌든 외부 사람으로서 결과만 보면 그랬다.

'그 폐기물 처리장 같은 집안에서 이렇게 훌륭한 기사도를 홀로 체득하다니.'

레슬리는 생각보다 가벼운 아나벨의 몸을 바라보다가 한숨을 쉬었다. 이렇게 잔뜩 말라 가지고, 정말 검을 들 힘밖에 없겠네.

'내 어린 시절 보는 것 같기도 하고…….'

부상으로 인해 더 이상 검을 쓰지 못하지만, 그래도 검을 잡았던 기억이 생생했다. 배경이 비슷해서 그런지 제 자식인 이안보다도 아나벨에게 더 감정이 입이 되었다.

'나도 이기적인 부모일 뿐이지.'

그녀는 살짝 한숨을 쉬며 아나벨의 머리카락을 쓰다듬었다.

'아들의 상대가 안 된다고 생각하니 더 마음이 쓰이는 것일 수도…….'

앞선 두 번의 검술 대회도 그렇고, 연무장에서 검을 맞댄 것을 살짝 봤을 때도 그렇고, 아나벨의 실력은 이안보다 확연히 낮았다. 그런데도 계속해서 달려드는 게 안쓰럽고 어쩐지 처연하기까지 했다.

심지어 이안과 정정당당한 승부를 보지 못하는 건 더 싫다니. 자신이 아닌 다른 이에게 다쳐서 제대로 검을 겨루지 못하는 것을 두고 볼 수 없다니. 몰염치한 케이틀린과 무책임한 아베데스 후작의 딸인데도 불구하고 어쩜 이렇게 바르게 컸을까. 둘의 딸이니 어지간히 진상일까 싶어 그동안 아예 관심조차 두지 않는데 후회스러웠다.

'그 죄책감만큼 더 잘해 주자.'

무료했던 자신의 삶에 단기적인 목표가 생겼다.

그녀는 아나벨 확대범이 될 예정이었다.

나는 눈을 번쩍 떴다.

머리가 핑핑 돌면서 처음 보는 천장의 무늬가 일렁거렸다.

마지막 기억이 이안의 말을 함께 타고 공작저에 가는 것이었는데…… 설마 내가 죽은 것인가. 말을 타다가 정신 잃고 휘청거리다 땅에 떨어져 머리를 박아 즉사했을 가능성이 떠올랐다.

내가 아는 이안이라면 절대로 나를 붙잡아 주지 않을 것이다. 혹시 영혼 분리라도 되었나?

재빨리 몸을 일으켜 내 몸을 살펴보는데, 연보랏빛 머리카락이 주르륵 흘러내렸다. 그것도 아주 고급스러운 실크 잠옷 위로 말이다.

"이, 이게 뭐야? 여긴 또 어디야?"

내가 기겁해서 주위를 둘러보는데 문이 벌컥 열렸다.

"일어났니?"

"레, 레슬리 님?"

나는 벌떡 일어나 침대 아래로 내려왔다.

"대체 이게 어떻게 된 일이죠?"

"응, 네가 술 취해서 정신 잃고 난 뒤 우리 집에서 잠든 상황이란다."

한마디로 개진상이라는 말이었다.

"죄송했습니다. 얼른 가 보겠습니다."

내가 한숨을 쉬며 재빨리 말하자, 레슬리 님이 고개를 갸웃하며 물었다.

"숙취가 있지는 않니?"

"네, 있긴 있지만……."

머리가 좀 빙빙 돌고 속이 살짝 울렁거렸다. 하지만 집에 못 갈 정도는 아니라고 대답하려고 하는데, 레슬리 님이 미끼를 던졌다.

"뭔가 따끈한 것을 먹고 싶지 않니?"

"……."

레슬리 님의 말에 바쁘게 움직이려던 내 다리가 멈췄다.

나는 곧 그녀와 눈을 마주치며 느릿느릿 대답했다.

"네. 속이 뜨끈하게 데워지면서 든든한 느낌의……."

"역시 똑똑하구나. 어제 술 취한 널 보니 나도 좀 당겨서 밤에 와인 좀 마셨거든. 같이 해장하자꾸나."

아니, 남이 술 취해서 널브러진 것을 보고 자신도 술을 마시다니!

이런 배우신 분.

그래서 나는 어영부영 레슬리 님과 점심에 가까운 아침상을 받게 되었다. 메뉴는 매콤한 토마토스튜였는데 잔뜩 들어간 부드러운 고기는 물론이거니와 푹익은 야채들도 너무 맛있었다.

땀을 뻘뻘 흘려 가며 그릇을 싹싹 비운 뒤, 우리는 눈을 마주쳤다.

레슬리 님이 콧김을 내뿜으며 말했다.

"그래, 아나벨. 말해 보렴. 이다음에는 뭘 먹어야겠니?"

"네? 저는 사실 식사 예절에 대해서 배운 것이 없어서…….."

"본능에 따라 대답하면 된단다."

"자고로 매콤한 것 뒤에는 달콤한 것 아니겠습니까?"

"바로 그거야."

곧이어 우리는 초코케이크를 함께 부쉈다.

"이다음은?"

"달콤한 입을 씻기 위해 다소 씁쓸한 음료가 필요합니다."

"천재구나."

그렇게 따뜻한 차까지 마시게 되었다.

"기분이 좋으면 그 기분을 북돋우기 위해 맛있는 걸 먹어야 하지. 그렇다면 기분이 나쁠 땐 어떻게 해야겠니?"

이미 정말 맛있는 식사를 세 번이나 해 본 나는 자신 있게 대답했다.

"당연히 그 기분을 잊어버리기 위해 맛있는 걸 먹어야 합니다."

"아주 훌륭하구나. 그럼 맛있는 걸 먹은 그다음 식사는 어떻게 해야겠니?"

"혀 버리지 않도록 다시 맛있는 걸 먹어 주어야겠죠."

"맞아. 맛없는 걸 먹은 후엔 입안을 정화하기 위해 맛있는 걸 먹고 말이다."

착착 맞아떨어지는 대화를 나누다 보니 벌써 오후 시간이었다. 심지어 나는 계속 내 것도 아닌 잠옷 차림이었다. 분명히 정신이 들자마자 떠나려고 했는데, 뭔가에 홀린 것 같았다.

"저, 그럼…… 제 옷은 어디 있을까요? 이제 가 보도록 하겠습니다."

"아, 돌려줄게."

레슬리 님이 장난스럽게 웃었다.

"대신 나랑 한 군데만 더 가겠다고 약속해."

"네? 어딜요?"

"칼을 기가 막히게 잘 쓰는, 또 다른 레인필드에게."

음? 오스칼 레인필드와 아론 레인필드 외에 또 다른 레인필드가 남았나?

나는 멍하니 눈만 데굴데굴 굴렸다.

레슬리 님과 마차를 타고 도착한 곳은 간판도 없는 의상실이었다. 내부가 워낙에 고급스러워서 나는 살짝 주눅 들고 말았다. 이 고급스럽고 화려한 곳의 유일한 오점이 나인 것만 같은 기분이었다.

"안녕하십니까."

보라색 머리카락에 초록색 눈동자를 가진 중년의 여인이 인사했다.

"메릴린 레인필드입니다."

메릴린은 이렇게 멋진 의상실의 주인답게, 레슬리 님보다도 장식이 화려한 옷을 입고 있었다. 화장도 진하고 그만큼 인상도 아주 셌다.

'여기 환불하러 오면 절대 안 되겠는데.'

그러나 인상과는 다르게 그녀의 목소리는 조곤조곤하고 기품 있었다.

"시간을 미뤄 주셔서 감사합니다."

"아니야. 내가 사정도 모르고 갑작스럽게 부탁해서 미안하지."

상냥하게 응수한 레슬리 님은 나를 소개했다.

"이쪽은 아나벨 나디트. 알지?"

"예."

메릴린이 머리끝부터 발끝까지 나를 훑더니 무표정하게 고개를 끄덕였다.

"우연히 길에서 마주친 것까지 일곱 번인가, 그런 것 같은데 항상 옷이 똑같더군요. 레슬리 님도 그것이 거슬려서 오신 겁니까?"

"응. 아니, 똑같은 건 괜찮은데 너무 낡아 보이잖아."

나는 눈을 굴리다가 대답했다.

"아니, 이래 봬도 한 벌로 계속 입는 건 아니고, 미묘하게 다른 옷 두 벌을 돌려 입는 건데……."

메릴린의 눈이 커졌다.

"정말로 옷이 두 벌밖에 없다고요?"

그녀가 어이가 없다는 듯이 헛웃음을 지었다.

"시간이 없어."

레슬리 님은 시계를 가리키며 초조하게 말했다.

"벌써 오후잖아."

"그건 그렇죠."

메릴린은 다시 내 얼굴을 살펴보며 말했다.

"그럼 시작할까요."

나는 드디어 지금 이 상황을 깨달았다. 그러니까 레슬리 님이 나를 상대로 돈지랄을 하시고 계시는 중이구나! 이유는 모르겠지만 일단 받고 보자!

메릴린과 레슬리 님은 열심히 대화를 주고받았다.

"훈련복이라면…… 글쎄요, 제 전문이 아니군요."

"그래? 그렇다면 일단 전문인 것부터 부탁할게. 훈련복은 다른 집에 주문하면 되지, 뭐."

"아닙니다. 제가 공부를 좀 해서 직접 만들어 드리겠습니다."

"그게 좋긴 해. 일단 훈련복은 이미 두 벌이 있으니까 급하지는 않아. 그렇지, 아나벨?"

"네, 그럼요."

내가 냉큼 대답했고, 메릴린은 즉시 나를 끌고 의상실 안쪽의 외진 방으로 들어갔다. 종업원들이 갑자기 나타나 내게 달라붙어 치수를 재기 시작했다. 치수를 보고받은 메릴린의 손이 거침없이 움직였다. 아니, 정확히 말하면 칼을 든 손이었다. 보통 의상사들은 가위를 드는 줄 알았는데…….

"저는 칼이 편해서요. 특이하죠?"

옷감을 거침없이 가르는 손길이 몹시 빨랐다. 그리고 보니 레슬리 님이 레인 필드의 두 부부가 모두 칼을 아주 잘 쓴다고 하셨는데, 이런 뜻이었구나. 오스 칼의 칼을 다루는 솜씨 역시 인상 깊었는데, 메릴린의 손놀림도 잊지 못할 것 같았다. 아론이 검을 잘 쓰는 건 다 유전이었어…….

"연보랏빛 머리카락에는 이런 사랑스러운 색이 잘 어울려요. 그 생쥐 같은 잿빛 말고요."

그녀가 옷감을 내 얼굴에 대어 보이며 말했다.

"아베데스 후작가 사람들 모두 이런 연보랏빛 머리카락을 가지고 있다지요."

"네……."

나는 우울하게 고개를 끄덕였다.

아베데스 후작과 그의 자식인 두 남자들 모두 나와 머리카락 색깔이 똑같았 다. 나를 아예 혈연 취급도 하지 않았지만. 하기야 이쪽에서도 그쪽을 돈줄로 만 보고 있었으니 나름 공정한 관계라고 볼 수 있었다.

"저도 보라색 계열의 머리카락을 가지고 있어서 잘 아는데, 생각보다 어울리 는 색이 많답니다. 그 거지 같은 잿빛 말고요."

정말로 내 훈련복이 마음에 안 들었던 모양이었다. 나는 화려한 주변을 둘러 보며 다시 한번 아론에게 부러움을 느꼈다.

'세상에, 진짜 개금수저…….'

나도 이런 집에서 태어났다면 검술은 취미로 했을 것이다. 괜히 아론이 1회 전에서 이안을 맞아 탈락한 후 더 이상 대회에 안 나오는 게 아니었다. 굳이 1위 할 것도 아닌데 아득바득 살 이유가 뭐 있겠는가.

"일단 샘플부터 하나 만들어 보겠습니다."

메릴린은 날카로운 칼을 번득이며 말했다. 나도 검을 쓰는 직군이지만 메릴 린의 칼질을 보는 건 참 섬뜩했다.

"나머지는 주문 제작으로 추후에 배달해 드리고요."

그녀는 칼질한 옷감을 내게 대어 보더니 보조들에게 몇 가지 일감을 던져 주었다. 그렇게 얼마 지나지 않아 꽤 예쁜 분홍색 원피스가 하나 탄생했다.

"여러 가지 세련된 디자인도 많지만, 일단은 편하게 일상복으로도 입을 수 있는 옷으로 만들어 봤습니다."

급히 만든 옷이라 장식이나 레이스가 섬세하게 달린 옷은 아니었지만 주름이 고급스럽고 몸에 딱 맞았다.

"어머."

어느새 다가온 레슬리 님이 높게 묶은 내 머리카락을 풀어 내리며 웃었다.

"다른 사람 같네. 너무 예뻐."

"그, 그런가요."

"물론 활동이 너무 불편하면 그냥 훈련복 입고 다녀도 되지만, 일단 옷이 두 벌뿐인 건 너무하잖아. 선물이니 받아 둬."

그 말에 끼어든 사람은 메릴린이었다.

"아닙니다."

그녀는 무심한 표정으로 내 원피스 주름을 잡아 주며 말했다.

"이것은 간단하게 금방 만든 옷이라, 그냥 제가 서비스로 드리겠습니다. 레슬리 님께서 훈련복을 주문하셨지만 즉시 만들어 드리지 못하는 처지니까요."

"어머, 정말로?"

"대신 레슬리 님께서 여러 디자인의 드레스를 주문하셨잖아요."

메릴린의 손길이 닿는 곳마다 주름이 너무나 예쁘게 잡혀서 신기했다.

"제가 지저분하고 낡은 훈련복을 참지 못해 만든 옷이니 제 선물이지요."

나는 딱히 아무 생각이 없었는데, 옷을 전문적으로 만드는 그녀의 눈에는 한숨이 나올 정도로 형편없었나 보다. 대충 만든 것이라고는 했지만 내가 입은 원피스는 옷감이 좋고 가벼워서 그런지 훈련복보다도 몸에 착 감겨 편했다.

"어쨌든 사이즈를 모두 다 쟀으니 나머지 주문하신 옷들은 기한 내에 공작저로 보내 드리겠습니다."

"공작저로요?"

내가 머쓱하게 묻자 레슬리 님이 활짝 웃으며 대답했다.

"그럼. 어차피 자주 오지 않니? 매일같이 온다고 들었는데."

"음, 그건······."

"이안한테 들르고 나서 꼭 나한테 오렴. 아니면 반대 순서도 좋고."

앞으로는 굳이 그렇게 매일 갈 생각은 없었는데, 정말로 매일 가야 할 지경이었다.

"자, 그럼 이제 저녁 먹으러 가자."

"······네? 또 먹어요?"

"저녁 먹을 시간이잖아. 공작저에 돌아가서 먹으면 딱이겠구나."

레슬리 님은 아무렇지도 않게 다음 식사를 말했다.

아니, 또 공작저로 같이 돌아간다고?

그때 불현듯 어떤 생각이 스쳤다.

"내가 어떻게 해서든 이안 웨이드로스를 반불구로 만들어 놓을 거라니까. 고작 두 번 실패했을 뿐이야. 아직 기회는 있어. 당장 내일 밤에도 테러 하나를 준비해 놓았는걸. 이번에는 진짜 신경 썼어."

"내일 밤?"

"그래. 내가 다 물밑 작업 해 놨다니까. 그때 말했던 그 아이템 있지?"

예정에 없이 만취한 뒤 레슬리 님에게 정신없이 끌려다니느라 잊고 있었다.

그 당시의 '내일 밤'이면 오늘 아닌가!

"네! 가요, 레슬리 님."

지금 그 일을 수습하는 가장 좋은 방법은 레슬리 님을 따라 공작저로 함께 가는 것이었다. 이안의 손에 그 아이템의 흔적이 들어가면 절대 안 된다. 왜냐하면 그 아이템을 추적하다 보면 의뢰인의 명단에서 반드시 내 이름을 발견할 테니 말이다.

'무조건 회수해야 해.'

그러려면 경고로는 부족했다. 내가 정말로 직접 나서야 했다. 공작저에 가서 일단 저녁 식사부터 하고, 집으로 돌아가는 척하며 이안의 방에 들이닥친 뒤 증거물을 회수하는 수밖에 없었다.

"저기, 레슬리 님……."

"응, 왜?"

마차를 타고 돌아가는 길에 나는 조심스럽게 물었다.

"이안의 방은 어디인가요?"

"네가 머무는 방의 바로 위. 왜?"

"아."

나는 손가락을 꼼지락거리며 대답했다.

"그냥 언제든 밖에서 쳐다보면서 열의를 다지려고요."

"좋은 자세구나. 나도 너만큼 어렸을 때 웨이드로스 공작저를 보며 이를 갈고는 했지."

레슬리 님은 싱긋 웃으면서 말했다.

"그런데 그 저택의 안주인이 되어 있다니 인생은 참 모를 일이구나."

"맞아요. 모를 일이죠."

나는 진심으로 동의했다. 나 역시 어느 날 갑자기 전생이 떠오를 줄은 꿈에도 몰랐으니까. 죽도록 믿던 이안을 객관적인 시선에서 바라보게 되고 구해 주기까지 하다니.

"레슬리 님."

나는 어색하게 치맛자락을 매만지면서 말했다.

"공작님하고 계속 1, 2위를 다투셨다고 들었어요. 그런데 어떻게 결혼까지 하신 거예요?"

"1, 2위를 다툰 건 아니고……. 그냥 나도 항상 2등이었어."

레슬리 님은 미소를 지으며 대답했다.

"솔직히 브레이든이 엄청 미웠지. 근데 나는 너처럼 솔직하지가 못해서 속으로만 짜증 내고 앞에서는 공손히 굴었어."

그건 솔직하지 못한 게 아니고 상식적인 태도 같은데…….

"너도 알다시피 작위를 가진다고 해서 대단히 살림이 피는 건 아니지만, 그냥 그래도 작위 하나를 가지고 싶었어. 나는 물론 너 같은 상황은 아니었지만 말이야."

작위를 얻는다고 해서 대단한 부나 명예를 가질 수는 없었다. 고위 귀족 친부를 가진 나는 특수한 상황이라고 볼 수 있었다.

"그렇게 마지막 검술 대회를 앞두고 있었던 때였어. 내가 그때 스물하나였고, 브레이든이 열아홉이었지."

그녀는 회상에 젖은 얼굴로 조곤조곤 말을 이었다.

"그러니까 내게는 마지막 기회였고, 브레이든에게는 두 번의 기회가 남아 있었단다."

말만 들어도 쫄렸다.

마지막 대회인 2등과 앞길이 창창한 1등. 게다가 1등은 이미 작위도 가지고 있고……. 얘기만 들어도 '좀 져 주지!' 같은 생각이 스멀스멀 드는 구도였다.

"그런데 그 검술 대회 직전."

나는 두근거리며 이야기를 들었다.

"우리 아버지가 술집에서 시비가 붙었는데…… 만취해서 난동을 피우는 걸 막다가 5층 높이의 창문에서 떨어져 버리고 말았어."

"네?"

"정확히 말하면 아버지가 떨어지는 걸 보고 부둥켜안고 같이 떨어졌지. 덕분에 아버지는 살았지만, 나는 다시는 검을 잡을 수 없게 되었어. 사실 가족들은 일상생활이 가능한 것만 해도 기적에 가깝다고 했어."

부상 때문에 검을 잡지 못한다는 건 알고 있었지만, 이렇게 안타까운 사연이 있을 줄은 몰랐다. 뭐라고 대답도 못 하고 우물쭈물하고 있는데, 레슬리 님의 말이 이어졌다.

"그래서 검술 대회 때 어쩔 수 없이 기권을 했거든."

"네……."

"그런데 그때 브레이든의 표정이 아주 묘하더구나. 뭔가 내 기권을 받아들일 수 없다는 그런 표정? 어이가 없었지."

이제부터 시작인가! 원래 남의 연애 얘기가 가장 즐거운 법이라서, 나는 마른침을 삼키며 그녀의 눈을 바라보았다.

"그 이후에 어영부영 지내다가 정신 차리고 보니 결혼식 날이더라고."

"……네?"

이거 뭔가 너무 많이 생략된 것 같은데. 하지만 때마침 마차가 공작저에 도착하는 바람에 더 이상 물을 수도 없었다.

조용한 저녁, 이안은 방에서 책을 읽고 있었나. 누가 그를 보았다면 평온한 모습이라고 하겠지만, 그의 마음은 절대 고요하지 않았다.

어제 오후부터 내내 아나벨이 공작저에 있었다. 그런데 그녀를 한 번도 보지 못했다는 것이 좀 우스웠다. 원래 아나벨이 공작저에 오는 건 절대적으로 자신을 만나러 오는 것이었는데. 레슬리가 그녀와 함께 식사를 하고 옷을 맞추러

간다는 소식까지는 들었다.

"나랑 무슨 상관이야."

그는 한숨을 쉬며 테이블에 놓여 있던 쿠키 상자에서 쿠키 하나를 빼 손에 들었다. 눈은 책에 둔 채 딴생각에 잠겨 쿠키를 먹던 그는 하나를 떨어트릴 뻔하고 등골이 서늘해지는 것을 느꼈다. 바닥에 떨어진 것을 주워 먹다 좋아하는 여자에게 걸려 버리라는 저주가 생각난 탓이다.

좋아하는 여자라니, 그런 게 있을 리가 없었다.

그는 마지막 검술 대회까지는 검에만 최선을 다하고 싶었다. 공작위를 물려받게 되면 어차피 후계를 위해 결혼도 고려해 봐야 할 테니까 말이다. 원래 귀족가에서 적당한 약혼녀를 붙여 주는 것은 어머니의 일이었는데, 레슬리는 아들의 이성 관계에는 절대 개입하지 않겠다며 선을 그었다. 그래서 그는 지금까지 친하게 지내는 여자조차도 없었다.

물론 그와 가까워지고 싶어 하는 여자들이야 많았다. 검술 대회 1등에 웨이드로스 공작가의 후계자이니 배경만 해도 대단한데, 심지어 외모가 꽤 잘나기도 했다. 늘 1등만 한 탓에 검술에 있어서는 남들을 좀 무시하고 안하무인인 단점이 있었지만, 그래도 그 외에는 아주 상식적이었다.

사고방식이 몹시 정상적이라는 것은 이안의 자부심이기도 했다. 예를 들어 아론같이 누군가를 놀려 먹는 것을 좋아한다거나, 남의 욕설을 듣고 부채질을 한다거나 하는 기행은 절대 하지 않았다. 레슬리가 종종 '내 아들이지만 넌 너무 재미가 없다'라고 투덜댈 정도로 이안은 매우 예측 가능한 사람이었다.

그러니 자신에게 온갖 저주를 퍼붓는 아나벨 나디트를 싫어하는 건 당연한 일이었다. 비록 그녀가 요즈음 자신에게 좀 도움이 되는 일을 해 주었다고 해도 그녀에게 시달려 온 세월이 얼마인가. 그 도움도 사실 딱히 자신에게 필요한 것은 아니었다. 아나벨이 아니었어도 별로 다쳤을 것 같지도 않은데…….

그러니까 '좋아하는 여자'라는 말에 아나벨의 얼굴이 퍼뜩 떠오른 건 정말 말도 안 되는 일이었다. 그가 지금까지 살아오면서 얽힌 여자가 아나벨밖에 없어서 생긴 현상이었다. 욕설에 흥분하는 미친놈도 아니고 자신을 싫어할뿐더러 악담만 해 대는 여자를 왜 좋아한단 말인가. 이안 웨이드로스는 정상인인데.

'설마……'

그는 마른침을 꿀꺽 삼켰다. 함께 말을 타고 돌아왔을 때, 정신을 잃고 그에게 기댔던 아나벨의 감촉이 선명했기 때문이있다. 색색 몰아쉬던 숨소리, 급히 받아 든 팔 위로 쏟아지던 머리카락, 자신의 가슴에 닿아 오던 무게감, 어쩌다 스친 부드러운 살결까지…….

'내가 그딴 걸 왜 또 떠올리고 있지? 나도 모르는 사이에 굶주리고 있었나?'

이안은 급기야 욱신거리기 시작한 관자놀이를 누르기 시작했다.

'설마 그 여자가 무슨 금지된 마법이라도 쓴 건 아니겠지.'

그게 아니라면 이렇게 그 순간이 계속해서 머릿속에서 떠나지 않을 리가 없었다. 무슨 변태도 아니고…….

그때였다. 노크도 없이 문이 벌컥 열렸다.

'제기랄.'

이안은 눈앞의 여자를 보며 혼란에 빠져 머리를 흔들다가 결국 쿠키를 떨어트리고 말았다. 하늘하늘한 분홍빛 원피스, 허리까지 풀어 내린 머리카락, 은은하게 감도는 향기…….

'진짜 마법 썼나? 왜 헛것이 보여?'

동시에 주르륵하고 코피가 흘렀다.

'설마 벌써?'

이안의 코에서 피가 흐르고 있는 것을 보고 나는 흠칫 놀랐다. 내가 그동안 그토록 열심히 그에게 검을 휘둘러 왔어도 그의 피를 본 것은 처음이었다.

나는 그의 손에 들려 있는 책이 멀쩡한 것을 확인한 뒤에야 마음을 놓을 수 있었다. 게다가 코피가 나는 마법도 아니었으니 말이다. 급히 달려오느라 노크도 잊었는데 다행이었다. 이안이 재빨리 코를 훔칠 동안, 나는 혼자서 가슴을 쓸어내렸다.

'아직 아니구나.'

정확히 말하면 저 책에 꽂혀 있는 책갈피가 문제였다.

'이상함을 느꼈다면 바로 덮었을 텐데.'

저 책갈피는 리어드가 불법으로 공수해 온 마법 아이템이었다. 이안이 서점에서 예약 주문해 놓은 책들을 주의 깊게 살펴보다가, 은근슬쩍 그 안에 책갈피를 끼워 놓은 것이다. 자주 가는 술집부터 예약 서적까지……. 아무래도 돈 쓰는 것 외에는 아직 찾지 못한 리어드의 재능은 스토킹에 있는 것 같았다.

당연히 이안은 서비스인 줄 알고 대충 아무 페이지에 꽂아 놓고 있었다.

'저게 발동되면 절대 안 된다.'

저것이야말로 아나벨 나디트가 이안을 해치려 했다는 완벽한 증거였다. 꽃 모양의 책갈피에는 시력을 떨어트리는 흑마법이 걸려 있었다. 작게 폭발하면서 나오는 연기를 눈에 쐬면 벌겋게 충혈되면서 초점이 흐려지는 것이 첫 증상이었다. 그렇게 타격을 입은 시력은 차차 떨어지는데, 심하면 실명에 이르게 할 수도 있었다.

그 범죄에 가까운 흑마법에는 '상대를 엄청 싫어하는 이성이 직접 뽑은 피'가 필요했다. 그리고 그건 이리 보고 저리 보고 우주 밖까지 살펴봐도 내 피일 수밖에 없었다. 실제로 나는 신나서 피를 뽑아 리어드에게 전달해 주었다.

"여기 있어, 내 피! 이걸로 정말 이안을 이길 수 있는 거지?"

"당연하지. 시력을 잃어버리면 무슨 수로 상대를 보고 검을 휘두르겠어?"

"음…… 그런데 눈이 안 보여도 검술을 잘하는 사람들은 많은데."

"그래? 그래도 안 보이는 게 보이는 것보다는 낫지 않아?"

"맞아. 그건 그래."

왜 나는 좋다고 내 피를 뽑아 주었는가…….

과거의 나를 아무리 탓해 봐야 소용없었다. 앞구르기 하고 뒤구르기 하면서 따져 봐도 나는 정말 구제 불능의 악역이었다. 이 상황에서 아니라고 아무리 잡아떼어 봤자 아무도 믿어 주지 않을 것이 뻔했다. 실제로 과거의 내가 한 짓이기도 하고.

원작에서는 이안이 책을 읽다가 저 책갈피가 작게 폭발하는데, 이안은 엄청난 반사 신경으로 책을 던져 피해 버린다. 심지어 주인공답게 별다른 타격도 입지 않은 채 책갈피를 회수하여 바로 마법사 길드에 의뢰한다. 그 결과가 검술 대회 바로 뒤에 나오는데…….

그렇게 그동안 그를 해치려고 했던 모든 일들이 다 밝혀지면서 내 인생은 끝장나 버린다. 결국 이안도 못 이기고, 감옥에 갇히기까지 하고. 심지어 로비트 황자 시해죄까지 뒤집어쓴 나와 리어드는 엄청난 형을 선고받게 된다. 솔직히 리어드가 엄청난 흑막도 아니고, 아무런 증거 없이 모든 일을 완벽하게 처리했을 리는 없으니까 말이다. 리어드 정도는 웨이드로스 공작가에서 맘 잡고 털면 다 털릴 정도의 잡범이었다.

다시 한번 나의 새드엔딩, 주인공의 해피엔딩을 떠올리자 얼른 저 책갈피를 없애 버려야겠다는 생각이 들었다.

"저기, 괜찮아?"

괴물 같은 회복력으로 어쨌든 이안의 코피는 빠르게 멈췄다.

"웬 코피야?"

나는 그의 손에 아직 남아 있는 혈흔을 보며 어설프게 말했다. 이 상황을 이용하는 아주 자연스러운 방법이 떠오른 것이다.

"얼른 씻는 게 좋지 않을까?"

바로 이안이 욕실에 간 사이 빠르게 책갈피를 없애 버리는 것이었다. 잘하면 억지로 상황을 만들지 않아도 될 듯싶었다.

이안은 미간을 찌푸린 채 나를 한동안 바라보더니 낮게 말했다.

"아나벨 나디트."

"왜, 뭐, 왜?"

"혹시 내게 이상한 마법을 쓴 건 아니겠지?"

헉. 설마 벌써 들켰나? 내가 마법을 직접 쓴 건 아니더라도 이상한 마법 아이템을 쓰려던 건 맞는데.

"이, 이상한 소리 하지 말고 얼른 피나 닦아! 손에 잔뜩 묻었잖아!"

나는 되는대로 마구 소리쳤다.

"또 코피가 날 수도 있는데, 화장실 가서 콧속이라도 한번 들여다봐!"

"……더 수상하군."

이안은 책을 탁 덮고 테이블에 올려놓았다. 그러더니 천천히 일어나 팔짱을 꼈다. 그의 그림자가 내게 완전히 드리워졌다.

"네가 날 걱정할 리 없잖아. 대체 뭘 노리고 온 거지?"

역시 조금만 그를 위하는 발언을 해도 이안은 귀신같이 의심했다. 이러니 내가 개과천선했다며 태도를 바꿀 수가 없는 것이었다.

당황하는 나를 바라보며 그가 미심쩍은 듯이 덧붙였다.

"설마 고위 정신 미혹이라든가……."

"그런 걸 할 줄 알면 내가 지금 이러고 있겠어? 황후라도 됐겠지!"

여기서 가장 높은 여자 지위를 아무렇게나 대면서 빽 소리를 지르자, 그가 눈을 가늘게 떴다.

"그럼 대체 내 방에는 왜 온 거지?"

"왜긴 왜겠어?"

나는 자연스러운 책갈피 회수를 포기했다. 이미 나를 의심하고 있는 이안은 절대로 나만 혼자 방에 두고 나가지 않을 셈인 것 같았다. 어설프게 거짓말해 봤자 저 지독한 인간에게는 의심만 키울 뿐일 것이다.

"설마 너랑 사이좋게 대화하려고 왔겠니?"

원래 계획은 그냥 한 대 친 다음 다짜고짜 책을 뺏어서 튈 예정이었다. 어차피 아나벨은 이안 앞에서 아무런 개연성 없이 안하무인으로 행동하는 캐릭터니까 말이다.

그러므로 자연스럽게 책갈피를 몰래 가져가는 계획은 바로 폐기하고, 다시 원안대로 가기로 했다.

나는 더 이상 핑계를 생각하지 않고 다짜고짜 소리쳤다.

"널 괴롭히러 왔지. 내 인생의 유일한 원수!"

"뭐, 뭐?"

"내가 설마 너한테 다른 뜻이라도 있겠어?"

그리고 코피가 나든 말든 그에게 달려들어 발차기를 한 대 날렸다. 지금 나는 훈련복도 검도 다른 방에 놔두고 왔기 때문에 무기가 없었다.

당연히 피하겠…… 응?

"야! 치마 입고 왜 다리를 벌려!"

이안은 급하게 외치더니 그대로 눈을 질끈 감은 채 내 발차기를 맞았다. 물론 쓰러지지는 않고 잠시 뒷걸음질 쳤을 뿐이지만.

'말도 안 돼. 이안이 이걸 안 피한다고?'

당연히 가볍게 피할 줄 알았는데, 이게 이렇게 명중하다니…….

나는 아연실색하여 그의 얼굴을 바라보았다.

이건 정상적인 상황이 아니었다.

"야, 야! 너 진짜 어디 아파?"

아까 코피가 난 것도 그렇고, 이런 발차기도 못 피한 걸 보면…….

심지어 나를 보자마자 마법을 운운하지 않았는가. 긴장해서 머리가 핑핑 돌아갔다. 이번에 잘못되면 정말 빼도 박도 못하고 감옥행이었다.

설마 마법 아이템이 벌써 이상하게 발현한 것 아닐까? 이미 효과가 나타난 거면 진짜 나는 끝인데! 몸이 이상한 것을 느낀 이안이 가만히 있을 리 없으니 말이다. 여기서 책갈피를 회수해서 튀어 버리면 나를 제일 먼저 의심할 것이 뻔했다. 그러니 일단 이안의 상태를 확인하는 게 우선이었다.

나는 간절히 속으로 기도했다. 제발, 제발 아니어라. 흑마법 때문이 아니라 잠시 몸 상태가 이상한 거여라. 나는 다급한 마음에 그의 얼굴에 달려들어 눈을 까뒤집었다.

"너 눈 잘 보여? 너 제정신인 건 맞아?"

"아나벨 나디트!"

그는 우스꽝스럽게 뒷걸음질을 치며 난감한 듯 소리쳤다.

"떨어져! 얼른! 뭐 하는 거야?"

"아니, 너 눈깔이 파업하고 있는 거 아니냐고."

이안은 자꾸 어설프게 나를 피하고, 나는 그의 눈을 확인하려고 뒤로 물러서는 그에게 달라붙었다.

'젠장, 눈이 시뻘게서 얼핏 보면 충혈된지 안 된지도 모르겠어……. 키는 또 왜 이렇게 커?'

만일 진짜 이미 흑마법에 걸렸으면 다 때려치우고 당장 튀어 외국에 망명해서 평생 숨어 살 생각이었다.

"아프면 안 돼! 몸이 조금이라도 이상해지면 안 된다고!"

그게 감옥살이보다는 나으니까!

그러니 내게는 일생이 걸린 아주 중요한 시기였다. 지금 당장 튀느냐 마느냐의 기로에 선 내가 이안의 얼굴을 고정시키기 위해 두 볼을 잡았을 때였다.

"아, 좀! 너무 가깝다니까!"

그가 기겁을 하며 소리쳤다.

아니, 가까이 하는 게 그렇게도 싫을 일인가. 내가 벌레도 아니고. 그래서 나는 퉁명스럽게 받아쳤다.

"왜 갑자기 유난이야? 이런 거리로 한두 번 있었던 것도 아니잖아!"

검을 맞댈 때에는 지척의 거리에서 서로 뒹군 적도 있었다. 특히나 과거의 아나벨은 대련이 끝난 후 뒤에서 달려들어 막무가내로 매달릴 때도 많았다. 그러니 우리에게 이 정도 거리는 아무것도 아니라고 생각했다.

"너는, 진짜!"

그때 이안이 발을 헛디디며 뒤로 넘어져서, 나 역시 그의 몸에 엎어졌다.

'세상에, 정말 큰일 났다.'

발을 헛디디다니 이안에게는 있을 수 없는 일이었다.

'이거 진짜 문제 생긴 거 맞네?'

하지만 더 큰 문제는 뒤가 침대였다는 것이다. 졸지에 나는 이안을 덮치는 것처럼 그의 몸 위에 엎어졌다.

"이안…… 너…….."

그제야 그의 눈을 빤히 바라보니, 초점도 멀쩡하고 어디 충혈된 곳도 없었다. 눈 색깔이 원래 붉어서 제대로 보지 않으면 알아채기 힘들었을 뿐이었다.

'뭐야, 아주 멀쩡한데?'

리어드가 맨 처음 아이템을 구할 때 설명해 준 바에 의하면 아이템이 폭발할 때 나는 연기가 눈에 닿으면 시뻘겋게 충혈되는 것으로 첫 증상이 나타난다고 했었는데. 그래도 혹시 몰라 반항하지 못하도록 양 손목을 붙잡고 세세하게 그의 눈을 들여다보고 있을 때였다.

"대, 대, 대체 왜…….."

이안이 그답지 않게 말을 더듬으며 거칠게 숨을 몰아쉬었다. 나를 뿌리치는 건 그에게 별로 어려운 일도 아니었을 텐데, 얌전히 손목이 붙들린 채였다.

"왜, 왜 이러는…….".

그의 표정이 잔뜩 일그러져서 마치 울먹이는 것처럼 보였다. 항상 무뚝뚝하던 그가 이런 얼굴을 할 줄은 꿈에도 몰랐는데. 누가 보면 내가 지금 몹쓸 짓 하는 건 줄 알겠어!

내 무릎 사이로 늘어져 있는 그의 다리가 잔뜩 긴장해 있었다. 그의 흐트러진 머리카락, 어쩔 줄 모르는 붉은 눈, 거친 숨소리와 쓰러진 채 굳은 몸…….

그제야 나는 지금 아주 몹쓸 포즈를 취하고 있는 것을 깨달았다.

'와, 나 진짜 개진상이네.'

멀쩡히 잘 지내는 남자의 방에 다짜고짜 들이닥쳐 한 대 치고 억지로 눈을 까뒤집는 것은 물론 침대에 눕혀 버리다니. 하지만 객관적으로 생각해 보면 나는 언제나 이안에게 개진상이었다. 이것보다 더한 짓도 많이 해 왔으니 새삼스러울 것도 없었다. 원래 나는 범죄까지 기획할 정도로 개념이 없는 무뢰배였으니 말이다.

"오해하지 마!"

"너, 너…….".

"오해할 상황인 건 아는데, 나는 네 몸에 조금도 관심 없어. 똑똑히 하자고."

더 이상 나빠질 이미지도 없었으므로, 나는 뻔뻔하게 사과조차 하지 않고 몸을 일으켰다.

"내가 욕먹을 짓 한 건 잘 알아."

나는 슬금슬금 책 쪽으로 움직이며 아무렇게나 지껄였다.

"하지만 나를 욕하면 가만두지 않겠다."

이안이 어이없다는 표정을 지어 보였다.

그러거나 말거나, 나는 일단 이안이 멀쩡한 것은 확인했으니 그가 패닉 상태일 때에 책갈피를 들고 얼른 튀어야겠다는 생각뿐이었다.

그러니까 왜 갑자기 코피를 흘리고 발차기까지 안 피해서 사람을 헷갈리게 만들어? 원래대로만 행동했어도 벌써 상황은 모두 끝나 있을 텐데 억울하기까지 했다.

"그리고 이 책은 내가 가져간다."

이안이 몸을 일으키며 미간을 찌푸렸다.

"아니, 그 책을 왜?"

"사실 내가 너무 읽고 싶었던 책이거든. 마침 네가 가지고 있네?"

"……그 책을?"

"그래! 내가 아주 꿈에 그리던 책이야!"

일단 책을 든 나는 깜짝 놀랐다. 제목이…… 제기랄.

<근육의 이해[세밀 삽화본] 남성 편>

이 검술에 미친 놈은 책을 주문해도 이런 걸……. 보통은 공작 가문의 후계 자이니 역사나 정치 뭐 그런 책을 읽고 있어야 하는 것 아니야? 세상 심각하게 책장을 노려보고 있기에 당연히 엄청 심오한 책인 줄 알았다.

내가 약간 망연한 눈으로 그를 볼 때였다. 그동안 황망한 얼굴로 넋을 빼고 있던 이안이 몸을 일으켜 정색하는 표정을 지어 보였다.

"아니, 저 책의 삽화보다 내 몸이 못하다는 말인가?"

아주 진지하면서도 어딘가 화가 난 듯한 어조였다.

"왜 이 책은 꿈에 그릴 정도로 기지고 싶어 하면서 내 몸에 관심이 없어?"

세상에, 지금 그게 기분 나쁠 포인트야? 잘 몰랐는데 은근히 자기 몸에 자부심이 있었던 모양이다. 뭐 그래도 될 몸이긴 하지만 은근 꼴값이기는 하네?

"네가 잘 몰라서 그러는데 삽화는 어쨌든 과장되기 마련이고……."

그때였다. 내 손에 있던 책갈피가 펑, 하는 소리와 함께 작게 폭발했다.

"아나벨!"

이안이 내 이름을 외치며 벌떡 일어났다.

물론 나는 지금쯤은 책갈피가 폭발할 것이라고 예상했기 때문에 재빨리 책을 바닥에 떨어트려서 내 눈과 손이 다치는 참사는 막았다. 나 역시 예상하고 있는 폭발을 피할 수 있을 정도의 반사 신경은 있었던 것이다. 그러나 책이 떨어지면서 발등 쪽을 세게 찧고 말았다. 물론 그것 역시 모두 계산하고 떨어트린 것이었다.

"아윽!"

나는 발등을 쥐는 척하며 주저앉아 바닥에 나뒹굴고 있는 꽃 모양 책갈피를 재빨리 회수하여 주머니에 쑤셔 넣었다. 이 책갈피만 없애면 내 흔적은 남지 않는다.

사색이 되어 내게 달려든 이안은 양어깨를 잡고 흔들었다.

"괜찮아? 아니, 이게 대체 무슨 일······!"

"무슨 일이겠어? 너랑 얽혀서 재수 없는 일이 벌어진 거지!"

나는 그의 팔을 뿌리치며 뒤로 물러났다.

"내일 아침에 일어나면 코끝에 엄청 아픈 여드름 나라! 그거 짜려고 아침 내내 매달리다가 더 크고 빨갛게 부어올라라! 그렇게 이주일 가라!"

퇴장할 때에는 반드시 욕을 퍼부어야 했다. 그것만이 조금만 잘해 줘도 '대체 왜 그래?'라며 정색하는 이안의 의심을 피할 수 있는 길이었다. 이미 미션은 클리어했다. 그걸로 됐다.

다행히 이안의 방은 2층이었다. 이 정도면 정원수에 발을 한 번 디디면 충분히 땅에 착지가 가능했다. 나는 혹시라도 들킬까 봐 그에게서 도망치는 것처럼 창문 밖으로 뛰어내려 정원을 가로질러 달리기 시작했다. 물론 책에 찍힌 발등이 저릿했지만 달릴 수는 있었다.

"아나벨 나디트!"

"따라오지 마!"

나는 꽥 소리를 질렀다. 창문에 선 이안의 표정이 망연해 보였다.

"그 책 수상하니까 얼른 조사해. 그러다가 책장에 살짝 손 베여서 3일 동안 거슬리게 가려운 것도 잊지 말고!"

책을 백날 조사해 봐라, 아무것도 안 나오지.

완전히 증거를 은닉한 나는 뿌듯하게 도망쳤다. 한쪽 발을 절룩이며 뛰는 내 뒤로 따라붙는 이안의 시선이 느껴졌다.

알 게 뭐야, 혹시 뭔가를 의심하더라도 일단 증거를 내가 빼돌렸으니 무조건 괜찮았다.

그러고 보니 외박이었다. 어제 점심에 로버트와 식사를 하고 난 뒤 취해서 정신을 잃고 공작저에서 자 버렸기 때문이었다. 심지어 지금은 어둑어둑한 저녁이었다. 그러니까 만 이틀을 거의 꼬박 밖에서 보낸 셈이었다.

집에 들어가니 리어드가 친구들과 함께 카드놀이를 하고 있었다. 말이 카드놀이지 판돈이 큰 도박이었다.

"아나벨?"

시가를 물고 심각한 표정으로 도박판을 바라보고 있던 리어드가 내게 시선을 돌렸다.

"잠시. 이 판은 일단 난 죽는다."

그가 카드를 내려놓더니, 나를 보며 심각한 표정으로 일어섰다.

"그 옷은 어디서 났어?"

"팬한테 선물받았어."

살짝 과장된 감은 있었지만 아주 거짓말은 아니었다.

"팬? 너한테 그런 게 있었어? 근데 별달리 비싼 옷 같지는 않다. 영양가 없는
게 달라붙었구나."

장식이 달려 있지 않다고 싸구려 옷이 아닌데, 리어드는 역시 안목도 없었다.

그는 진지하게 목소리를 깔며 말했다.

"따라와. 얘기 좀 하자."

만일 외박했다고 뭐라고 한다면 검을 들이대며 닥치라고 할 예정이었다. 그
러나 리어드는 내 방에 들어오자마자 잔뜩 기대하는 얼굴로 물었다.

"그래, 그 아이템은 잘 폭발했어?"

"응?"

"그거 확인하러 간 거 아냐?"

역시 내가 외박한 건 안중에도 없었고, 이안이 어떻게 되었는지만 궁금한 모
양이었다. 그래서 나는 씩 웃으며 대답했다.

"응. 확인하고 왔지."

"결과는 어때?"

내 얼굴에 웃음이 만연한 것을 보고 리어드가 입술을 씰룩이며 기대에 찬 얼
굴로 물었다.

"제대로 걸렸어?"

"응. 아주 제대로 연기를 맞았더라고."

나는 고개를 크게 끄덕이며 말했다.

"지금도 눈깔이 아주 핑핑 돌고 이상해. 책이 폭발하니까 당장 뒷조사를 시
킨 모양인데, 내가 이미 책갈피를 회수해 왔지."

"아, 아나벨. 잘했어."

리어드가 박수를 치며 콧김을 내뿜었다.

"드디어 됐군. 좋아, 좋아. 이제 다 됐다고."

"그래서 말인데."

나는 팔짱을 끼며 말했다.

"내가 무조건 우승할 것 같아. 이안 웨이드로스만 빼면 내 상대가 될 사람은 없으니까."

"그렇지. 원래부터 3등 하고도 차이가 많이 나니까 말이야."

"그러니까 마음 놓고 돈을 걸어도 될 것 같아."

"응?"

"검술 대회 말이야. 이안 웨이드로스 때문에 내 배당이 굉장히 낮잖아."

내가 무슨 소리를 하는지 알아들은 리어드의 눈이 빛났다.

"이번에 잘만 하면 백만장자가 될 수도 있을걸."

나는 그를 살살 달래며 꼬드겼다.

"네가 그동안 내 뒷바라지를 잘해 준 걸 알아. 그러니까 네 말대로 이 저택과 재산을 다시 내게 준다고 해도 네가 마음에 걸릴 것 같아서 그래. 하지만 이건 무조건 이기는 도박이고, 그걸로 딴 돈은 다 너 가져."

어차피 리어드에게 내 돈도 그의 돈, 그의 돈도 그의 돈이었겠지만, 일단 내 제안은 눈이 뒤집힐 수밖에 없는 유혹이었다.

"……괜찮군. 그 생각은 못 했는데."

리어드가 탐욕스럽게 웃었다.

"네 배당이 35배인가 그렇던데……."

생각을 못 하긴.

내 배당도 꿰뚫고 있는 걸 보니 이미 도박판에서 잴 대로 재 봤네.

"하지만 네가 그랬잖아……. 시력을 잃어도 훌륭한 검사가 있다고."

나는 속으로 짜증을 냈다. 이 자식은 쓸데없이 이런 데에 기억력이 좋았다.

"내가 설마 시력 잃은 이안도 못 이길까 봐?"

"……"

이거 의심하고 있는 거 맞지? 이대로라면 리어드는 절대로 전 재산을 걸지 않을 것이다. 결국 나는 리어드를 나락으로 처박기 위해 귀찮은 짓을 한 번만 더 하기로 했다.

"좀 불안하면 하나 더 하자."

내가 씩 웃으면서 먼저 제안했다.

"우리가 예전에 의논했던 그 약물 말이야. 그것도 100%잖아?"

그제야 리어드는 신나서 고개를 끄덕였다.

마지막으로 이번 일까지만 리어드를 속이고 나면, 그는 집도 절도 없이 나앉게 될 것이다. 평상시 그의 탐욕에 비추어 봤을 때 반드시 집까지 걸어 최대한 당기려고 할 것이기 때문이다.

나야 뭐 실력이 있으니 어느 기사단에 들어가거나 검술 선생을 해도 잘 살 수 있겠지만, 리어드는 말 그대로 무능력한 기생충이었다. 그러니 파산하면 거지꼴 되는 것은 정해진 수순이었다.

'차마 피가 섞였으니 내 손으로 널 해칠 수는 없지만, 너도 나처럼 쓰레기 고기나 먹으면서 옷 두 벌 돌려 입고 거지같이 살아 봐라.'

내가 검술 대회 날 기권을 외쳤을 때 그의 얼굴에 떠오를 표정을 생각하니 사이다 마시기 직전처럼 기대감이 차올랐다.

그러려면 마지막으로, 정말 마지막으로 이안을 한 번 더 구해 줘야겠지만.

"책이 폭발했다고?"

사고 현장, 그러니까 이안의 방에 공작저 사람들이 몰려들었다.

"그런데 그걸 아나벨이 너 대신 맞아서 발까지 다쳤단 말이지?"

이안의 상황 설명을 듣고 레슬리가 걱정스럽게 말했다.

"그런데 발을 절면서 치료도 안 받고 떠나 버렸다고?"

"아나벨 양이라면……."

심각한 표정으로 대꾸한 사람은 레슬리의 남편이자 이안의 아버지, 웨이드 로스 공작가의 주인 브레이든이었다. 이안과 똑같이 반짝이는 금발에 사람 좋은 푸른색 눈을 가진 그는 중년임에도 불구하고 잘 관리했는지 몸이 꽤 좋았다. 젊은 날 늘 검술 대회 1위를 놓치지 않았던지라 아들의 1위도 그에게는 당연했다. 얼른 이안에게 공작위나 물려주고 레슬리와 놀러 다니는 것이 꿈이었기 때문에 이안의 검술 대회 자체에도 별 관심이 없었다.

그러니 당연히 2등인 아나벨도 전혀 신경을 쓰지 않았다. 그런데 요즈음 레슬리가 열을 올리며 얘기를 해서 점차 관심을 두고 있던 차였는데, 이런 일이 벌어지다니.

"그 아가씨가 또 너를 구했단 말이냐?"

"구했다고 하기엔…… 좀 어폐가."

이안이 한숨을 섞어 중얼거리자 브레이든이 고개를 저었다.

"레슬리의 말은 좀 다르던데."

레슬리는 팔짱을 끼며 태연하게 말했다.

"딱 사건만 보자, 이거야. 대신관님 호위 행렬에서 너 대신 독침을 맞아 주었고, 술집에서의 테러를 먼저 경고해 주었고, 오늘은 폭발물을 대신 맞아 주지 않았니?"

"오늘 일은 정말 우연입니다."

"우연이면 더 고마운 일이구나."

"하지만 제 생각은……."

"너는 네 생각을 하는 거고, 나는 내 생각을 하는 거지. 사람인 이상 당연히 부모 자식 간에도 생각이 다를 수 있지 않겠니?"

레슬리는 대수롭지 않은 듯 말했지만 결국에는 이안의 말을 듣지 않겠다는 소리였다.

그러더니 브레이든을 바라보며 씩 웃었다.

"그리고 내 생각이 당신의 생각이지?"

강요와도 같은 질문에 브레이든은 레슬리와 눈을 마주치며 마주 웃었다.

"그럼, 당신 생각이 내 생각이지."

이안은 이마를 짚었다. 브레이든과 레슬리는 금실이 좋았는데, 그래서인지 브레이든은 자신의 말보다 레슬리의 말을 훨씬 더 잘 들어주었다.

"그런데 대체 널 해하려는 자가 누구인지 모르겠군."

레슬리는 책의 파편들을 모아서 마법사 길드에 의뢰하라며 하인들에게 지시하고 나서 심각하게 중얼거렸다.

"딱히 정치적 움직임도 없었는데."

"어쩌면 로버트 황자님과의 계속된 친분에 대한 경고일 수도 있겠지."

레슬리의 말에 브레이든이 그녀의 어깨를 감싸며 말했다.

"황실의 움직임이 점점 더 심각해지고 있으니 말이다."

"……."

"로버트 황자님께서 아나벨 양과 식사를 하셨다는 소문이 돌던데. 무력으로 황위를 찬탈하려 한다는 소문이 사교계에 좀 떠돈다고 하더군."

브레이든은 세상사에 별 관심 없는 레슬리와는 좀 달랐다. 그래서 사교계 소문이나 정치적 움직임에 대하여 아주 작은 것들이라도 잘 알고 있었다.

그는 로버트와 아나벨을 언급하자 이안의 눈이 순간적으로 번득이는 것까지 눈치챘다.

"아나벨 양은 어쨌든 두 번의 검술 대회 동안 내내 2등이었어. 그리고 황자님과 너의 친분은 암암리에 알려져 있지. 로버트 황자님이 너와 아나벨 양을 동시에 포섭했다는 건 그쪽으로 노선을 정했다는 이야기가 될 수도 있는 거야."

레슬리는 브레이든의 말을 듣더니 동의한다는 듯이 고개를 끄덕였다.

"그래. 아나벨 양은 사실 아무도 챙겨 주지 않는 불쌍한 처지라 로버트 황자님이 조금만 손을 내밀어도 충성 맹세를 할 수 있는 위치이지. 하지만 너는 가진 게 많으니 자중하라며 일단 경고를 보낸 것일 수도 있겠네."

브레이든은 살짝 한숨을 쉬며 덧붙였다.

"보니까 그렇게 위험한 폭탄도 아니었던 것 같다. 그냥 경고 정도라고 생각하는 게 가장 합리적이야."

이안은 아무 대답도 하지 않았다. 그의 머릿속에는 이 심각하고 복잡한 정치적 상황 속에서도 한 가지 말만 떠돌고 있었다.

'로버트 황자님이 조금만 손을 내밀어도, 로버트 황자님이 조금만 손을 내밀어도, 로버트 황자님이 조금만 손을 내밀어도…….'

확실히 아나벨은 꽤 불쌍한 처지였다. 잘 몰랐는데 레슬리에게 들은 말을 토대로 관찰하니 더 그랬다. 로버트는 상당히 정치적인 사람으로 누군가를 조종하는 데에는 천부적이었다. 고급 레스토랑에서 밥과 술을 사 주며 생일을 축하해 주었으니 아나벨은 벌써 충성 맹세를 다짐하지 않았을까?

아니, 충성 맹세뿐만이 아니라…….

"그런 걸 할 줄 알면 내가 지금 이러고 있겠어? 황후라도 됐겠지!"

로버트가 내심 황위를 탐내고 있다는 사실은 모든 제국민들이 아는 사실이었다. 설마 이상한 꿈을 꾸고 있는 건 아니겠지? 식사 한 끼와 와인 한 병에 홀라당 넘어가 로버트의 아내라든가, 뭐 그런 어이없는 꿈을 꾸는 것 말이다.

아나벨을 주제로 이런저런 대화를 나누고 있는 그의 부모님을 보며 이안은 아랫입술을 깨물었다. 로버트의 옆자리라니, 어떻게 그런 어이없는…….

아니, 잠깐. 로버트가 그녀를 안 좋아할 이유도 없지 않나?

"아니, 너 눈깔이 파업하고 있는 것 아니냐고."

아나벨의 말이 맞았다. 확실히 눈이 좀 이상해지긴 한 것 같았다. 갑자기 그의 방문을 벌컥 열고 들어온 아나벨은 너무 예뻐 보였다. 별다른 장식도 없는 분홍색 원피스일 뿐이었는데. 머리 장식 하나 없이 풀어서 가지런히 빗어 내린 머리카락이었을 뿐인데.

정말 아나벨의 말대로 자신의 눈이 이상해진 것 아닌가? 특히나 그녀가 자신의 위에 올라타 손목을 덥석 잡았을 때, 오래도록 눈을 마주하고 있자니 심장이 미친 듯이 뛰었는데…….

"어머, 이안!"

레슬리가 놀라서 이안의 팔을 붙잡았다.

"코피가! 너도 어디 다쳤니?"

아까 멈췄던 코피가 다시 흐르고 있었다.

이안은 한숨을 쉬며 이마를 짚었다.

난생처음으로, 그러니까 태어나서 처음으로 그는 지금 자신의 몸이 마음에 들지 않았다. 이렇게 그냥 어떤 순간을 떠올리기만 해도 말도 안 되는 반응을 보이는 데다가…….

"오해할 상황인 건 아는데, 나는 네 몸에 조금도 관심 없어."

심지어 남자 근육 삽화를 찾아볼 정도의 여자에게도 관심을 못 끌다니. 아니, 젠장! 그러면 아나벨은 대체 어느 정도를 원하는 거야?

이안이 혼자서 별별 생각을 다 할 동안, 브레이든은 눈을 가늘게 뜨고 그의 아들을 관찰하고 있었다. 지금까지 이안은 그 무뚝뚝한 성미답게 별다른 말은 하지 않았으나 눈빛이 자꾸 변하는 것이 아주 이상했다.

'저 표정은 마치!'

그는 콧김을 내뿜으며 생각했다.

'내가 젊은 날 레슬리를 생각하던 표정 아닌가!'

아들은 자신과 비슷한 외모를 가진지라, 아무리 무표정이어도 미세하게 변하는 근육의 움직임을 읽기란 어렵지 않았다.

'이미 마음이 갔는데 머리가 필사적으로 부정하고 있겠지.'

레슬리는 완전한 방목형이라 아들이 결혼을 하든 말든 상관이 없는 것 같지만, 처음부터 후계자로 자라 온 브레이든의 입장은 달랐다.

'저놈은 적당히 정략혼 했다가는 후계를 못 볼 수도 있다. 그러니까 눈 돌아가는 여자 생겼을 때 휘리릭 며느리 삼아야 하는데.'

브레이든은 이미 아주 계략적으로 레슬리를 자신의 부인으로 맞이하는 데 성공한 바 있었다.

'만일 혹시라도 저놈이 자기 마음도 모르고 삽질할 경우에는……'

그의 푸른 눈이 음흉하게 빛났다.

'나라도 머리를 써서 어떻게든 아들 옆에 붙여 놔야겠다.'

한밤중, 나는 몰래 리어드의 뒤를 밟았다. 아무래도 내 눈으로 리어드가 자신의 미래를 진흙탕에 처박는 걸 확인해야 두 발 뻗고 잘 수 있을 것 같았다.

아니나 다를까 리어드는 아무런 망설임도 없이 도박장으로 향했다. 그래, 저 인간의 가볍고 충동적인 성격상 절대로 오래 못 끌지.

나는 기척을 죽인 채 그가 '제912회 검술 대회 우승자 예측'이라고 적힌 팻말이 걸려 있는 테이블로 가는 것을 지켜보았다.

"아나벨 나디트에게 걸지."

리어드가 어음을 내밀자마자 북적이던 사람들이 모두 킬킬거리며 웃었다.

"오, 여동생이라고 지금 의리 지킨다 이건가?"

"정신 차리게, 리어드. 자네 여동생은 지금까지 이안 웨이드로스를 상대로 5분을 버틴 적이 없어."

나는 발뒤꿈치를 들어 이안의 배당률을 보았다.

1.0003……

이건 뭐 수수료도 나오지 않을 정도의 배당률이었다. 그만큼 확실한 우승 후보라는 뜻이었다.

"꺼져, 이 자식들아. 나중에 내게 술 사라고 빌붙지나 마."

리어드는 자신만만하게 시가를 물고 씩 웃었다.

도박판에서 진을 치고 있던 사람들이 빈정거리기 시작했다.

"뭐, 설마 고작 10골드 걸어 놓고 이렇게 허세 부리는 건 아니지?"

"금액이나 보시지."

나는 리어드가 사람들 속에 섞여 있는 몇몇 여자들에게 계속 추파를 던지는 것을 눈치챘다.

"어? 이 정도면 거의 네 전 재산 아냐?"

확실히 어음의 금액이 컸는지 사람들이 웅성거리기 시작했고, 그중에는 리어드가 계속 시선을 보냈던 여자들도 섞여 있었다.

"자, 이래도 허세라고 할 건가?"

리어드는 과장된 몸짓으로 봉투를 하나 더 테이블에 던졌다.

'진짜 미쳤네. 의도한 거긴 하지만, 정말 앞날이 폭풍처럼 흐린 인간이로다.'

집문서였다.

사람들의 호응이 터져 나오는 것만큼이나 자신의 미래가 터지고 있는 것은 모르고 리어드는 흐뭇하게 웃어 보였다.

"다들 우리 아나벨이 우승하는 것이나 지켜보라고."

그들도 지켜볼 게 없었고, 나 역시 더 이상 지켜볼 것도 없었다. 그렇게 내 탄생으로 인해 어머니가 받아 낸 모든 재산이 도박판에서 불살라지고 있었다.

어쨌든 시궁창에 처박힐 리어드의 처참한 미래를 확인했으니 집에 가서 잠이나 잘 생각으로 뒤를 돌았을 때였다. 테이블 하나가 눈에 들어왔다.

'차기 황제 예측'

차기 황제? 잠시만. 난 결말을 알고 있는데.

슬쩍 사람들 속에 섞여서 배당률을 보았다. 온갖 정치적인 술수를 다 부려서 결국 차기 황제 자리에 오르는 로버트의 배당률은 열세 배. 하긴 지금 황태자가 건강하고 젊은 데다가 황후까지 두 눈 시퍼렇게 뜨고 살아 있으니 로버트의 배당은 낮을 수가 없겠지. 하지만 그나마도 다른 황족들보다는 상당히 낮은 편이었다. 즉, 황제가 될 확률은 낮으나 황태자 바로 다음 순위의 평가를 받는다는 뜻이었다.

'이건 돈 걸면 무조건 열세 배인데……'

하지만 나는 돈이 한 푼도 없었다.

아니다. 나는 마른침을 삼켰다.

여기는 집문서처럼 현금화할 수 있는 것이라면 무조건 걸 수 있었다. 내가 주머니 속에서 꺼낸 건 레인필드 레스토랑 식사권이었다. 그때 보니까 가격대가 몹시 비싸던데, 이건 아무거나 먹을 수 있는 거니까 더 잘 쳐주겠지…….

'죄송해요, 오스칼 님. 하지만 조만간 열세 번 사 먹으러 갈게요.'

그렇게 나는 그 테이블에 가서 식사권을 내밀었다.

"차기 황제가 될 분으로 로버트 황자님께 걸고 싶은데."

곧 다가오는 검술 대회와는 달리 황위가 언제 바뀔지는 미지수였기 때문에 테이블에는 사람이 거의 없었다. 그 누구의 주목도 받지 않은 채 나는 딜러에게 식사권의 금액을 쏠쏠하게 감정받았다. 그대로 베팅 확인권을 받는데 딜러가 덧붙였다.

"취소는 한 달 뒤까지 가능하시고, 수수료는 20%입니다."

취소가 가능하다고? 나는 리어드의 마지막 계략이 잘 먹히지 않을 경우, 그가 베팅을 취소할 수도 있다는 생각이 들어 살짝 멈칫했다.

그럼 방법은 하나뿐이었다.

'에휴, 힘들어도 어쩔 수 없지. 그놈 빈털터리 되는 건 봐야 하니까.'

리어드를 성공했다는 착각에 빠트리고 이안을 구하는 것이었다.

"취소할 일은 없어요. 안녕히 계세요."

대충 계획을 짠 나는 딜러에게 마지막 인사를 하고 돌아섰다. 그때였다.

"이거 참."

로브를 벗지 않은 상태로, 이제는 낯설다고 할 수 없는 목소리가 갑자기 옆에 따라붙었다.

"감동이네."

나는 로브 속의 초록색 눈을 확인하고 얼떨떨한 표정을 지었다.

"레인필드 식사권이라면 쉬운 결정은 아니었을 텐데 말이야."

로버트가 능글맞게 눈웃음을 쳤다.

"당연히 쉬운 결정은 아니었죠."

나는 성의 없게 대답하고 빠른 걸음으로 도박장을 빠져나왔다. 그런데도 로버트는 전혀 개의치 않고 나를 졸졸 따라왔다.

"하지만, 음, 뭐…… 걸어 볼 만한 것 같아서요. 그럼 안녕히 가세요."

나는 경계심이 가득한 얼굴로 대충 둘러댄 뒤 얼른 뒤를 돌았다. 자신이 황제가 될 것 같은 이유를 물어보거나 하는 심화 질문이 들어오면 난감해졌다.

생일을 축하해 준 건 나름 감사했지만 나는 남이 잘해 준 일에는 뒤끝이 없는 편이었다. 그다지 잘 보이고 싶은 상대도 아니고……. 저렇게 정치적으로 복잡한 사람은 조금만 얽혀도 피곤해지기 마련이었다.

내 꿈은 그저 소소한 삶이었다. 이미 적당한 인생 계획도 모두 짜 놓았다. 굳이 귀족으로 살지 않아도 되고, 가지고 있는 능력 살려서 잘 먹고 잘 살면 되는 일이었다. 예를 들어 체인점을 잔뜩 낸 오스칼이라든가, 고급 의상실의 주인인 메릴린이라든가.

그러니까 나는 아베데스 후작가의 일원으로 인정받는 일을 완전히 포기하고 오로지 나만의 길을 가기로 한 것이다. 검술 대회가 끝나고 이안 시해범으로 몰릴 위기에서 자유로워지면 평탄한 인생 궤도를 추구할 생각이었다.

일단 내 계획은 부잣집 검술 선생으로 들어가거나 아니면 귀족가의 기사단에 취직하는 것이었다. 아론처럼 부관 정도 되면 월급도 괜찮고 대우도 나쁘지 않았다. 그 이후 적당한 남자 만나서 적당히 연애하고 적당히 결혼하여 적당히 자식을 낳을 예정이었다. 한국 명절에 친척을 만나서도 모든 질문에 디펜스가 가능하고 자랑스럽게 살아남을 수 있는 삶을 여기서 사는 것이 내 목표였다.

'흠, 아주 힘든 목표긴 하군.'

그렇게 생각하니 확실히 좀 난도가 높긴 했다.

"잠시만, 아나벨 양."

로버트가 씩 웃으며 내 앞을 막았다.

"감사 인사는 하게 해 줘야지. 응원을 받아서 기쁜데 말이야."

나는 사양하지 않고 냉큼 대답했다.

"정 감사 인사를 하고 싶으시면 받겠습니다. 물론 말로만 때우시는 건 안 됩니다. 어차피 주실 부담이라면 크게 주세요."

"그, 그래?"

내 단호한 대답에 로버트는 잠시 생각에 잠겨 있다가 주머니를 뒤적거리더니 무언가를 건넸다.

"레인필드 레스토랑 식사권은 못 주지만, 이 정노 조대권은 줄 수 있지."

나는 초대권을 받아 들고 눈을 깜빡였다. 세상에, 대박.

"내 오페라 관람 파트너가 되어 주겠어?"

오페라 〈미치지 마세요〉의 특등석 초대권이었다.

'아니, 일이 잘 풀리려니까 이렇게······.'

오페라는 꽤 비쌀 뿐 아니라 표를 구하기 어려워 아무나 볼 수 있는 것이 아니었다. 오페라 단주가 초대장을 보내는 고위 귀족들만 참석할 수 있었던 것이다. 그러니까 공연이라기보다는 선택받은 이들의 사교 행사에 더 가까웠다.

보통 단주가 자신들이 택한 주요 인물에게 파트너와 함께 오라며 두 장의 초대권을 보내고는 했다. 당연히 참석자 명단에는 웨이드로스 공작 가문도 있었다. 레슬리 님은 '그 지겨운 것 보는 시간에 잠이나 자겠다'라며 웨이드로스 공작인 브레이든의 데이트 신청을 거절했다. 그래서 그는 함께 갈 파트너로 자신의 아들, 이안을 선택했다.

그리고 이 오페라 공연에 리어드의 마지막 계략이 숨어 있었다. 원래는 당연히 내가 오페라 공연장에 못 들어갈 줄 알고 잠입 계획을 세웠는데…….

'잠입 안 해도 되겠다. 완전 꿀!'

말이 잠입이지, 나는 도적이 아니라 검사였기 때문에 들킬 가능성이 높았다. 오페라 공연장의 구조도 잘 모르고……. 그래서 다소 막막한 상태였는데 일이 되려니 이렇게 풀렸다.

나는 로버트에게 환히 웃어 보이며 고개를 끄덕였다.

"네, 같이 가요. 완전 좋아요."

"뭘."

로버트는 머쓱한지 로브를 한 번 더 여몄다.

"아나벨 양이 좋아하니까 나도 뿌듯하네."

"감사합니다, 황자님. 황궁에 돌아가셔서 로브 벗으시는데 안쪽 주머니에서 반년 전에 넣어 두었던 은화 한 닢 발견하시길 바랍니다!"

"……이왕 좋은 말 해 주는 거, 금화로 해 주면 안 돼?"

"그 정도는 아니라서……. 제가 이래 봬도 아무 말이나 막 지껄이는 건 아니거든요. 나름대로 밸런스를 맞추고 있답니다."

이제 정말 마지막이었다. 이번 오페라 공연에서만 이안과 얽히면 그다음에는 정말 아예 마주칠 필요조차 없었다. 분명히 로버트의 파트너로 등장하면 귀족 사교계가 잔뜩 긴장하겠지만…….

그게 무슨 상관인가? 나는 그냥 전문직 평민으로 살 건데. 어차피 로버트도 이번 일 이후 손절 대상이니 전혀 신경 쓸 이유가 없었다.

드디어 평화로운 삶이 이제 내 눈앞에서 아른거리고 있었다.

이안은 그날 밤 거의 잠을 자지 못했다. 눈을 감으면 떠오르는 장면이 너무 많았기 때문이다. 특히나 아나벨이 한쪽 발을 절면서 정원을 가로지르는 모습은 두고두고 생각이 났다.

"아프면 안 돼! 몸이 조금이라도 이상해지면 안 된다고!"

온 세상 사람들이 다 자신을 걱정해도 아나벨만큼은 절대로 그럴 리 없다고 생각했는데, 정말 어이가 없었다.

밤을 꼴딱 새운 그는 결국 이 모든 피로감이 아나벨 때문이라는 사실에 좌절했다. 그녀가 이런 식으로 자신의 기력을 매일같이 빨아들여 마침내는 시름시름 앓게 할 작정이라면 어느 정도 성공인 듯했다.

다 아나벨의 미친 저주들 때문이다. 일상의 소소한 일에 저주를 퍼부어 버리니 자꾸만 생각나는 것이다. 먹을 때나, 씻을 때나, 뭘 볼 때나, 여하튼 사사건건 아나벨을 생각할 수밖에 없다는 점에서 엄청난 저주였다. 아나벨 나디트 때문에 이렇게 일상이 망해 버렸다. 게다가…….

'제기랄, 손목 한번 잡힌 것 가지고 생각할 때마다 왜 이렇게 심장이 뚝뚝 내려앉고 난리야.'

그는 바로 아나벨이 자신의 위에 올라탄 그 침대에 누워 끙끙거렸다. 아무리 떠올리지 않으려고 해도 그럴 수가 없었다. 바로 자신의 방에서 일어난 일이니까. 방에 앉아만 있어도 그날의 아나벨이 생각나서 미칠 것 같았다.

'나 설마 이런 거 좋아하나?'

아무리 생각해도 몸도 마음도 이상해져 버린 듯했다.

'설마. 내가 그 정도로 이상한 놈은 아니겠지.'

방의 구조를 바꿔 볼까, 차라리 방을 바꿔 볼까 이안의 고민은 계속되었다.

그렇게 밤을 꼬박 새운 이안은 퀭한 눈으로 새벽같이 연무장을 찾아 하루 종일 검을 휘둘러 댔다. 반면 레슬리는 고통스러운 아들과는 별개로 아주 재미있는 시간을 보내고 있었다.

"저기⋯⋯."

아나벨이 멋쩍어하면서 그녀를 방문한 것이다.

"어제는 인사도 못 드리고 갑작스럽게 가 버려서 죄송합니다⋯⋯."

"무슨 소리야? 인사는 우리가 해야지. 우리 이안 대신 그 엉뚱한 폭발물을 맞았는데. 발은 괜찮아?"

"네, 좀 붓긴 했는데 금방 괜찮아졌어요."

"다행이네. 우리는 바로 그 책을 길드에 의뢰하긴 했다만⋯⋯ 딱히 아직까지는 별 소득은 없는 것 같아."

"뭐⋯⋯ 음."

"어쨌든 정말 고맙게 됐어. 이 고마움을 어떻게 표현해야 할지⋯⋯."

레슬리의 호들갑에 아나벨은 할 말이 있는 듯이 짙은 푸른색 눈을 굴리며 머뭇거렸다.

"저기, 그러니까요."

"아침은 먹었어? 아, 우리 그 썩은 이펴 고기 같은 건 음식으로 치지 말자."

레슬리는 그녀가 왜 아침부터 찾아왔는지 알고 있었지만, 일부러 시간을 끌며 그녀를 더 붙들고 있었다. 결국 아침부터 풀 코스의 만찬을 먹인 뒤에야 레슬리는 차를 마시며 아나벨의 용건을 들어 주었다.

"제가, 그때…… 급히 나가느라 제 검과 훈련복을 두고 가서요."

아나벨은 한숨을 쉬며 말을 이었다.

"검을 두고 가다니 검사로서의 자질이 형편없습니다. 특히 레슬리 님께 이런 모습을 보이다니 부끄러워요."

"검을 두고 간 대신 다른 걸 들고 가지 않았니."

레슬리는 부드럽게 웃었다.

"내 마음 말이다."

아나벨이 찻물을 뱉을 뻔한 것에도 개의치 않고 레슬리는 온갖 종류의 초콜릿들을 테이블에 쫙 펼쳤다. 이제 쌉쌀한 차 한 모금을 마시면 달콤한 초콜릿이 먹고 싶을 테고, 그렇다면 또 차가 마시고 싶을 것이다.

계획대로 아나벨은 초콜릿 하나를 집어 먹더니 다시 찻잔을 들었다.

"이제 그럼 이만……."

"아나벨, 아까 그건 파베 초콜릿이고 이건 안에 쿠키가 들었단다. 식감이 완전 다른데 한번 먹어 보지 않으련?"

"네. 그렇다면 먹어 보겠습니다."

그리고 이렇게 시간을 때우다 보면…….

"마님."

노크 소리와 함께 기다렸던 사람이 등장하기 마련이었다.

"주문하신 드레스들을 모두 완성해서 가져왔습니다."

바로 산더미 같은 드레스들과 함께 온 메릴린이었다. 메릴린은 분홍색 원피스 차림의 아나벨을 보고 한숨을 쉬었다. 자신이 슥슥 만들어 준 옷을 여전히 입고 있는 것이 마음 아프다는 표정이었다.

"뭐, 이것도 오늘까지겠지요……."

아나벨을 보며 중얼거린 메릴린은 온갖 드레스들을 그녀의 몸에 대어 보기 시작했다.

"훈련복은 소재부터 다시 공부하느라고 좀 늦었지만 곧 완성될 겁니다."

"감사합니다."

역시 조금만 꾸미면 정말 예쁠 것이라고 생각했는데, 메릴린의 안목까지 더해져 무엇을 입혀도 인형처럼 예뻤다. 마치 인형 놀이를 하는 것처럼 이것이 더 예쁘네, 이것이 더 귀엽네, 레슬리와 메릴린이 아나벨을 두고 이런저런 이야기를 여유롭게 나누고 있을 때였다.

"저기……."

아나벨이 조심스럽게 말문을 열었다.

"괜찮으시다면 뭐 하나만 도와주실 수 있으실까요?"

"뭔데?"

레슬리가 반색을 하며 말했다.

"뭐든 말해 봐."

"그게, 제가 오페라 공연에 초대받았거든요."

레슬리와 메릴린의 눈이 동시에 커졌다.

"거기에는 어떤 옷을 입고 가야 하나요? 그런 곳에 가 본 적이 없어서, 뭘 입어야 옆에 있는 사람에게 폐가 안 될지……."

"초대를 받았다고? 누구의 파트너로?"

"아."

아나벨은 대수롭지 않게 대답했다.

"로버트 황자님이요."

그 말에는 먹는 일 빼고는 대다수의 일에 느긋한 레슬리마저도 입을 떡 벌렸다. 황자의 초대라니 너무 큰 사건인데.

레슬리와 메릴린은 더 이상 여유를 부릴 수 없었다. 이건 비상 상황이었다.

그들은 치열하게 토론하기 시작했다. 체력에는 자신이 있었던 아나벨마저도 지칠 때까지 끝도 없이 옷을 갈아입는 일을 반복했다. 드레스를 정한 다음에는 머리 스타일을, 그다음에는 장신구를……. 거의 날이 어둑어둑해져서야 아나벨의 '오페라 공연 룩'이 완성되었다.

"그런데 로버트 황자님과의 친분이 두터우신가요? 오페라 공연에 파트너로 초대를 받다니……."

다 끝나고 나서, 하루 온종일 하얗게 불태워 버린 메릴린이 지나가듯 물었다. 레슬리 역시 드물게 진지한 표정으로 아나벨을 바라보았다.

그들의 심각한 반응을 본 아나벨은 대수롭지 않다는 듯이 대꾸했다.

"일회성의 가벼운 만남이니 너무 의미 두지 않으셔도 돼요."

"하지만 남들은 모두 무거운 의미를 둘 텐데……."

메릴린의 걱정스러운 말에 아나벨이 환하게 웃었다.

"뭐, 제가 알 바 아니죠."

그날, 아나벨을 보내고 나서 레슬리는 혼자 생각에 잠겼다. 누군가의 오페라 공연 파트너가 된다는 건 사교계에서의 의미가 꽤 컸다. 굳이 연애 감정이 아니더라도 정치적인 친교를 과시하는 뜻이 될 수도 있었다.

그녀가 알기로 아나벨은 아베데스 후작가의 일원이 되기 위해 안간힘을 쓰고 있었다. 지난번에도 아베데스 후작을 통해 테러 하나를 막지 않았나? 이렇게 계속 아베데스 후작과 반대 노선을 타도 괜찮은 건가?

괜한 오해 때문에 쓸데없이 걱정하던 그녀는 그날 밤, 브레이든에게 이 일을 털어놓았다.

"뭐? 아나벨 양이 예쁘게 꾸미고 황자님의 파트너로 오페라 공연에 온다고?"

그런데 브레이든은 아예 다른 것에 꽂힌 것 같았다.

"일단 이안한테 말하지 마."

그는 짓궂게 눈을 반짝이며 말했다.

"예상치 못한 상황에 안달복달하다가 제 마음을 깨닫게 될 수도 있으니까."

미심쩍다는 듯한 레슬리의 눈빛에 그는 어깨를 으쓱하기까지 했다.

"혹시 알아? 그날, 충동적으로 고백이라도 할지."

"글쎄."

레슬리는 코웃음을 쳤다.

"충동적으로 등신 짓을 할지도 모르지."

부모의 상반된 예언은 꿈에도 모른 채, 이안은 별생각 없이 오페라 공연에 참석하게 되었다.

오페라 공연 당일.

"아나벨 양?"

저택 앞까지 나를 데리러 온 로버트의 눈이 휘둥그레 커졌다.

"괜찮지 않나요?"

나는 좀 긴장한 채로 물었다.

거울로 봤을 땐 나쁘지 않았는데. 아니, 내가 보기에는 진짜 예쁜 것 같았는데 아무래도 상대가 상대이다 보니 신경 쓰였다. 황자의 파트너라니 누구에게나 주목받을 텐데 중간은 하고 싶었다. 내가 이래 봬도 상대에게 민폐 끼치는 것을 극도로 혐오하고, 어찌 되었건 평균은 하고 싶어 하는 한국인의 전생을 가지고 있단 말이다.

"괜찮은 정도가 아닌데."

로버트는 씩 웃으며 손을 내밀었다.

"지금 이 모습을 보면 이안 웨이드로스라도 검을 거누지 못할 거야."

"그건 아니에요."

나는 딱 잘라 대답했다.

"이안 웨이드로스가 제게 품은 혐오는 외면에 흔들릴 정도가 아닙니다."

"사실 나도 그렇게 생각해."

로버트는 바로 인정했다.

"그냥 내가 상상할 수 있는 최고의 찬사를 보낸 거야."

"그건 그러네요. 감사합니다."

"감사의 표시를 축복으로 해 주면 안 될까? 아나벨 양의 축복을 들으면 기분이 좋아지거든."

나는 잠시 고민하다가, 오페라가 끝나면 화채가 제공된다던 레슬리 님의 말을 떠올리며 대답했다.

"황자님의 화채에 들어 있는 수박 조각이 모두 씨가 없길 바랄게요."

"역시 찬사를 보낸 보람이 있군. 물론 이유도 충분하고."

지금 내 차림은 레슬리 님과 메릴린 님이 찾아낸 최고의 조합이었다. 반짝이는 다이아몬드가 별처럼 박힌 짙은 푸른색 드레스는 내 눈과 잘 어울렸다. 심지어 레슬리 님은 내게 전문적인 하녀까지 저택으로 보내 주어서 난생처음으로 우아하게 머리도 틀어 올렸다. 태어나서 처음 해 보는 화려한 장신구와 짙은 화장까지⋯⋯.

"뭔가⋯⋯ 음⋯⋯."

로버트는 내 모습을 보며 한마디 더 덧붙였다.

"⋯⋯복종하고 싶게 생긴 복장인데. 아마 눈빛이 사람 하나 잡을 것 같아서 그런가 봐."

리어드를 잡을 생각이었으니 맞는 말이기는 했다.

나는 로버트와 함께 마차를 타고 오페라 공연장까지 이동했다. 상당히 일찍 도착한 편이라서 대다수의 좌석이 텅텅 비어 있었다. 잠입할 각오까지 했었는데 그냥 이렇게 손쉽게 들어가게 되다니 아주 일이 잘 풀리고 있었다.

제국에서 오페라는 공연뿐만이 아니라 사교 수단이기도 해서 가벼운 음식과 술도 제공했다. 보통 많은 것을 가진 귀족들은 자신들이 누리는 것에 대해 깊은 생각을 하지 않는다.

예를 들어 이런 큰 공연장에서 오페라를 공연하는 날, 얼마나 많은 일손이 필요한지 의식하지 않는다. 당연히 직접 귀족들을 상대하는 하녀들이야 공연장 소속 직원이므로 신분이 확실했다. 그러나 각종 음식을 나르고 세팅하는 사람들은 모두 오늘 하루만 일하는 일용직들이었다. 그도 그럴 것이, 오페라를 올리지 않는 날에는 공연장에 그런 일손이 필요하지 않기 때문이다. 다시 말하면 리어드가 사람을 잠입시키기 딱 좋은 환경이라는 소리였다.

내가 로버트와 함께 박스석에 앉자 하녀 중 하나가 재빨리 웰컴 드링크와 핑거 푸드를 가져다주었다. 오페라 공연이 끝날 때까지 우리를 담당하는 전용 하녀였다.

"레인필드 레스토랑보다는 못하겠지만, 그래도 맛이 나쁘지는 않을 거야."

로버트는 싱긋 웃으며 내게 웰컴 드링크와 쿠키를 권했다.

"독살 같은 것도 걱정하지 않아도 돼. 오페라 공연장과 종신 고용 계약을 맺은 하녀들이 직접 서빙하는 음식과 음료를 맛보거든."

나는 쿠키 중 가장 큰 것을 집으며 그냥 고개를 끄덕였다.

그의 설명에 의하면 우리의 테이블에 온 이 음식들은 이미 눈앞에 서 있는 담당 하녀가 한 번씩 기미를 했다는 말이었다. 당연히 독살당할 위험은 없었다. 리어드 역시 이안을 독살할 엄두는 못 냈다.

"그렇군요."

나는 건성으로 대답하고 치마 속에 몰래 숨겨 온 해독제를 만지작거렸다.

오늘 리어드는 사람을 하나 비밀리에 고용해서 이안의 웰컴 드링크에 검기를 흐트러트리는 약물을 넣는 계획을 세웠다. 당연히 검기를 다룰 줄 모르는 하녀가 백날 마셔 봤자 타격이 있을 리 없었다.

원작에 의하면 이안은 리어드의 계략대로 검기가 흐트러지는 약물이 섞인 음료를 마시기는 한다. 처음에는 손발이 살짝 저릴 뿐이지만, 검술 대회 때에는 확연히 움직임이 느려지게 되는 약이었다. 그래서 아나벨 역시 자신만만하게 경기에 참가하고……. 몸 상태가 좋지 않은 이안에게 보기 좋게 패배해 버린다. 실력의 차이가 생각보다 훨씬 더 컸던 것이다.

대신 몸의 이상을 충분히 눈치챈 이안은 검술 대회가 끝난 즉시 조사를 시작하고, 때마침 마법 아이템에 대한 결과까지 나온다. 그렇게 리어드와 나의 모든 악행은 낱낱이 까발려지고 만다.

그러니 이번에도 리어드의 계획을 망쳐 버려야 했다. 대신 리어드의 심복은 이안이 정말 그 약물을 마시는지 지켜볼 것이기 때문에, 이안이 웰컴 드링크를 마시는 것은 그대로 내버려 두어야 했다.

'다행히 내가 그동안 막무가내로 굴었기 때문에 난도는 최하다.'

해독제는 두 시간 이내에 먹어야 효과가 있었다. 그러니까 이안이 웰컴 드링크를 마시는 걸 본 뒤, 그냥 어느 으슥한 곳에서 이안의 입에 해독제만 쑤셔 넣으면 된다. 순순히 먹어 주지 않으면 대충 발을 걸어 쓰러트린 후 코를 막아서 입을 억지로 벌려 들이붓는다는 무지막지한 계획을 세운 상태였다.

'그럼 이제 진짜 이안과는 완전히 끝이지.'

오늘 밤만 지나면 모두 끝이다. 리어드는 자신의 계략이 성공했다고 확신하며 검술 대회까지 도박을 철회하지 않을 것이다. 그렇게 길거리에 나앉은 후부터는 알 바 아니었다. 세상의 쓴맛을 보면서 어떻게든 살아남아 보라지.

이안은 아무런 의심 없이 검술 대회 1위를 한 뒤 공작위를 물려받고 행복하게 살 것이다. 뭐 이런저런 정치적 상황에 휘말리며 고생이야 좀 하겠지만, 정해진 해피엔딩대로 알아서 잘하겠지.

이런저런 생각에 잠겨 있는데, 내 옆의 로버트가 말을 걸었다.

"오페라 내용은 좀 찾아보고 왔어?"

"아뇨. 무슨 내용이에요?"

어차피 오페라에 관심이 있어서 온 것은 아닌지라 〈미치지 마세요〉라는 제목 외에는 몰랐다.

"신사적이었던 남자가 차차 정신이 이상해지는 걸 지켜보는 연인의 고뇌를 그린 작품이야."

"정신이 이상해진다고요?"

"맞는 걸 좋아하게 되고, 뭐 그런…… 자세한 건 관람하면서 확인해 봐."

로버트가 내게 다정하게 웃어 줄 때마다 시선이 꽂히는 것이 느껴졌다. 이제 슬슬 오페라 시작 시간이 다가와서 사람들이 차차 입장하고 있었던 것이다. 모두가 우리에게 한 번씩 시선을 주었다.

"로버트 황자님 옆의 저 여자분 누구죠? 처음 보는데요."

"글쎄요. 이런 공식적인 자리에서 황자님이 여성분을 에스코트하는 건 처음 아닌가요?"

"아, 아나벨 나디트 아닌가요? 요즈음 소문이 좀 돌잖아요!"

"어머, 그 아베데스 후작가의 사생아요?"

"원래 저렇게 예뻤나요? 저는 검술 대회 때 본 게 다라서……."

기운을 좀 끌어 올리자 사람들이 몰래 수군덕대는 목소리가 들렸다. 아무렇게나 떠들어도 상관없었다. 어차피 이 사람들과 얽힐 일은 조금도 없으니까.

"혹시 와인 한잔하지 않겠어?"

"딱 한 모금만 마실게요. 제가 생각보다 주량이 약하더라고요."

"설마 생일날, 그때가 처음 술을 마셔 본 거였어?"

"네. 그동안엔 딱히 마실 일도 없었고……."

"뭔가 영광스럽군."

"뭐가요?"

"첫 생일 축하도, 첫 생일 선물도, 첫 와인도 나라고 하니까 말이야."

"그렇게 치면 모든 사람과 처음은 세 가지 정도 있을 것 같은데요. 가져다 붙이기 나름이잖아요."

로버트와 내가 사이 나쁠 일은 없었으니, 당연히 대화는 화기애애하게 이어졌다. 게다가 로버트는 워낙에 다정하고 친절한 가면을 잘 쓰는 사람이었다.

로버트가 하녀에게 지시하여 내온 와인 잔을 함께 부딪칠 때였다. 순간 입구에서부터 불타는 듯한 시선이 느껴졌다.

'뭐야, 나를 발견하자마자 저렇게 기분 나빠할 일이야?'

무시무시한 표정의 이안이 입구에서 발걸음조차 떼지 않고 그대로 붙박인 채 나를 빤히 바라보고 있었다.

'아무리 나라도 여기서 대련 신청이라도 할까 봐?'

사실 대련 신청보다 더한 노매너 짓을 할 예정이긴 했다. 다짜고짜 한 대 치고 뭘 먹일 예정이니까. 그게 해독제라고 해도 기분은 상당히 찝찝할 것이다.

'그래도 이번이 마지막이야. 이제 네놈과 얽힐 일 없으니까 참아라.'

나라고 딱히 잘못한 것도 없는 그를 괴롭히는 게 마냥 좋을 리는 없었다.

'아니면 한 공간에 있는 것조차 싫을 일이야?'

이유 있는 혐오였지만 다소 억울하긴 했다. 난 정말 새사람이 됐다고. 이제 내가 미워해야 할 상대가 이안이 아니라는 건 똑똑히 알고 있단 말이다.

내가 억울해하든 말든 이안은 그대로 서서 정말 민망할 정도로 나를 한참 동안이나 노려보았다. 옆의 웨이드로스 공작인 브레이든이 그의 등짝을 후려쳐서 안으로 밀쳤다. 그러고는 이안을 거의 끌다시피 하며 우리 앞으로 왔다.

"오랜만입니다, 황자님."

"웨이드로스 공작, 이안."

로버트는 기분 좋게 일어나 손을 내밀었다.

나도 따라서 엉거주춤 일어섰다.

"부자가 나란히 오다니 보기 좋군. 이쪽은 내 파트너 아나벨 나디트 양이야."

"안녕하세요, 아나벨 나디트입니다."

"레슬리에게 이야기는 많이 들었는데, 이렇게 인사하는 건 처음인 것 같군."

브레이든은 사람 좋게 웃어 보이면서 말했다.

"잘 부탁하네."

……대체 뭘 잘 부탁한다는 건지 알 수 없었다.

"공연이 끝나고 감사 인사도 할 겸 더 깊은 대화를 나눠 보고 싶군. 발이 괜찮다니 다행이야."

"아…… 네."

그렇구나. 발 이야기가 나오는 걸 보니 아마 책갈피가 폭발한 사건을 말하는 듯했다. 이안의 부모님은 자식의 실력을 믿어서 그런지 이안의 '자칭 라이벌'에 대해서는 조금의 경계심도 없는 듯했다.

"이안, 인사해야지."

브레이든이 이안의 옆구리를 푹 찌르며 중얼거렸고, 이안은 누가 봐도 건성으로 인사했다. 나 참. 이렇게까지 싫은 티를 낼 일인가. 물론 내가 그동안 해 왔던 짓을 생각하면 그럴 일이긴 했다.

"그럼 즐거운 시간 보내시길 바라겠습니다."

브레이든은 매너 있게 웃어 보이고는 이안과 함께 착석했다.

'아니, 가까이 오는 건 좋은데 이렇게 가까이?'

브레이든이 이안을 끌고 앉은 곳은 우리의 바로 옆자리였다. 심지어 이안을 내 옆에 밀치듯이 앉히는 것 아닌가.

나는 살짝 긴장한 채로, 이안이 하녀가 가져다주는 웰컴 드링크를 한 번에 원샷하고 한 잔 더 청하는 것까지 지켜보았다.

'저렇게 벌컥벌컥 들이켤 일이야? 목말랐나?'

어쨌든 그는 리어드가 준비한 약물을 단숨에 마신 셈이었다. 이제 최대한 빠른 시기에 단둘이 있는 자리를 만들어 해독제를 들이부을 일만 남았다.

'이 짜증 나는 짓의 끝이 이제 보인다! 다들 안녕. 영원히 안녕.'

온갖 염문설이 퍼져 나가겠지만 알 바 아닌 로버트도, 별다른 죄 없이 내게 욕을 얻어먹어야 했던 이안도 뒤로한 채 이제 내 인생 살면 되는 거지.

"이안."

로버트가 사람 좋게 웃어 보이며 말했다.

"오늘 아나벨 양 정말 예쁘지 않아? 매일같이 낡은 훈련복만 입고 다녀서 몰랐지 뭐야."

이안은 무뚝뚝하게 대답했다.

"잘 모르겠습니다."

그 말에 브레이든은 묘한 표정을 지어 보였지만 끼어들지는 않았다. 다만 로버트는 내게 달래듯 말했다.

"너무 신경 쓰지 마. 이안이 생각보다 공과 사를 잘 구별하지 못하는 성격이군 그래. 여긴 검술 대회장이 아닌데 말이야."

"괜찮아요. 조금밖에 기분 안 상했어요."

나는 어깨를 으쓱하며 대답했다.

"나중에 선물로 머리카락 잘 집히는 우산을 줄 정도?"

"……."

"녹아서 껍질에 달라붙은 초콜릿을 줄 정도?"

이안은 아무 말 없이 팔짱을 낀 채 내게 시선조차 주지 않았다. 완벽한 무시의 전형이었다. 뭐, 지금까지 그래 오기는 했지. 심지어 의자에 앉아서도 내게 가장 먼 쪽으로 몸을 완전히 붙인 채로 미동도 없는 상태였다.

'어쩌다가 몸이 닿는 것조차 싫다는 건가……. 참 대단하다.'

지난번 손목 붙잡고 난리 친 게 기분이 상당히 나빴던 모양이었다. 하긴 정상적인 인간이라면 당연히 수치스럽겠지. 입장 바꿔 생각해 보면 꼴도 보기 싫을 건 당연했다.

그는 침묵을 지킨 채로 하녀에게 물만 계속 청해서 벌컥벌컥 마셔 댔다.

'더 마셔라, 더 마셔. 쭉쭉 마셔라.'

로버트와 이런저런 이야기를 나누고 있는데 드디어 막이 올랐다.

'화장실 한 번은 가겠지.'

저렇게 물을 많이 마시는데 말이다.

'그때를 노린다.'

나는 사냥감을 노리는 맹수처럼 이안이 자리를 뜰 때만 기다렸다.

딱히 말을 걸지는 않았지만 아나벨과 로버트를 주시하고 있는 자들이 있었다. 아베데스 후작과 그의 두 아들이었다. 하나같이 연보랏빛 머리카락을 가지고 있었다. 장남인 리하르트와 차남인 엘번 모두 상당히 주목받는 인재였다.

가족 모두가 이렇게 오페라에 참석할 수 있는 귀족가는 흔치 않았다. 리하르트는 행정부에서, 엘번은 재무부에서 커다란 역할을 맡고 있었고 그래서 각각 초대장을 받을 수 있었다. 적절한 정치적인 뒷받침만 있다면 둘 다 재상까지 올라갈 수 있는 행보였다.

"아버지."

엘번은 미간을 찌푸리며 말했다.

"저 애가 대체 무슨 속셈이지요?"

"글쎄."

"정말로 로버트 황자와 어떻게 해 보려는 건 아니겠지요?"

아베데스 후작과 두 아들은 아나벨의 존재를 충분히 알고 있었다. 검술 대회에서 그렇게 만년 2등을 하는데 모를 리가 없었다. 그녀가 1등을 하는 순간, 아나벨은 후작가의 일원으로 인정받게 된다.

아베데스 후작은 한순간의 욕정을 어쩌지 못해 생긴 아나벨을 받아들일 생각이 조금도 없었다. 애초부터 실수로 생긴 애였다. 그러니 케이틀린이 조른 대로 꽤 많은 재산을 내주었으니 신경 쓸 필요조차 없었다.

그것은 리하르트와 엘번 역시 마찬가지였다. 아니, 심지어 그동안은 이안 웨이드로스가 있어서 참 다행이라고 여겼다. 천박한 여자 밑에서 태어난 사생아 따위를 여동생으로 받아들일 생각은 조금도 없었으니까.

그렇게 그들은 아나벨이 어떤 난리를 치든 철저히 무관심으로 일관하며 살아왔다. 어차피 아나벨이 목숨을 거는 검술 대회도 이번이 마지막이다. 이제 나이 제한에 걸려 영원히 후작가의 일원으로 인정받는 일은 없을 것이다.

"하지만 로버트 황자가 저 애를 특별하게 여기는 건 맞는 것 같군."

아베데스 후작은 미간을 찌푸리며 중얼거렸다.

"어지간히 아끼지 않는 이상 이런 공식적인 자리에 대놓고 함께 오지는 않았을 거다."

아나벨이 이렇게 주목받는 것은 그들이 전혀 예상치 못한 일이었다. 그것도 황태자가 가장 경계하고 있는 황족과 얽히다니. 그냥 대충 얌전히 살 것이지 여러모로 시끄러운 애였다.

"황태자 전하께서 기분 나빠하시지 않을까요?"

엘번은 초조하게 손톱을 깨물며 물었다.

"어쨌든 저 애가 아버지 자식이라는 건 누구나 아는 사실이니 말입니다."

그러더니 눈을 빛내며 말했다.

"아무래도 괜히 날뛰어서 아베데스의 이름에 먹칠하지 말라고 단단히 경고라도 한 번 해 주어야 하는 것 아닐까요."

그때 침묵을 지키고 있던 리하르트가 천천히 끼어들었다.

"글쎄. 오히려 이용하는 편이 더 낫지 않겠어?"

"이용?"

"저 애를 잘 써먹으면 황태자 전하의 최측근으로 인정받을 수 있는 계기가 될 수도 있겠지."

아베데스 후작가가 황태자를 지지한다는 것은 누구나 아는 사실이었다. 그러나 워낙에 황태자에게 줄을 대고 있는 귀족가가 많았다. 대다수의 귀족들은 당연히 황태자가 차기 황제가 되리라고 믿었기 때문이다. 그중 아베데스 후작가는 딱히 황태자에게 큰 공을 세운 적이 없었다. 그러므로 리하르트는 아나벨을 이용하여 이번 기회에 눈도장을 확실히 찍어 두자는 제안을 하고 있었다.

"황태자 전하께서는 로버트 황자님을 진심으로 싫어하신다."

리하르트는 생각에 잠겨 말했다.

"그리고 저 애는 우리 가족이 되기 위해 그동안 미친 듯이 노력했던 애야."

"난 쟤를 가족으로 생각해 본 적 한 번도 없어."

엘번이 짜증을 냈지만, 리하르트는 완전히 무시한 채 말을 이었다.

"황자님을 꼬드겨서 정보를 빼내라고 우리가 잘 구슬리면 뭐든지 술술 불지도 몰라. 왜냐하면 우리는 지금껏 저 애에게 알은척 한 번을 안 했으니까."

"앞으로도 안 할 건데."

리하르트의 말에 아베데스 후작이 천천히 고개를 끄덕였다.

"엘번, 가문의 미래가 달린 일이다. 저 애가 처음으로 우리에게 쓸모 있는 일을 해 줄 수 있겠다는 생각이 드는군."

조용히 있는 듯 없는 듯 살았으면 했는데, 자꾸만 날뛰어서 성가시던 차에 이런 변수가 되어 주다니 기특하기까지 했다.

"어차피 사랑에 굶주린 애다. 우리 가문이 되고 싶어서 안달하는 애고. 우리가 조금만 거짓으로 잘해 주고, 가문의 일원이 될 수 있다는 희망만 심어 주면 뭐든 다 해 줄걸."

아베데스 후작은 피식 웃으며 두 아들들에게 말했다.

"오페라가 끝나면 가서 인사해라."

"아버지!"

엘번이 바로 항의했으나 아베데스 후작의 말은 계속 이어졌다.

"그동안 소홀해서 미안하다고, 앞으로 교류하고 싶다고 말해. 탐탁지 않아 하면 보석이라도 안겨 주고 말이다. 천천히 경계심을 무너트리고 우리 편으로 끌어들여. 조금만 잘해 주면 아마 넘어올 거다."

그는 로버트와 함께 담소를 나누고 있는 아나벨의 모습을 다시 한 번 흘끗 바라보았다.

오페라가 한창 펼쳐지는 중이었다.

"오오오! 당신, 정말로 좋은 사람이었잖아요. 왜 이렇게 변한 거죠?"

무대에 선 가수의 아리아가 공연장을 가득 채웠다.

"미쳤어, 당신은 정말 미쳤어. 내가 알던 그 사람이 아니야!"

이안은 아랫입술을 깨물며 공허하게 무대를 노려보고 있었다. 오페라의 내용이 하나도 들어오지 않았다.

왜 하필 브레이든은 이런 자리에 앉자고 해서……. 시선은 가수에게 가 있었지만, 신경은 온통 옆쪽에 쏠려 있었다. 바로 옆에 있는 아나벨이 손가락 하나 움직일라치면 온몸이 움찔거렸다. 로버트가 아나벨에게 뭐라고 속삭이고, 아나벨은 키득거리며 웃고 있었다.

그 꼴을 곁눈으로 보고 있던 이안은 조용히 일어섰다. 잠시 나가서 정신이라도 차리고 다시 들어와야 할 것 같았다. 아나벨과 로버트가 다정하게 앉아 있는 모습을 보자 이상하게 속이 갑갑해져 왔다.

작정하고 예쁘게 꾸민 아나벨은 마치 여신처럼 아름다웠다. 황태자의 옆에 있어도 조금도 어색하지 않을 정도로. 둘이서 와인 잔을 부딪치며 화기애애하게 대화를 나누고 있는 것을 보고 있자니 정신적인 고통이 아주 상당했다. 자신은 지금 누구 때문에 조금만 살갗이 닿을 것 같아도 미칠 것 같은데, 정작 당사자는 다른 남자를 보면서 웃고 있다니…….

그러나 그는 이유 없이 짜증이 난다고 아버지를 놔두고 공연장을 뛰쳐나갈 만큼 충동적인 사람이 아니었다. 아주 정상적이고 상식적이고 자신의 이유 없는 분노쯤은 쉽게 다스릴 수 있는 사람. 이안은 자신의 성격을 떠올리며 찬찬히 마음을 가라앉혔다.

공연 도중에 잠시 정신을 차리러 갈 수 있는 곳은 당연히 화장실밖에 없었다. 그는 콸콸 쏟아지는 찬물로 세수를 하고, 물이 뚝뚝 떨어지는 앞머리를 아무렇게나 헤집었다.

왜 이렇게 화가 나지. 이제 아나벨 얼굴만 봐도 화가 나는 상황이 온 건가. 옆에 있는데 한 대 칠 수가 없어서 화가 나는 건가. 만날 때마다 검을 맞대 왔으니 말이다. 분명히 예쁜데, 정말 너무 예쁜데 그게 더 화가 났다. 어쩌면 그래서 더 기분이 나쁜 것일 수도 있고.

'정신 차리자.'

그는 한숨을 한 번 쉬고 다짐했다. 정말로, 이제 진짜 아나벨과 로버트에게는 신경 쓰지 않고 무대만 보고 나오겠다고. 아나벨에게 더 이상 분노하지 않고 지금까지 해 왔던 것처럼 억지로라도 무시하겠다고.

그렇게 그가 화장실에서 가까스로 진정하고 나왔을 때였다.

"오오, 보름달이 떠서, 오오, 이렇게 아름다운 밤."

무대의 아리아는 계속 울려 퍼지며 마치 배경 음악처럼 들리고 있었다.

화장실 바로 앞, 아름답고 커다란 창문 밖에는 보름달이 떠 있었고, 하얀 달빛 아래 보름달보다 더 아름다운 여자가 창틀에 앉아 있었다. 창틀이 워낙 높아서 키가 큰 이안조차도 고개를 들어 올려다봐야 했다.

꿈인가, 다른 남자 옆에서 웃음 짓는데도 그의 시선을 자꾸만 앗아 가던 그 여자가 지금 자신과 단둘이 있었다.

"이안 웨이드로스."

자신을 기다리고 있던 그녀, 아나벨이 씩 웃었다.

그러더니 펄쩍 뛰어 자신에게 달려들었다.

이안은 차마 피할 수 없었다.

"말해 봐요, 어쩌다 당신이 이렇게 되었는지. 이건 당신답지 않아요."

"나다운 게 뭔데? 대체 나다운 게 뭔데!"

가수는 노래를 기가 막히게 잘했지만 내 신경은 온통 목석처럼 앉아 있는 이안에게로 쏠려 있었다. 어떻게든 빨리 해독제를 먹으면 이제 이 모든 일을 끝낼 수 있다는 생각에 가슴이 두근거렸다.

전생을 기억해 낸 순간부터 나는 새사람이 되었지만, 새 인생은 이제부터 살 수 있는 셈이었다. 아니나 나를까 그렇게 연신 물을 들이켜더니 이안은 오페라 도중에 조용히 일어섰다.

'그래. 인간이라면 화장실 가야지.'

모든 것이 계획대로였다. 우연히 오페라 초대권을 받은 것에서부터 지금 이렇게 기회가 온 것까지 모든 것이 착착 잘 흘러가고 있었다. 계속해서 사람들 사이에 섞여서 단둘이 있을 기회가 없으면 어쩌나 걱정했는데, 아주 찰떡 같은 타이밍이었다.

이안이 사라지자마자 나는 로버트에게 속삭였다.

"황자님, 저 화장실 좀 다녀올게요."

"조금 참으면 어떨까?"

즉시 일어나려는데, 그가 내 손목을 잡았다. 그러고는 조용히 말을 이었다.

"이제 클라이맥스인데. 굉장히 화려하고 유명한 아리아가 곧 나올 거야."

"저도 곧 클라이맥스인걸요."

오늘 내 계획의 클라이맥스를 말한 것인데, 로버트는 내 방광의 클라이맥스라고 착각한 것인지 잠시 당황한 표정을 지었다.

"크, 크흠. 알았어. 잘 다녀와."

그는 결국 순순히 내 손목을 놓아주었다. 그리고 와인 잔을 들고 가는 내게 의아하다는 듯이 물었다.

"근데 그건 왜 가져가?"

"아, 돌아올 때 목마를 수도 있잖아요."

나는 아무렇게나 되는대로 대답하며 급히 나가서 이안을 뒤쫓았다. 예상대로 이안은 모퉁이를 돌아 화장실로 향했다.

'일이 이렇게 잘 풀리다니.'

그를 따라 화장실 앞까지 가 복도를 두리번거려 보았지만 아무도 없었다. 하기야 로버트의 말대로 이제 곧 클라이맥스인데, 누가 공연장 밖으로 나와서 돌아다니겠는가.

나는 펄쩍 뛰어 화장실 바로 앞의 창문틀에 걸터앉았다. 이제 이안이 나오면 달려들어서 입에다 대고 해독제를 탄 와인만 들이부으면 된다.

'왜 이렇게 안 나와?'

나는 다리를 까딱이며 꽤 오래 기다렸다. 다리에 감기는 드레스, 높은 하이힐, 주렁주렁 달린 장신구들이 평소보다 불편하기는 했지만, 이안을 한 대 치지 못할 수준은 아니었다.

"오오, 보름달이 떠서, 오오, 이렇게 아름다운 밤."

가수의 성량이 어찌나 좋은지 복도까지 쩌렁쩌렁 울렸다. 멍하니 노래를 듣고 있는데, 비척거리며 이안이 나왔다. 아까까지만 해도 반듯하게 빗어 넘겨 올린 앞머리를 내린 채였는데, 그래서 그런지 어딘가 흐트러져 보이는 모습이었다. 내가 알기로 그는 연무장에서도 항상 단정한 모습이었는데.

"이안 웨이드로스."

나는 창틀에서 펄쩍 뛰어내려 한쪽 손에 와인 잔을 든 채로 그를 벽으로 밀어붙였다. 분명히 훌쩍 피할 것이라고 생각했던 그는 예상외로 얌전했다.

오히려 멍한 눈으로 나를 바라보기만 했다.

"아나벨?"

일단 좀 투덕거린 뒤 목마르지 않으냐며 입에 해독제가 들어간 와인을 부어 버리려던 나는 좀 머쓱해졌다. 이건 뭐, 내가 그냥 그를 벽으로 밀친 후 일방적으로 가둬 버린 것 같은 그림이었다.

'대체 왜 저렇게 순종적인 표정을 하고 있는 거야?'

이 분위기에서 난데없이 입에 와인을 부어 버리기는 좀 그렇지 않나. 그래서 나는 아주 얌전히 한쪽 손에 든 와인 잔을 그에게 건넸다.

"먹어."

"뭐?"

"이거 엄청 맛없어. 맛없는 술은 재수 없는 자가 먹어야지."

이안은 어이없다는 듯이 나를 가만히 내려다보았다. 나 역시도 내가 어이없었지만 어쩔 수 없었다.

"설마 독이라도 들어 있다고 생각하는 건 아니지?"

와인 잔에 손도 대지 않는 그를 보면서 나는 직접 와인을 한 모금 마시는 모습까지 보여 줬다.

"난 정말 너무 맛없는 걸 네게 먹이고 싶다는 일념하에 왔단 말이야."

"여기서, 지금?"

"응."

"……그래, 그럼."

이안은 정말 이상한 애를 본다는 표정으로 나를 힐긋거리더니 한숨을 쉬며 내 손에서 와인 잔을 건네받아 입술에 가져다 댔다. 이때다 싶어 나는 그대로 와인 잔을 쳐서 그의 입에 콸콸 쏟아부었다.

"……너!"

이안이 황당하다는 듯이 짜증을 냈다. 대부분은 삼켰지만, 채 넘기지 못한 와인이 옷에 흘러서 엉망진창이 된 것이다. 하지만 내가 알 바는 아니었다.

'넌 앞으로 승승장구할 예정이니 이 정도 시련은 이겨 내렴.'

어쨌든 먹었다. 이안 웨이드로스가 해독제를 먹었다. 꿀꺽꿀꺽 목 넘김을 직접 눈으로 확인했다.

대충 파악한 바로는 이 복도에는 아무도 없다. 이로써 내 모든 미션은 끝났다. 리어드 몰래 완벽하게 이안을 모든 위험에서 구해 냈고, 그렇게 우리의 범죄를 무사히 은폐했다. 이제 모든 것이 끝!

여전히 나를 알 수 없는 눈으로 바라보고 있는 그의 손에서 와인 잔을 빼앗듯이 받아 들었다. 이제 이안 웨이드로스, 너와는 정말 얼굴도 볼 일 없다.

'그동안 아나벨의 괴이한 일들을 받아 주느라 너도 고생이 많았다, 이안.'

전하지는 못했지만, 나는 진심을 조용하게 읊조리며 미련 없이 뒤돌았다.

'여러모로 참 미안했어. 너같이 신사적인 귀족에게 내가 그동안 몹쓸 짓 많이 했다.'

지금도…… 그의 옷에 와인을 흘려 엉망으로 만들지 않았는가.

'다시는 이런 짓 안 할게. 앞으로 멋진 여주 만나서 잘 살아라.'

물론 나도 이안의 하위 호환 남자를 만나서 정상적으로 사랑하며 잘 살 예정이었다.

산뜻하게 발걸음을 옮기고 있는데, 갑자기 뒤에서 음산한 목소리가 들렸다.

"아나벨, 잠시."

역시 와인을 쏟아 놓고 사과도 없이 돌아서는 건 좀 너무하긴 했지. 이런 사교 행사에서 옷차림을 엉망으로 만들었으니 화가 날 법도 했다. 한 대 치면 그냥 맞아 줘야겠다, 생각하며 뒤를 돌아 살짝 긴장한 채 물었다.

"……왜?"

"이대로 돌아간다고?"

"응?"

"네가 이대로 얌전히 돌아설 리가 없잖아."

나는 눈을 깜빡였다.

근데 이안한테 제대로 맞으면 무척 아플 텐데…….

일단 피하려는 마음으로 나는 권위자의 이름을 댔다.

"글쎄, 오랫동안 안 돌아가면 황자님께서 기다리실 것 같아서……."

이안의 표정이 더 안 좋아졌다. 역시 기사도에 철저한 이안은 권위자에 기대어 튀려는 내 야비함을 혐오하는 것이 틀림없었다.

그래서 아주 머쓱하게 덧붙이려는 찰나였다.

"음……. 사실은 정말 미안하게 생……."

그가 한 발자국 내 앞으로 다가왔다.

"누구보다도 신사적이었던 당신이."

표정이 얼마나 무시무시한지 나는 금세 입을 다물었고, 웅장한 아리아가 다시 복도를 울렸다.

"아나벨."

"으, 응? 무슨…… 무슨 용건이라도 있어?"

"때려 달라니, 욕해 달라니 그게 무슨 말인가요. 당신 정말 미쳤나요?"

"더 안 때려? 욕은 안 해?"

나는 입을 떡 벌렸다. 마지막이라서 의심을 막기 위해 저주를 퍼붓는 것도 잊었다.

그, 그래. 미심쩍게 여길 수도 있지. 나는 재빨리 아무거나 한마디 했다.

"하루 종일 웃고 다녔는데, 집에 가서 이 사이에 낀 거 발견해라!"

사실 이안이 내게 잘못한 것도 그다지 없는데, 이렇게 심한 욕을 퍼붓는 것 역시 마음이 편하지는 않았다. 얼른 이 상황을 끝내고 영영 그의 앞에서 꺼져 주고 싶었다. 그게 나의 소소한 속죄이자 마지막 배려였으니까.

"그만하자. 이제 정말 전하께 가 봐야 한다고."

가만히 있는 이안에게 시비를 걸어 옷까지 엉망으로 만든 주제에, 먼저 뻔뻔하게 종결을 선언한 뒤 다시 빠르게 뒤를 돌았을 때였다.

그가 내 손목을 붙잡았다.

눈이 마주치고 잠시 정적이 흘렀다.

제멋대로 흘러내린 앞머리 속 붉은 눈이 어딘가 간절해 보였다.

아주 간절하고 애달프기까지 한 목소리로 그가 가까스로 내뱉은 말은…….

"욕…… 더 해 줘."

뭐라고, 이 미친놈아?

3장

가족을
맞이하는 자세

"욕…… 더 해 줘."

세상에. 이럴 수가, 저 등신 같은 놈이!

지금 한다는 소리가 저런 어이없는 말이라니!

복도 끝에 몸을 숨기고 있던 브레이든은 경악에 가까운 탄식을 내뱉었다.

이안이 밖으로 나가고, 곧이어 아나벨까지 밖으로 나가는 것을 본 그는 옳다구나 싶어 기척을 죽이고 따라나섰다.

로버트와 아나벨 때문에 감정이 고조된 지금, 단둘이 있다…….

잘만 하면 두 사람 사이가 완전히 달라질 수 있는 계기가 될 수도 있었다.

지금까지 둘은 너무 사이 나쁜 라이벌이라는 관계에 갇혀 있었다. 그 관계를 깨는 것은 무조건 의외의 장소, 의외의 환경, 의외의 만남 아니겠는가. 자신은 그들의 새로운 관계를 위해 모든 것을 다 해 주었다. 이제 무대를 깔아 주었으니 둘이서 제대로 된 대화만 하면 되는 일이었다.

'연애 삼삭이 나를 닮아야 하는데. 레슬리를 닮으면 망하는 거고.'

그 역시 한 세대를 평정했던 검사였기에 기척을 숨기는 것은 쉬웠다. 혹시 몰라 아주 안전하게 복도 끝 모퉁이를 돌기 직전, 처량해 보일 정도로 쭈그려 앉아서 모습을 숨기고 흥미진진하게 보던 중이었는데…….

"혹시 알아? 그날, 충동적으로 고백이라도 할지."

"충동적으로 등신 짓을 할지도 모르지."

이안은 놀랍게도 그 두 가지를 모두 했다. 뭐, 남이 몰랐던 속마음을 내뱉는 것이니 일종의 고백인 건 맞았다. 물론 아주 등신 같았지만.

눈치가 빠른 브레이든은 이 상황을 모두 읽는 데에 당연히 성공했다. 아나벨이 로버트에게 가 보겠다고 하니까 그에 대한 반발심으로 자신과 더 있어 달라는 의도의 이야기를 한 것 같은데…….

문제는 그들이 둘이서 하는 것이라고는 싸움박질밖에 없다는 것이었다.

"미쳤어요, 미쳤어. 그 사람이 미쳤어."

브레이든은 아나벨의 눈에 경악이 깃든 것을 보고 이마를 짚었다. 이로써 지금까지 확인하지 못했던 한 가지는 확실해졌다. 이안은 연애에 있어서는 레슬리를 닮았다.

"내가 알던 그 사람이 아니야. 이상하게 변했다고."

분위기가 이상한 것을 눈치챘는지, 이안은 잠시 생각하는 표정을 지었다. 그러다가 기껏 덧붙인 말은 더 가관이었다.

"때려도 되고……."

브레이든은 입을 떡 벌리고 말았다. 이건 아니지, 진짜 저 상등신이 지금 뭐라는 거야. 브레이든이야 저 말의 의미를 '욕하고 때려서라도 나와 같이 있어 줘'라는 뜻으로 해석할 수 있지만, 다른 사람은 정말 미쳤다고 생각할 것이 뻔했다. 심지어 당사자인 이안까지 말이다.

하기야 저렇게 다짜고짜 와인을 쏟아부으며 괴롭히는 여자를 좋아한다니 본인도 인정하기 힘들겠지…….

'일단 저건 아니다.'

브레이든은 한숨을 쉬며 몸을 일으켰다.

'지금 막아야 해.'

그는 모퉁이를 돌아 재빨리 모습을 드러냈다. 이 상황을 계속 이어 가 봤자 이안은 헛소리만 더 주절거릴 것이 뻔했다.

"둘이 뭐 하고 있는 거지? 왜 이렇게 안 들어오는 거냐? 황자님도 이상하게 생각하신다."

그제야 이안과 아나벨이 화들짝 정신을 차리고 브레이든을 바라보았다. 브레이든은 성큼성큼 걸어서 이안의 팔을 잡아끌었다.

"뭐, 라이벌 사이니 시도 때도 없이 시비가 붙는 것은 인정하는 바이지만, 장소가 장소이니만큼 적당히 해라."

그때 예상외로 재빨리 고개를 숙인 사람은 아나벨이었다.

"죄송합니다, 공작님."

분명히 이안에게 와인을 끼얹는 것을 보았는데, 그 패기 넘치는 태도와는 다르게 굉장히 공손한 어조였다.

"여러모로 심려 끼쳐 드리는 점 정말 송구스럽게 생각하고 있습니다."

브레이든은 살짝 놀라서 턱을 긁었다.

사실 그는 아나벨과 말을 섞은 것이 오늘이 처음이었다. 검술 대회 2등이라는 건 당연히 알고 있었고, 공작저에 시도 때도 없이 찾아와 패악을 떤다는 것도 전해 들었었다. 그러나 레슬리가 직접 아나벨의 이름을 언급하기 전에는 별다른 관심이 없었다. 그는 공작령을 관리하느라 늘 일이 많았고, 급변하는 정치 지형에서 중립을 지키는 것만으로도 버거웠다.

다들 황태자가 무사히 황위를 물려받을 것이라고 예측하지만, 로버트 황자

167

의 기세가 만만치 않다는 것이 그의 생각이었다. 그래서 아들에게 계속 덤비는 2등 따위야 생각조차 할 여유가 없었는데…….

"저도 슬슬 정신 차려야죠. 앞으로는 자중하겠습니다."

아나벨은 차분하게 말했다.

"언제까지나 1등 하고 싶다고 떼쓰는 어린애일 수는 없으니까요."

브레이든이 아나벨에게 호감을 가지게 된 것은 두 가지 이유 때문이었다.

첫째, 그가 가장 사랑하는 여인인 레슬리가 마음에 들어 하는 애였다.

둘째, 누구에게나 노잼인 이안이 평정심을 잃는 유일한 상대였다.

그것만 해도 충분하다 여겼는데…….

레슬리의 말에 따르면 이안을 계속 구해 주는 아이라고 하고, 방법이 좀 거칠기는 하지만, 어쨌든 기사도에 기반하고 있다고 했다.

그런데 이렇게 멀쩡히 대화까지 통하는 아이였다니 더 이상 망설일 여지도 없었다.

"레슬리가 들으면 서운해하겠어. 레슬리는 지금까지도 나를 보면 옛 대련 생각을 하면서 이를 가는걸."

브레이든은 사람 좋게 웃으며 말했다.

"그리고 심려라니, 우리가 감사하지. 하지만 자세한 대화는 다음에 나눌까. 공연 중이잖아."

그런 의미에서 그는 아들의 등신 짓을 커버해 줄 의무가 있었다. 이안의 등짝을 한 대 더 후려치고 싶었지만, 자신의 마음조차 모르는 그가 제 잘못을 알리 없었다.

"자, 얼른 들어가자고."

브레이든은 일단 상황을 종료시킨 뒤 아나벨과 이안을 데리고 다시 공연장으로 들어갔다.

일단 나는 기분이 몹시 좋았다. 왜냐하면 더 이상 이안을 상대로 막무가내처럼 덤비지 않아도 되기 때문이었다. 나는 자기 객관화가 상당히 잘되는 사람인지라 내가 개민폐라는 것을 이미 잘 알고 있었다. 리어드가 꾸민 모든 일들을 수포로 되돌렸으니, 웨이드로스 공작가가 이제 리어드와 내 뒤를 조사할 일은 없을 것이다.

내가 그동안 이안에게는 일관적으로 못되게 군 것은 사실이었다. 하지만 최소한의 염치는 있었으므로 이안의 부모님에게까지 하극상으로 덤벼들지는 못했다. 게다가 레슬리 님은 늘 나를 잘 먹여 주시는데…….

"죄송합니다, 공작님."

그래서 나는 우리를 찾아 나온 공작님께 예의 바르게 사과했다.

"여러모로 심려 끼쳐 드리는 점 정말 송구스럽게 생각하고 있습니다."

심지어 이안은 내가 끼얹은 와인 때문에 옷이 엉망인 상태인지라 더더욱 면목이 없었다.

"서노 슬슬 정신 차려야죠. 앞으로는 자중하겠습니다."

더불어 이제 더 이상 이안과 얽히고 싶지 않았으므로, 차차 발을 뺀다는 떡밥도 뿌렸다.

"언제까지나 1등 하고 싶다고 떼쓰는 어린애일 수는 없으니까요."

브레이든이 나를 보며 묘한 표정을 지었지만, 나는 별달리 신경 쓰지 않기로 했다. 저희 인연은 이대로 끝입니다.

나는 오늘 집에 돌아간 이후에는 빈둥거리며 검술 대회 때까지 시간을 때우다가 검술 대회 날 당당히 기권을 선언할 예정이었다. 그렇게 리어드에게 엿먹이고 나서는 나의 화려한 능력녀 생활을 시작하면 된다.

이안, 브레이든과 함께 우르르 다시 공연장으로 들어가니, 로버트가 살짝 놀란 눈으로 우리를 보았다. 그는 내 빈 와인 잔과 이안의 얼룩진 셔츠를 보고 한숨을 쉬었다.

"아나벨……."

"네?"

"……아니야……."

나는 그 공백에 존재하는 '이안 좀 그만 괴롭혀'라는 뜻을 알아챘다. 앞으로는 정말로 그만 괴롭힐 예정이었기에 별다른 대꾸를 하지 않고 넘겼다.

그런데 아무리 생각해도 정말 이상한 것은…….

욕을 더 해 달라니, 때려도 좋다니. 내가 이안을 높게 평가한 것은 상식적이고 정상적이라는 이유에서였다. 이안의 평은 대체로 '작가가 욕 안 먹으려고 그냥 좋이 남주 만들어 버림'이라든가 '남주한테 외모 몰빵 했는데 이렇게 무특징, 무매력이어도 되나요' 정도였다.

"뭔가…… 음…… 복종하고 싶게 생긴 복장인데. 아마 눈빛이 사람 하나 잡을 것 같아서 그런가 봐."

로버트의 말을 떠올리며 나는 재차 마른침을 삼켰다. 어디에도 욕설이나 맞는 것을 좋아한다는 말은 없었는데……. 만약 사실이라면 정말 상또라이임에 틀림없었다.

말이 씨가 된다고, 나는 재빨리 '이안의 하위 호환 남자를 만날 것이다'라고 되뇌었던 말도 바로 취소해 버렸다. 지금까지 좀 진상 짓 하긴 했지만 나는 정상인이라고.

'잠시.'

나는 고개를 갸웃했다.

'이안도 술이 약한가? 그래서 좀 돌아 버린 건가?'

내가 술을 벌컥벌컥 마시고 정신을 잃었던 것처럼, 이안도 술만 취하면 또라이가 되는 성향일 수도 있었다. 원작에서는 술을 안 마신 것뿐이고. 뭐, 술에 취하면 개가 되는 사람도 많은데, 또라이가 못 될 이유는 없었다.

'이제 나랑 상관없어. 나중에 여주 앞에서는 알아서 술 안 먹겠지.'

나는 연민의 눈으로 또다시 뻣뻣하게 굳어 있는 이안을 흘끗 보고 난 뒤 마음 편히 남은 오페라를 감상했다. 오페라의 마지막은 결국 '그런 네 모습마저도 사랑해'라며 좀 미친 남자를 받아들이는 감동적인 연인의 듀엣으로 끝났다.

"어땠어, 아나벨? 재미있었어?"

"네, 나름요."

로버트의 다정한 질문에 나는 선선히 대답했다.

"저는 자기를 때려 달라는 이상한 사람이랑은 죽어도 못 살 것 같은데, 여주인공이 참 대단하네요. 저게 사랑인가 싶고……."

"뭐, 오페라적 장치지. 저런 사람이 어디 있겠어."

"그건 그러네요. 정상적인 내용이라면 왜 오페라로 만들었겠어요."

가만히 앉아 우리의 대화를 듣고 있던 이안은 물론 브레이든의 안색마저 안 좋아졌다. 그렇게 커튼콜까지 모두 끝난 다음, 오페라 공연장은 삼삼오오 모여서 대화를 나누는 사교의 장으로 변했다.

브레이든이 내게 본격적으로 말을 걸려고 할 때였다.

"아나벨."

언제 집에 갈까 눈치만 보고 있던 내 앞에 누군가 다가왔다.

"이런 곳에서 보다니 반갑네."

일평생 내게 절대로 말을 걸 일이 없다고 생각했던 사람들이었다. 나와 똑같은 연보랏빛의 머리카락을 가진 형제 둘이, 그러니까 아베데스 후작의 두 아들이 심지어 내게 미소까지 지어 보이고 있었다.

호, 이것 봐라? 내 친부의 집안, 아베데스 후작가는 제국에서 손꼽히는 고위 귀족이었다. 내 어머니인 케이틀린이 나를 대가로 졸라 댔을 때 '이거 먹고 떨어져라'라며 엄청난 재산을 아무렇지도 않게 던져 줄 정도로. 아마 내가 작위를 받아 그들의 일원으로 인정받으면 상속권이 생겨서 정말 상당한 부자가 될 것이다. 게다가 아베데스 후작가의 후광 덕에 꽤 영향력 있는 귀족으로 부상할 수도 있을 터였다.

문제는 그 사실을 아베데스 후작가 사람들도 잘 알고 있다는 점이었다. 그들은 내가 검술 대회에서 우승하기 위해 아등바등 노력하는 것에 대해 감동하기는커녕 성가시게 생각하고 있었다.

"잠시 대화를 나눌 수 있을까?"

동그란 안경을 쓴 키가 훤칠한 아베데스 후작의 장남, 리하르트가 팔짱을 낀 채 나름 친절하게 말했다.

"가족끼리 말이다."

가족……. 나는 나도 모르게 눈을 깜빡이고 말았다.

지금 나랑 자기들을 한 번에 묶은 것 맞아? 제정신인가?

"안 그래도 한번 찾아가려고 했는데 오늘 이렇게 마주칠 줄은 몰랐어."

리하르트의 옆에 있던 아베데스 후작의 차남, 엘번 역시 미소를 지으며 손을 내밀었다.

"아버지도 널 보고 싶어 하셔. 아버지께 가자."

리하르트도 엘번도 제국 내에서 승승장구하고 있는 청년들이었다. 나와 같은 연보랏빛 머리카락은 잘 정돈되어 있었고, 나보다 다소 옅은 푸른색 눈은 아몬드처럼 길쭉하게 뻗어 있었다. 준수한 외모 덕에 인기도 꽤 있는 것으로 알고 있었다. 특히나 저 인간, 리하르트 아베데스는 원작의 서브 남주였다. 최종 흑막인 칼론 황태자의 오른팔이기도 했다.

상당히 유능하지만 일단 각종 계략과 권모술수에 능하며 앞과 뒤가 다른 인간. 음흉 계략남과의 애증 관계를 좋아하는 소수의 독자들에게 인기를 끌었지만……. 그 인간이 내 이복 오빠라면 이야기는 좀 달라졌다.

"네, 좋아요."

나는 싱긋 웃으며 조용히 일어났다.

로버트와 이안, 브레이든까지 내게 무슨 말을 하고 싶어 하는 눈치였으나, 결국 아무런 말도 하지 않고 나를 그냥 보내 주었다.

"가요."

예상 가는 개소리가 있기는 한데, 참신한 개소리가 나올 수도 있으니까.

나는 아베데스 후작의 세 부자와 이미 말을 섞어 본 적이 있었다. 어릴 때부터 이미 그들이 나를 어떻게 여기고 있는지 충분히 알고 있다는 소리였다.

즉, 갚아 줄 것이 있으니 얌전히 보내 주기에는 성에 차지 않는다는 의미다.

내가 열네 살, 그러니까 맨 처음 검술 대회에 참가했던 날이었다. 검술 대회는 누구에게나 어마어마한 행사였다. 며칠에 걸쳐 토너먼트 형식으로 진행되는데, 나는 8강에 오를 때까지 모든 경기를 5분을 넘기지 않고 상대를 가볍게 끝장냈다.

리어드와 케이틀린은 대진표를 보며 흥분해서 말했다.

"아론 레인필드가 1차전에서 떨어질 줄 누가 알았겠니. 열두 살이어도 작은 몸집을 이용해서 얍삽한 검술을 쓴다고 해서 걱정이 좀 됐는데."

아론 레인필드는 이기기가 굉장히 까다로울 것이라고 예상한 후보 중 하나였다. 그와 마주치면 어이없이 질 수도 있겠다는 생각에 걱정하고 있었는데 대진표가 환상이었다. 아론의 첫 상대는 이안 웨이드로스였고 그는 바로 탈락해 버렸다.

"게다가 이대로라면 이안 웨이드로스와 결승에서 만나."

리어드는 이안이라는 이름을 가리키며 말했다. 나와 같이 검술 대회 첫 출전이었지만, 많은 사람들이 '검술의 천재'라며 관심을 두고 있는 이름이었다. 하기야 그 정도 배경이라면 출생 때부터 주목받을 만했다.

"웨이드로스 가문의 아들이라 쉽지는 않겠지만…… 그래도 아나벨, 최선을 다하렴. 인간의 간절함을 이길 수 있는 건 아무것도 없으니까."

"그래, 이안은 어차피 공작가의 후계자라 작위 같은 건 필요도 없잖니. 혹시 아니? 네가 죽기 살기로 덤벼들면 예상보다 쉽게 이길지?"

케이틀린은 내 머리카락을 쓸어 주며 짙게 미소 지었다.

"내 예쁜 딸, 이대로 네가 작위를 얻어 아베데스 후작가의 일원으로 인정받는다면 엄마는 너무 기쁠 거야."

열네 살의 나는 검을 꽉 쥐고 고개를 끄덕였다.

케이틀린이 나와 오빠인 리어드를 대놓고 차별하는 것은 계속해서 느끼고 있는 바였다. 하지만 검술 대회에서 1등만 하면 다들 내게도 따뜻하게 대해 줄 것이라고 믿었다. 내가 검술에 재능을 보였을 때 그녀가 나를 끌어안으며 짓던 웃음은 그 어느 때보다도 환했으니까.

"엄마와 오빠, 우리 아나벨…… 이렇게 셋이서 행복하게 살 수 있는 거야."

그 어느 때보다 사근사근하고 달콤하게 그녀가 내게 속삭였다.

"리어드와 내가 최선을 다해 응원할 테니, 너도 최선을 다하렴."

내가 한 명 한 명을 이길 때마다 그들은 진심으로 기뻐했다. 나를 향한 응원인지 후작가의 재산을 향한 응원인지 알 수 없더라도 어쨌든 그 응원이 진심이라는 걸 의심할 여지는 없었다.

"네 친부에게 네 몫을 미리 상속받으면 내가 우리 세 가족 잘 지낼 수 있도록 잘 관리해 줄게. 그때가 되면 지금처럼 어렵게 살지 않아도 된단다."

사실 나만 어렵게 사는 것 같았지만, 어쨌든 나는 무조건적으로 그녀의 말에 고개를 끄덕였다. 어떻게든 1등을 해서, 지금처럼 케이틀린이 내게 친절하게 웃어 주기를 바랐다. 케이틀린과 리어드가 자꾸 나를 빼놓는 것은 다 내가 잘되기를 바라서야. 내가 1등만 하면 분명히 케이틀린은 나를 사랑해 줄 거야. 딸이잖아. 어린 나는 뭔가 부당하다는 생각이 들 때면 케이틀린이 내가 풀 죽을 때마다 하던 말들을 떠올렸다. 그렇게 억지로 세뇌시키지 않으면 너무 서러웠기 때문이다. 외로운 아이에게는 스스로를 합리화하는 희망마저도 간절한 법이었다.

4강전의 상대를 다소 힘겹게 이기고 대기실로 가던 도중이었다. 나는 홀로 화장실에 갔다가 길을 잃어 잠시 관중석에서 헤매고 있었다. 그러다가 예상하지 못한 상대들을 마주치고 말았다. 아베데스 후작과 그 두 아들, 리하르트와 엘번이었다. 리하르트도 엘번도 검사가 아니었기 때문에 검술 대회에 참가하지는 않았지만, 그래도 제국 최고의 행사였기 때문에 관람하러 온 것이다. 막 4강에서 이기고 돌아오는 길이라 이제 결승만 남은 상태였다. 그러므로 모두가 내 존재를 알 수밖에 없는 상황이었다.

아나벨 나디트, 아베데스 후작가의 사생아, 결승까지 올라올 것이라고 아무도 예상 못 했던 열네 살의 평민. 상대는 검술로 이미 명망이 높고, 열네 살임에도 불구하고 누구나 우승을 점쳤던 웨이드로스의 외아들 이안 웨이드로스. 스물네 살까지 참가 가능한 대회의 결승에서 열네 살끼리 맞붙는다는 것도 이야

깃거리인데 조합조차 흥미로웠다.

아베데스 후작은 잠시 나를 머리끝부터 발끝까지 훑었다. 길을 가다가 지나치듯 그를 훔쳐본 적은 있었지만 이렇게 마주한 적은 처음이었다.

"뭐."

아베데스 후작이 천천히 말문을 열었다. 대화를 나누어 보기는커녕 눈조차 마주쳐 본 적 없는데, 이렇게 먼저 말을 걸어 주다니. 혹시나 결승에 올라간 것만으로도 인정해 주지 않을까 싶어 내 심장이 두근거리며 뛰었다.

"별로 나를 닮지도 않았구나."

그게 끝이었다. 아베데스 후작은 퉁명스럽게 한마디 툭 던진 뒤 나를 그대로 지나쳐 갔다. 하지만 그 말에는 나 역시 반박할 수가 없었다. 사실 다소 날카롭게 생긴 아베데스 후작가 사람들과 내가 닮은 것은 연보랏빛 머리카락밖에 없었다. 푸른 눈 역시 닮았다고 하면 닮았다고 할 수도 있었지만, 아베데스 후작가 사람들의 눈 색채는 확실히 나보다 옅었다.

내가 민망함에 손가락만 꼼지락거리고 있는데, 리하르트가 말을 걸어왔다.

"네가 아나벨 나디트구나."

나는 이복 오라비인 리하르트의 얼굴을 바라보며 마른침을 삼켰다. 리어드와는 완전히 다른, 꼿꼿한 자세와 귀족적인 옷차림 등이 눈에 들어왔다.

"이야기만 들었는데 이렇게 마주하게 되다니."

부드러운 미소가 걸렸다. 지금껏 그 누구에게도 사랑받지 못했던 나는 다시 기대감에 차올라 아랫입술을 물었다.

"비록 어머니는 다르지만 피가 섞였으니 내 여동생이긴 하지. 부디 결승에서 이겨서 아베데스 후작가의 일원으로 인정받길 바랄게."

다정다감한 목소리에 내 심장이 두근두근 뛰었다.

꼬질꼬질한 훈련복 차림에, 그것도 땀에 절어 엉망인 내 앞에 선 아베데스 후작가의 형제는 말도 안 되게 근사했다. 저렇게 고풍스럽고 멋진 오빠들이 나를 여동생으로 인정해 준다니.

한껏 미소 지으며 고개를 끄덕인 내가 고맙다는 인사를 하려고 할 때였다.

"……라고 말하기를 바랄 정도로 뻔뻔한 애는 아니겠지."

리하르트가 기대에 찬 내 얼굴을 확인한 뒤 표정을 굳히며 말했다.

"기대하는 꼴이 눈에 가득한 걸 보니 그 천박함이 제 어미를 닮았어."

몸이 덜덜 떨리기 시작했다. 아까 아베데스 후작이 하나도 안 닮았다고 하며 지나쳐 버린 것보다 훨씬 더한 타격이었다.

"돈푼 좀 쥐어 줬으면 얌전히 살 것이지, 성가시게 왜 일을 키워? 덕분에 네 존재를 귀족가에서 모르는 이가 없게 되었다."

리하르트가 짜증을 섞어 말했다.

"이안 웨이드로스가 있어서 다행이라는 생각이 드는 건 이번이 처음이군."

그 말을 마지막으로 리하르트는 그대로 나를 지나쳐 갔다. 그의 뒤에서 고소하다는 표정을 짓고 있던 차남 엘번 또한 키득거리며 나를 내려다보았다.

"걱정은 안 해. 어차피 넌 결승전에서 끝장날 거니까."

엘번은 심지어 내 이마를 손가락으로 툭, 하며 밀기까지 했다.

"너 따위에게 아베데스의 성을 준다고? 이안 웨이드로스 덕분에 그딴 끔찍한 일이 벌어질 리는 없을걸."

그렇게 엘번 역시 리하르트의 뒤를 따라 멀어졌다.

혼자 남겨진 나는 고인 눈물을 떨어트리지 않기 위해 눈에 힘을 주었다. 그러니까 내게는 결국 케이틀린과 리어드밖에 없었다. 적어도 케이틀린과 리어드는 내 우승을 바라고 응원해 주고 있었으니까. 그렇게 결승전에서 이안을 마주했을 때 나는 검을 쥔 손에 잔뜩 힘을 주었다.

이안 웨이드로스는 나와 동갑인 열네 살의 소년이었다. 나와는 대비되는 고급 훈련복에 간절함이라고는 조금도 없는 태평한 얼굴. 절제된 움직임과 무심한 표정, 잘 벼려진 고급스러운 검과 짜증 날 정도로 단정한 귀족적인 생김새까지 나와 모든 것이 달랐다. 조금 전 리하르트로 인해 '귀족적인 것'에 대해 반발심까지 생겨 버린 나는 괜히 이안의 모든 것이 미워졌다.

그리고 그 결승전에서 무참하게 패배한 그날. 케이틀린과 리어드마저도 싸늘한 눈으로 나를 바라보며 위로의 말 한마디조차 건네지 않았던 그날. 어린 나는 홀로 잠 못 이루며 침대에서 새우처럼 몸을 구부리고 누워 조금 울었다.

아무리 전생을 떠올린 후 새사람이 되었다지만 어쨌든 아나벨 나디트로서의 정체성이 뚜렷한 내가 그 일을 잊을 리 없었다. 물론 이해는 갔다. 당연히 사생아인데 곱게 보일 리가 없겠지. 대놓고 재산을 노리는 무리들인데 짜증 날 여지는 충분했다. 그러나 적어도 인간이라면 가장 잔인한 '희망 고문'을 시키면 안 되는 것 아닌가. 그냥 무시하면 되지, 굳이 그렇게 열네 살 어린애를 비웃으며 짓밟았어야 했나. 차라리 그저 없는 사람 취급만 했어도 그렇게까지 그날의 패배가 비참하지 않았을 것이다.

옛날의 나는 오랫동안 그날의 비참함이 이안 웨이드로스 때문이라고 생각하며 칼을 갈았다. 하지만 전생을 떠올린 뒤 객관적으로 과거를 회상해 봤을 때 내게 제일 잘못이 없는 사람이 이안이었다. 그는 그냥 그의 생을 살고 있었을 뿐이었다. 하지만 그 외에는 모두 나빴다. 그 사람들이 모두 다 혈육이라는 건 참 아이러니한 일이었지만.

"오랜만에 말을 섞어 보는구나."

리하르트가 나를 안내하며 말했다. 말투는 물론이고 눈빛까지 다정했다.

"어린 시절 일을 기억할지 모르겠지만 그땐 나도 어려서 많이 미숙했지."

나 역시 어려서 많이 상처받았었다. 그리고 또 하나, 나는 리하르트가 진심으로 저런 소리를 할 인간이 아니라는 걸 알고 있었다. 분명히 내게 어떠한 효용성을 계산한 건데, 기대하고 있는 바가 아주 뻔했다.

'나를 이용해서 황태자의 눈에 어떻게든 들어 보고 싶나 보네.'

리하르트는 심지어 부드러운 어조로 물었다.

"미안하다고 하면 들어 주겠니?"

"그럼요."

나는 온순하게 웃었다. 들어 주겠다고 했지 받아 준다고는 안 했다.

'너도 똑같이 당해 봐라, 내 희망 고문에.'

물론 리하르트의 말대로 8년 전의 어린 날 일인 것을 감안해야 했다. 당연히 이자까지 붙일 생각이었다.

"에스코트 해 주어라, 엘번."

리하르트의 말에 엘번이 하는 수 없다는 듯 내게 손을 내밀었고, 나는 그 손을 잡고 걸어가며 생각했다. 분명히 온갖 음흉한 수는 다 쓰는 리하르트의 생각일 거고, 단순한 엘번은 펄쩍펄쩍 뛰다가 어쩔 수 없이 동조했을 것이다.

'리하르트 너 이 자식……'

나를 달가워하지 않는 그 입장이 이해가 가는 건 가는 거고, 내 기억이 슬픈 건 슬픈 거였다. 리하르트가 뭘 제안하든 나는 알겠다고 하며 따르는 척하다가 결정적일 때 뒤통수를 날릴 생각이었다.

대사까지 준비해 두었다.

'당연히 리하르트 님께서 말씀하신 대로 다 했지요.'라고 웃으면서 말한 뒤…….

'라고 말하기를 바랄 정도로 뻔뻔한 인간은 아니겠지.'라 하고 그의 기대에 찬 얼굴을 확인한 뒤 표정을 싸늘하게 굳히며…….

'기대하는 꼴이 눈에 가득한 걸 보니 그 천박함이 열네 살의 나를 닮았네?'라고 하며 완전히 인연을 끊어 버릴 예정이었다.

그 순간을 상상하니 기대감에 배 속이 간질거리기까지 했다.

엘번은 아나벨을 에스코트하면서 속으로 짜증을 내는 중이었다. 알은척조차 하기 싫었는데 다들 한목소리로 그녀를 이용해야 한다고 하니 어쩔 수 없었다. 자신은 언제나 단순하기 그지없었는데, 형은 항상 몇 수 앞을 생각하는 사람이니 그 말을 따르는 게 맞았다.

'하여간 성가시군.'

이나벨의 존재가 후작가에 알려졌을 때 제 어머니는 앓아누웠다. 아버지가 언행이 가벼운 사람인 줄 알았지만, 사생아까지 만들어 올 줄은 몰랐던 것이다. 그저 사교계에 뒷소문이 무성한 것과 사생아가 실제로 존재하는 것은 다른 문제였다. 옛날부터 어머니는 아버지에게 '어차피 사랑 없는 결혼이었으니 사생활은 상관하지 않겠으나 절대로 사생아는 안 된다.'라고 못 박은 바가 있었다. 실제로 아버지는 '조심하고 있으니 사생아가 나올 가능성은 없다.'라고 가볍게 대답했다. 썩 미덥지 않았으나 그래도 후작이라는 지위에 걸맞게 알아서 잘 처신하겠거니 했는데…….

"얼마 주실 건가요?"

연보라색 머리카락의 아기를 들고 온 케이틀린 나디트가 당당하게 요구한 것은 돈이었다.

"설마 아베데스 후작가의 아이를 다 무너져 가는 집에서 지내게 하실 건 아니죠?"

아버지는 짜증 난다는 듯이 수도의 고급 저택 하나를 내주었다.

"다시는 찾아오지 말고 알아서 잘 키워."

케이틀린은 그 이후 정확히 두 번 더 찾아왔다. 실제로 생활할 돈이 없다는 이유에서였다.

"아베데스 후작가의 아이입니다. 거지처럼 키우게 놔둘 셈이세요?"

처음에는 거액의 돈을 주었다. 하지만 그녀가 두 번째로 찾아왔을 때에는 한 번만 더 그런 개소리를 하면 벌을 내리겠다고 일갈했다. 그 이후로 케이틀린은 더 이상 후작저에 찾아오지 않는 예상된 뻔뻔함을 보여 주었다. 그러나 그 사생아인 아나벨에게 검술을 가르친다는 소식이 들려왔다. 검술 대회에서 우승을 차지해 아나벨을 아베데스의 일원으로 만들겠다며 여기저기 떠들고 다닌다고 했다. 계속 아베데스의 이름을 팔아 귀족가 사람들 사이에서 어떻게든 껴 보려고 난리라고도 했다.

"우리 애가 작위를 받게 된다면 나도 자연스럽게 귀족가 사람이 되는 것 아니겠어요?"

케이틀린은 귀족에 준하는 사치를 일삼으면서 온갖 이슈를 몰고 다녔다.

"평민 출신도 웨이드로스 공자 부인이 되는 시대잖아요."

그런 사람과 어떤 식으로든 얽혀 있다는 건 어쨌든 가문의 명예를 떨어트리는 일이었다. 사생아를 낳았으면 쥐 죽은 듯이 조용히 살 것이지, 여기저기 쑤시고 다녀 어머니는 점차 사교계에서도 골치 아픈 일들을 겪기 시작했다.

엘번이 기억하기로 어머니는 늘 케이틀린 때문에 속앓이를 했다. 그녀는 아나벨이 첫 검술 대회에 참가하기 한 달 전에 지병으로 세상을 떠났다. 아나벨이 검술 대회의 신청서를 냈다는 소문을 들은 그녀는 죽는 날까지 그 걱정으로 잠을 이루지 못했다.

"아나벨 나디트가 정말로 검술 대회 우승을 해 버리면, 케이틀린 나디트 그 것이 여봐란듯이 고개 빳빳이 들고 다닐 텐데……. 그 꼴은 죽어도 못 본다!"

그 모습을 지켜보던 저 역시 속으로 간절하게 바랄 수밖에 없었다. 아나벨 나디트가 절대로 아베데스의 일원으로 인정받지 못하기를. 케이틀린 나디트가 뻔뻔하게 기고만장하는 꼴을 보지 않기를.

그러므로 아나벨이 첫 검술 대회에서 결승전까지 올라갔을 때, 두 형제 모두 이안의 우승을 간절히 바랐다. 웨이드로스 공작가와 그다지 사이가 좋지 않음에도 불구하고 이안의 존재가 얼마나 다행스러웠는지 모른다. 아나벨이 기를 쓰고 이안에게 매일같이 달려들어 거머리처럼 괴롭힌다는 소문을 들었을 때 '그 피 어디 가겠나'라고 내심 비웃기도 했다.

그런데 이제 와서 형과 아버지는 아나벨에게 잘해 주자고 한다. 엘번은 일단 수긍했지만, 감정을 속이지 못해 자꾸만 미소를 띤 얼굴에 경련이 일었다. 형과 아버지 말대로, 아나벨은 잠시 손을 내밀어 준 것만으로도 좋다는 듯이 웃으며 쫄랑쫄랑 따라왔다. 열네 살 때 그렇게 당해 놓고도, 그동안 그렇게 무관심 속에 살아왔어도 자존심이라는 걸 챙길 생각이 없는 모양이었다.

하긴 케이틀린 나디트의 딸이니까 그 피가 어디 가겠나. 어떻게든 아베데스 후작가에 비벼 보고 싶겠지. 게다가 지금 자신이 로버트 황자와 어울린다는 것의 의미를 알고는 있는 건지…….

케이틀린이 죽어서 좀 조용하다 싶었더니 그 딸은 또 다른 방식으로 사고게를 뒤흔들고 있었다.

'어떻게 또 로버트 황자는 꼬셔 가지고…….'

여하튼 절대로 조용히 살지 않는 애였다.

'뭐.'

엘번은 자신의 옆에 선 아나벨을 곁눈질하며 속으로 평가를 내렸다.

'저렇게 꾸며 놓으니 껍데기가 괜찮군.'

늘 다 떨어진 훈련복 차림이었는데, 오늘은 아주 고아한 매력을 풍기고 있었다. 예법이라는 건 하나도 모를 텐데, 워낙에 검술로 다져져 있어서 그런지 자세가 꼿꼿하고 바르며 이런 장소에서도 표정이 여유로웠다.

"제 존재가 달갑지 않으신 건 잘 알고 있어요."

아나벨은 상냥하게 말했다.

"다 이해하고요."

엘번은 미간을 살짝 찌푸렸다. 생각해 보니 제대로 대화를 나눈 것도 처음이었다. 첫 검술 대회 때 그나마 말을 해 보았다손 쳐도 사실 그녀는 입도 뻥긋하지 못 했으니까.

"제 어머니가 무례하게 이것저것 요구한 것도 죄송하게 생각해요."

"크흠, 큼."

당연히 제 어미를 닮아 뻔뻔하고 가증스러울 줄 알았다. 가문의 일원으로 인정받으면 당장 상속권을 요구하면서 돈에만 눈이 벌게져 있을 줄 알았는데. 게다가 아버지 앞에 선 그녀가 뱉은 말은 충격적이었다.

"후작님."

당연히 아버지라고 부르며 매달릴 줄 알았는데…….

"그동안 제 어머니께 해 준 것만 해도 충분합니다. 더 이상은 후작가에 바라지 않아요."

그녀는 차분하게 말하며 웃었다.

리하르트와 엘번 중에 그나마 누가 더 낫냐고 물어보면…… 그래도 속마음을 숨기지 못하는 엘번이 나았다. 저거 봐. 내 손을 잡고 에스코트하면서 입 끝이 바르르 떨리고 있었다. 내키지 않는다는 걸 어쩔 수 없이 표현하고 있는 셈이었다.

"제 존재가 달갑지 않으신 건 잘 알고 있어요."

나는 태연하게 먼저 말을 걸었다.

"제 어머니가 무례하게 이것저것 요구한 것도 죄송하게 생각해요."

어차피 리하르트가 다 듣고 있으니, 진정한 희망 고문의 시작이라고 볼 수 있었다. 리하르트와 엘번은 나를 아베데스 후작의 앞으로 데려갔다.

"오."

아베데스 후작은 내 얼굴을 보며 미소 지었다.

"어렸을 땐 몰랐는데, 지금 보니 나를 많이 닮았구나. 특히 귓바퀴가……."

내 귓바퀴는 아주 평범한 모양으로, 후작의 말대로라면 나는 여기 있는 절반의 사람들과 닮은 셈이었다.

"네."

하지만 나는 장단을 맞춰 주었다.

"제 생각에는 속눈썹도 닮은 것 같아요. 저희 둘 다 평균 길이잖아요."

"그렇지? 내 생각도 그렇다."

솔직히 농담으로라도 이목구비가 닮았다는 생각은 들지 않았다. 그건 내 이복 오라비들과도 마찬가지였다. 머리카락도 붉은 기 도는 연보라색이었기 때문에 미묘하게 달랐다. 그래도 일단 우리는 '어떻게든 닮았다'고 합의했다.

"그동안 네게 너무 소홀했다는 생각이 드는구나. 오늘 이렇게 꾸미니까 몹시 예쁜데, 목걸이라도 하나……."

"후작님."

어디 목걸이 하나 가지고 딜을 치려고 하나. 나는 차분하게 말을 끊었다.

"그동안 제 어머니께 해 준 것만 해도 충분합니다. 더 이상은 후작가에 바라지 않아요."

내가 조금만 더 양심이 없었다면 받을 것 다 받고 난 뒤에 뒤통수를 쳤겠지만, 케이틀린과 같이 묶이는 것이 싫었기 때문에 나는 딱 잘라 버렸다. 내 대답이 의외였는지 셋 다 표정이 묘해졌다.

목걸이 하나로 넘어갈 줄 알았나, 이 양심 없는 것들.

"오히려……."

자, 어디 그럼 시간 낭비 하지 말고 얼른.

"제가 뭘 해 드릴 수 있을지 알고 싶어요."

알고 싶다고 했지 해 준다는 말은 안 했는데, 후작이 파닥파닥 낚여서 기쁨에 콧구멍을 벌렁거리기 시작했다. 나는 그 모습을 보며 잠시 원작의 내용을 상기해 보았다.

내가 다시 태어난 이 책의 제목은 〈세상을 구하는 바른 생활 성녀님〉이었다. 말 그대로 정말 착하고 예쁜 성녀 여주가 세상을 구하며 사랑을 얻는 내용이었다. 남주인 이안 웨이드로스는 여주 못지않은 바른 생활의 남자로 그냥 좋은 건 다 때려 박은 설정이었다. 반면 서브 남주인 리하르트는 이안과 정반대의 캐릭터로 비열한 술수를 쓰는 집착 계략남이었다. 여주고 남주고 완전히 바른 생활이었으므로 둘이 붙었을 때의 케미는 좀 떨어지는 편이었다.

'뭔가…… MSG가 하나도 없는 도덕 교과서 보는 느낌?'

하지만 원래 도덕 교과서 주인공들이 가장 행복한 법 아니겠는가. 남 일로는 재미없을지 몰라도 본인들에게는 아주 최적의 선택이었을 것이다. 그래서 원작에서는 로맨스 자체보다는 여주를 두고 대립하는 두 남자의 서사가 가장 흥미로웠다.

리하르트는 황태자인 칼론의 최측근을 노리는 야심가였다. 그리고 이안은 정치에는 관심이 없었으나 로버트의 친우였다. 칼론은 웨이드로스 공작가가 대놓고 로버트의 편을 들까 봐 늘 노심초사했다. 그래서 리하르트는 온갖 계략을 짜서 이안을 없애고 여주를 가지고자 한다. 연적을 없애 칼론에게 인정까지 받는 일타쌍피의 목적이라고 할 수 있었다.

'그리고 그 시작이 바로 나…….'

원작에서 나는 솔직히 작품에 그냥 곁다리로 낀 조연이었다. 여주와 이안은 아직 만나지 않은 상태였고, 곧 함께 세상을 구하면서 얽힐 예정이었다. 그 길고 긴 로맨틱한 과정 중에서 온갖 나쁜 짓을 했던 내가 감옥에 들어간다. 사실상 내 마지막 등장은 감옥 엔딩이었고, 나와는 상관없이 이안과 여주는 차차 가까워진다. 그리고 그 꼴을 도저히 볼 수 없었던 리하르트가 '내 이복 여동생을 함부로 대했다'며 괜한 트집을 잡아 가문 간의 정쟁을 일으킨다.

'물론 그건 진짜 꼬투리를 잡을 게 없어서 찾다 찾다 겨우 만들어 낸 구실일 뿐이지.'

누가 봐도 내가 잘못한 일이었고 실제로 리하르트는 나를 감옥에서 구해 주지도 않는다.

'심지어 난…… 그 후에 어떻게 되는지 언급조차 없어.'

한 번 일어난 정쟁은 칼론과 로버트의 복잡한 황위 계승전까지 이어지며 진짜 개판이 된다. 칼론은 온갖 사악한 힘으로 세상을 어지럽히는 흑막이고, 여주는 사명감으로 그를 제지하며 대립한다. 리하르트는 비뚤어진 사랑으로 여주를 나락까지 떨어트려 자신이 취하고자 하지만…….

정의롭고 능력이 출중한 성녀 여주는 세계관 최강의 검술을 지닌 이안과 함께 사악한 것들에게서 세상을 구한다. 결국 이안은 차기 황제인 로버트의 최측근으로서 명예를 얻고, 여주의 사랑도 얻게 되는 이야기였다.

그러니까 나는 초반에 어그로를 끄는 조무래기 조연 악당이고, 리하르트는 진짜 악당의 최측근인 셈이었다.

'이 원작에서 내 분량은…… 리하르트가 걸고넘어지는 그 순간이 끝이고.'

물론 나는 감옥 엔딩을 맞지 않을 테니 이미 원작에서는 벗어났다. 뭐, 리하르트는 어떻게든 이안과 대립하기 위해서 나 말고 다른 이상한 꼬투리를 잡아내겠지. 그건 내 알 바 아니었다.

'원작이든 뭐든 일단 여기는 내가 사는 세상이니까 감옥 엔딩 안 맞으면 난 그걸로 됐다.'

그래서 난 내 안위 확보에만 골몰할 뿐 원작에 관심이 전혀 없었다. 주인공들이 무슨 드라마를 찍든 나는 그냥 알아서 잘 살면 되는 거니까.

세상은…… 뭐, 여주와 남주가 잘 구해 내겠지.

'하지만 원작을 좀 이용해 줄 여지는 있지.'

나를 이용하려는 없느니만 못한 피붙이들을 엿 먹이기 위해서라면 말이다.

아베데스 후작은 인자한 미소를 지으며 말했다.

"그래, 가족이라면 응당 그래야 하지 않겠니. 그 어떤 오해가 있었더라도 결국에는 서로밖에 없다는 걸 알아야 한다."

"에, 그렇죠."

"조만간 후작저에 초대하고 싶구나. 검술 대회 준비 때문에 바쁘겠지만 한번 들러 주겠니?"

"언제든 불러 주세요."

나는 좋아 죽겠다는 표정을 지으며 고개를 끄덕였다.

"기다리고 있을게요."

리하르트는 흐뭇하게 웃었고, 엘번은 표정 관리가 안 되는지 딴청을 피웠다.

아나벨은 지금까지 검술 대회에서 준우승을 두 번 했다. 그리고 곧 세 번의 준우승 경력이 생길 예정이라고 모두가 다 추측하고 있었다. 검술 대회는 제국에서 상당히 큰 행사였고, 준우승만 해도 대단한 것이었다. 실제로 아나벨을 스카우트하려는 곳은 많았으나 그녀의 관심사는 오로지 작위뿐이었다. 그 말은 결국 그녀의 사정을 어지간한 사람들은 다 안다는 것이었다. 아베데스 후작가에게 버림받은 사생아가 어떻게든 인정받으려고 기를 쓴다고.

그리고 오늘, 드디어 그 사생아가 아베데스 후작가 사람들과 어울리는 모습을 보였다. 모두가 쉬쉬하면서 몰래 그들을 관찰하는 와중에, 그 모습을 은근히 마음 아파하는 사람이 있었다. 바로 아나벨이 자신을 구해 줬다고 착각하고 있는 늙은 대신관이었다. 그는 여전히 고슴도치처럼 독침을 등으로 받아 낸 아나벨에게 고마워하고 있었다.

"세상에…… 정말 가족 간의 정이 그리웠나 보군."

아베데스 후작가 사람들은 그동안 그녀를 완전히 모른 체했는데, 말 한 번 건네주었다고 저렇게 기뻐하며 단번에 쫓아가다니.

"안 그래도 그 순수한 의도가 눈물겨워 신전이 무조건 보답하고 싶었는데."

그 이후 아나벨은 신전에 그 어떤 것도 요구하지 않았다. 욕심 많은 케이틀린의 딸이라면 뭐라도 얻어 내려고 할 줄 알았는데…….

여러 가지 정치적 이유로 오페라 관람에 참석했던 그는 잠시 고민하다가 옆에 앉아 있던 사제에게 물었다.

"친자로 인정받으려면 작위를 꼭 받아야 하나? 다른 방법이 있던 걸로 기억하는데. 요새 내가 나이가 들어 자꾸 깜빡깜빡하는구먼."

"음…… 신전과 황실과 가문의 동의하에 친자인 것이 밝혀지면 가능한데…… 친자를 판명하는 건 대신관님 정도 되는 신력을 가지고 있어야 가능하지 않나요?"

사제는 조심스럽게 대답했다.

"그것도 친자 검사 이후에는 며칠간 앓아누우실 텐데……. 그래서 지금까지 요청이 있어도 안 받아들여 주지 않으셨습니까."

"내 목숨을 살려 주고도 그 어떤 요구도 하지 않는 점이 가히 진실하다 할 수 있지 않은가."

대신관의 목숨을 살린 일에 '그건 별거 아니다'라고 말할 수 없었던 사제는 그저 입을 다물었다.

"게다가 말 한마디 섞었다고 저렇게 기뻐하는 모습을 보니 너무 불쌍하군."

늙은 대신관은 가장 중요한 말을 덧붙였다.

"난 곧 은퇴야. 그 후의 쏟아지는 요청들은 다음 대신관이 알아서 하겠지."

"아……."

대신관의 큰 그림을 깨달은 사제는 속으로 한숨을 삼키며 고개를 끄덕였다. 대신관이 껄껄 웃으며 지시했다.

"황실의 동의야 뭐, 로버트 황자님께 받으면 될 것 같은 분위기고…… 날을 잡아 보게."

"친자 검사 날을요?"

"그래. 솔직히 검술 대회 1등은 이번에도 이안 웨이드로스 아니겠는가. 작위를 받아서 가족으로 인정받기는 글렀어."

저 멀리서 아나벨이 아베데스 후작과 분위기 좋게 대화를 나누고 있었다. 대신관이 그 모습을 바라보며 말을 이었다.

"보아하니 아베데스 후작가도 아나벨 양에게 호의적으로 변한 듯한데 가문의 동의도 받을 수 있겠지. 내 목숨값으로 그 정도는 지불할 수 있네."

그의 시선이 저 멀리 아나벨에게 닿았다. 그동안 모른 체한 가족들에게 저렇게 환한 미소를 짓는 걸 보니 마음이 아팠다.

물론 그들을 계속 의식하고 있는 사람은 대신관뿐만이 아니었다. 이안 역시 다른 귀족들과 가벼운 이야기를 나누면서도 온통 다른 생각에 빠져 있었다. 말 좀 걸어 줬다고 마치 새끼 강아지처럼 냉큼 쫓아가는 아나벨의 표정을 보니 은근 마음 아팠던 것이다.

오페라 극장 자체가 사교적인 장소이다 보니 이안에게 말을 거는 사람들이 꽤 많았다.

"검술 대회가 얼마 남지 않았죠? 이번에도 가볍게 우승하시겠어요. 마지막 대회인 걸로 알고 있는데 끝까지 우승하면 감회가 남다르겠어요."

"감사합니다. 사실 우승에 대해 깊은 생각은 잘 하지 않고 그냥 최선을 다할 뿐이죠."

"이번 오페라 배우가 인터뷰에서 한 말이네요. 내용 생각은 잘 하지 않고 그 냥 최선을 다한다고요."

"그랬나요?"

"예, 워낙에 오페라 극본이 좀 이상하다보니까요."

이안은 완벽한 매너와 신사적인 태도로 응대했지만, 머릿속에는 아나벨의 환한 표정밖에 떠오르지 않았다.

그것도 가족이라고 부른다고 반갑게 따라나서는 것이 안쓰러웠다. 로버트 황자와 함께 나타나니 정치적으로 이용하려는 속셈인 것 같은데……. 어떻게 가족이라는 사람들이 다 저 모양이지. 그동안 같이 살았던 친모와 오라비도 그렇고, 다들 아나벨을 이용할 생각밖에 하지 않는 것 같았다.

'나한테 하는 것처럼 욕이라도 퍼붓지, 왜 저렇게 강아지 같은 표정으로 따라 가는 거지.'

이안은 그들에게 욕하는 아나벨을 생각하다가 갑자기 치솟는 불쾌감에 스스 로 놀랐다.

"여하튼 〈미치지 마세요〉 내용은 항상 참 괴랄해요. 욕을 듣는 걸 좋아하는 사람이 어디 있다고 저런 내용을 썼는지……."

이안이 다른 생각을 할 동안, 그와 대화를 나누던 상대가 싱긋 미소를 지었다.

"뭐, 그렇죠."

옆에서 와인을 마시고 있던 브레이든이 끼어들었다.

"그런 사람은 당연히 우리 주변에는 없죠. 하지만 만일 있다고 해도……."

브레이든은 힘주어 말을 이었다.

"……제정신이라면 숨겨야 하지 않겠습니까?"

이안은 그렇게 아버지에게서 부정당했다.

오페라의 밤은 그 뒤로 별일 없이 끝났다. 아베데스 후작가 사람들과 몇 마디 가벼운 대화를 나누다 보니 이미 폐장 시간이었던 것이다. 나는 자정이 넘어서야 집에 돌아왔다.

모든 것이 계획대로 이뤄진 아주 흡족한 오페라 관람이었다. 일단 남몰래 이안에게 해독제를 먹이는 것에 성공했다. 이안과의 인연은 이렇게 끝! 더 이상 얼굴 볼 일도 없었다. 물론 로버트와의 인연도 끝! 오만 난리를 치면서 황제가 되든 말든 나와는 상관없었다.

다만 하나의 변수는……

내가 아베데스 후작 부자들에게 미끼를 던진 것이었다.

'나는 별달리 나쁜 짓을 하려는 게 아니야.'

나는 아주 조심스럽게 번쩍번쩍한 드레스를 벗으며 생각했다.

'그냥 리하르트가 내게 한 그대로 갚아 주는 것뿐이야.'

그러니까 한 번, 딱 한 번 엿을 먹이겠다는 것이었다.

'내 도움 없이도 잘 먹고 잘살 것 아냐. 물론 자기들이 미는 흑막 황태자는 결

국 황제가 못 될 테지만.'

아베데스 후작가에 어마어마한 피해를 끼치는 것도 아니고, 딱 희망 고문 수준만 하고 나올 작정이었다. 왜냐하면 어쨌든 가족이기는 하니까.

나는 가족에 대해서 보고 배운 게 별로 없었다. 일단 케이틀린과 리어드에게서…… 돈이 걸려 있다면 아무리 혈연이라도 얼마나 서로 치사해질 수 있는지 배웠다. 하지만 '가족이니까' 서로가 잘되는 걸 빌어 줘야 했고…….

'아무리 전생이 떠올랐다고 해도 내 자아는 그냥 아나벨인걸.'

전생의 삶은 흐릿하고 그냥 원작의 내용만 정보로서 생각날 뿐이었다.

'그러니까 이 정도로 행동하면 되는 건가? 아, 잘 모르겠다.'

지금껏 이안을 이겨서 1등을 하겠다는 것만 생각하며 살아왔다. 친구도 없었기에 사람들과 제대로 된 관계를 맺은 적이 없었다. 솔직히 여러모로 정상적인 삶을 살아오지 못한 셈이었다.

'젠장, 이미 내 자아는 조무래기 악당으로 설정되어 버렸어.'

성격부터 성장 과정까지 이미 글러 먹었는데 나 제대로 살 수 있을까…….

그날 밤 리어드는 아예 마주치지도 못했다. 하녀들이 대화를 나누는 것을 들어 보니 늦게까지 술을 마시다 새벽녘에서야 들어왔다고 했다. 그래서 그를 마주친 것은 다음 날 정오쯤이나 되어서였다.

"아나벨!"

리어드는 숙취에 절어 보였지만 세상 신난 얼굴이었다.

"너, 어쩌다 로버트 황자님의 파트너가 된 거냐? 나한테 그런 말 없었잖아?"

"내가 언제부터 네게 모든 걸 다 말했다고. 그냥 어쩌다가 인연이 됐어."

나는 퉁명스럽게 대꾸했다.

"초청받은 김에 이안 웨이드로스가 웰컴 드링크를 잘 마시는지 확인하러 간 거야."

"네가 직접 확인할 필요는 없었는데."

리어드는 싱글벙글 웃으면서 말했다.

"내가 고용한 사람이 거기서 끝까지 지켜봐 줬거든. 아주 잘 마셨다는데?"

그래서 저렇게 신난 표정을 짓고 있는 것이었다.

나는 태연하게 어깨를 으쓱했다.

"뭐…… 그래도 내 눈으로 확인하는 게 확실하지."

"아냐, 확실한 사람이야. 왜냐하면……."

리어드가 눈을 가늘게 뜨고 내게만 들릴 정도의 목소리로 속삭였다.

"……노예를 썼거든."

"뭐?"

나는 깜짝 놀라서 눈을 동그랗게 떴다. 노예 매매는 엄연한 불법이었다. 단순히 사람을 사고파는 것이 아니라 노예 마법으로 사람의 자아를 없앤 뒤 일회용 인형처럼 써 댔기 때문이었다.

몇 년 후, 로버트가 황태자인 칼론이 불법 노예상으로부터 정치 자금을 공수했다는 것을 밝혀내고는 폐위시켜 버리기까지 한다. 그 흑마법을 저지하기 위해 이안과 성녀 여주가 얼마나 고생하던가. 세계관 최대 흑막이 얽힌 중대 사안인데, 지금 리어드가 제 허접한 악당 깜냥도 모르고 발을 들이밀다니…….

나는 어이가 없어서 빽 소리를 질러 버리고 말았다.

"미쳤어? 들키면 바로 감옥행이야!"

드디어 감옥 엔딩을 벗어나나 싶었는데 눈앞이 캄캄해졌다.

'리어드가 들키면 나까지 얽혀 들어가겠지? 어쨌든 과거의 내가 공모한 건 사실이잖아.'

집문서까지 건 탓에 리어드가 아무래도 무리수를 둔 듯했다. 그토록 끔찍한 일이니 들키기만 해도 무기징역이었다.

"안 들켜, 걱정 마."

리어드가 호기롭게 대답했다.

"내 제일 친한 친구가 수도에서 가장 큰 노예상이야. 이런 일에는 전문이고."

"그딴 사람이랑 제일 친하다고? 완전 잘 어울리잖아. 진짜 어쩌려고…….."

오만 나쁜 사람들하고 어울려 다니는 건 알고 있었지만 그런 친분까지 만들어 두었을 줄은 몰랐다.

"혹시라도 들켜서 숨어야 할 상황이 오면 걔한테 가면 돼. 신분 세탁에는 도가 튼 애니까 꼭꼭 숨어 있을 수 있다고."

슬프게도 원작에서는 웨이드로스 가문 사람들이 순식간에 들이닥쳐서 신분 세탁을 할 시간이 없었던 모양이었다.

"……그 사람을 어떻게 믿어. 네 친구라며."

"맨날 거울 보면서 혼잣말하는 미친놈인데, 뭐. 어차피 걔는 자기보다 잘생기지 않으면 안 건드려."

"확실히 너는 안 건드리겠구나. 축하해."

내가 한숨을 쉬며 중얼거리자 리어드는 손뼉을 치며 호기롭게 외쳤다.

"어쨌든 이제 네가 검술 대회에서 1등 할 일만 남았다."

이제 리어드가 길거리로 나앉을 일만 남았다는 소리였다.

나는 별달리 대꾸도 하지 않고 훈련장에 간다며 집을 나섰다. 리어드도 시끄럽고 내 속도 시끄러워서 한숨이 푹푹 나왔다.

'바로 그냥 뒤통수 쳐 버리고 고발을 해 버릴까? 근데 나한테는 물증도 없는데…… 괜히 역풍을 맞을 수도 있어.'

내가 해독제를 먹여 이안은 멀쩡할 테니 이 일이 절대 수면 위에 오르지 않기만을 바라야 했다.

내 등 뒤로 리어드의 뒤늦은 잔소리가 이어졌다.

"그래도 훈련 게을리하지 마! 정오가 되었는데 이제 나가다니!"

누구보다도 게을리 살면서 여동생을 저렇게 관리하다니. 일단 집밖에 나선 나는 만일 리어드가 불법 노예를 고용한 일로 잡히면 어떻게 빠져나올지 열심히 궁리하기 시작했다.

"아나벨 님."

정처 없이 거리를 걷고 있는데 누군가가 나를 불렀다. 뒤를 돌아보니 낯익은 얼굴이었다. 바로 레인필드 의상실의 조수였다.

"안 그래도 모시러 가던 길이었습니다. 메릴린 님께서 찾고 계셔요."

"네? 저를요?"

"예. 웨이드로스 공작저에 가던 길이었는데 이렇게 마주쳐서 헛걸음을 줄였네요."

"……저를 데리러 웨이드로스 공작저로 향하는 길이셨다고요……."

"예. 거기 더 자주 계신다고 들어서요."

내가 참 인생을 헛살긴 헛산 모양이었다. 얼마나 오랜 세월 그 집에서 난동을 피워 댔으면 나를 찾아 그리로 가나……. 그러나 남을 탓하기에는 나 역시 웨이드로스 공작저로 향하고 있었다. 정처 없이 헤맨다고 생각했는데, 나도 모르게 매일 가던 곳으로 걷고 있었던 것이다.

"그런데 부인께서 왜 저를……."

나는 떨떠름하게 턱을 긁으며 말했다.

메릴린과는 어쨌든 레슬리 님으로 인해 알게 된 사이였다. 이제 웨이드로스와는 정말 인연을 끊을 예정이었기 때문에 딱히 얽히고 싶지 않았다.

어떻게든 핑계를 대서 피하려는데, 조수가 싱긋 웃으며 대답했다.

"공작 부인께서 주문하신 훈련복이 완성되었거든요."

"네, 얼른 가죠."

나는 냉큼 조수의 뒤를 따랐다.

메릴린의 의상실에는 레슬리 님까지 와 계셨다.

"아침에 내 옷을 보러 왔는데, 메릴린이 널 불렀다고 하지 뭐야. 나도 구경하려고 기다리고 있었어!"

레슬리 님은 차를 마시며 환히 웃었다.

오늘도 나는 잿빛 훈련복 차림이었다. 훈련하러 간다고 얘기한 마당에 드레스를 입고 나올 수는 없었기 때문이다. 메릴린이 나를 보더니 한숨을 쉬었다.

"정말…… 케이틀린은 딸에게 너무했군요."

조수는 재빨리 메릴린과 내 앞에도 차를 가져다주었다. 그렇게 새로운 훈련복을 보기 전에 얼떨결에 셋이서 티타임 비슷한 것을 갖게 되었다.

"케이틀린이 계절마다 제 옷을 받아 입고 싶다며 매일같이 와서 몇 시간씩 대기한 게 엊그제 같은데……."

"케이틀린하고 아는 사이던가? 자네는 아주 소수의 사람만 받잖아."

레슬리 님이 고개를 갸웃하며 물었다. 평상시의 메릴린이라면 절대로 케이틀린 같은 급의 사람을 손님으로 받지 않을 것이라는 뜻이 담긴 질문이었다.

"같은 병원에서 아이를 낳았거든요."

"응?"

"첫 아이를 낳을 때, 오스칼도 저도 사업이 자리 잡지 않아 의사를 부를 수가 없어서 수도의 공공 병원에 갔습니다."

"하긴 그때는 케이틀린도 돈이 없던 시절이긴 하지. 케이틀린의 돈은……."

레슬리 님은 중얼거리더니 나를 흘끗 바라보고 입을 다물었다. 하긴 케이틀린은 나를 낳고 팔자를 편 사람이었으니까.

"그때 함께 진통을 한지라 말을 좀 섞었습니다."

"그렇군."

'첫 아이'라니. 그것도 나와 동갑이라니. 나는 메릴린의 담담한 말에 아무 말도 하지 않았다. 왜냐하면 아론은 나보다 두 살 어린데, 자신이 외아들이라고 했기 때문이다. 역시 내 눈치는 나름 기능을 했다.

"같은 날 함께 출산한 제 아이는 세상에 나오자마자 제 곁을 떠났지만요."

메릴린은 살짝 웃었지만 역시 말하는 것이 힘들어 보였다.

"먼저 자식을 보내는 일은…… 정말이지…… 여전히 극복이 안 되는군요."

레슬리 님도 나도 뭐라고 위로해야 할지 몰라 괜히 찻잔만 만지작거렸다.

나는 언제나 담담하면서도 자신의 일에 열정적이던 메릴린이 그런 표정을 지을 거라곤 상상도 못 했다. 보기만 해도 처연하고, 정말 너무나 큰 슬픔을 이고 사는 얼굴……. 완벽한 타인의 일인데도 이상하게 가슴이 무너져 내리는 것 같은 기분이 들었다.

우리 사이에 살짝 정적이 감돌자, 메릴린이 억지로 밝은 표정을 지어 보이며 화제를 돌렸다.

"그럼 얼른 훈련복을 한번 입어 보시겠어요?"

메릴린이 종을 흔들자 조수가 다섯 벌 정도의 훈련복을 가져왔다.

"아무래도 훈련복은 처음 만들어 보는 거라서 긴장이 되네요."

나는 훈련복이 이다지도 예술적일 수 있는지 처음 알았다.

"소재나 움직임, 이런 것들이 불편할 수 있을 거예요. 한번 입어 보고 피드백을 주세요."

"피, 피드백까지야……. 그냥 대충 입으면 돼요."

"대충이라니요. 완벽한 옷이 아니라면 이 의상실에서 내보낼 수 없답니다."

과연 엄청난 장인 정신이었다. 괜히 수도 최고의 의상실을 운영하고 있는 분이 아니었다. 나는 다섯 벌의 훈련복을 모두 입어 보았는데, 하나같이 내 낡은 훈련복보다 훨씬 편했다.

"너무 편해요, 메릴린 님. 손볼 필요는 없을 것 같아요."

"그래? 그럼 비슷한 걸로 몇 벌 더 맞추자."

레슬리 님께서 호방하게 말하며 박수를 치고 있을 때였다. 갑자기 의상실 문이 벌컥 열렸다.

"메릴린, 내가 지난번에 말했던 그 푸른색 드레스 말인데…… 어머."

검은 머리의 중년 여성이 다짜고짜 들어오다가 나를 보고 그대로 굳었다. 그녀의 동공이 정처 없이 흔들리면서 당혹감을 숨기지 못했다.

'뭐야, 초면인데 왜 저런 표정이야?'

나는 어쨌든 수도에서 유명 인사였던지라 나를 알아보았을 가능성이 높았다. 아베데스 후작가의 사생아, 시끄러운 진상 케이틀린의 딸, 이안에게 온갖 욕을 퍼붓고 끊임없이 괴롭히는 무개념 또라이…….

'……뭐, 저런 표정일 수도 있겠구나.'

이안의 팬일 가능성도 있었다. 그렇다면 레슬리 님과 함께 있는 나를 보고 저렇게 놀라는 것도 이해가 갔다.

"라넬라. 지난번에 말했지만 나는 언제나 사전 예약제로 손님을 받는……."

메릴린이 미간을 찌푸리며 말하자 라넬라라고 불린 여자가 곧바로 수긍했다.

"아, 맞아. 예약을 안 했었지. 다음에 다시 올게! 미안!"

갑자기 들이닥친 것치고는 상당히 빠른 퇴장이었다.

메릴린은 어이가 없다는 듯이 다시 자리에 앉으며 혀를 찼다.

"저렇게 순순히 갈 애가 아닌데…… 이상하군요."

"대체 누군데 저렇게 무례한 거야? 여기는 무조건 예약제 아니야?"

레슬리 님이 고개를 갸웃하며 묻자 메릴린이 담담하게 대답했다.

"아, 제 오래된 친구예요. 보육원에서부터 같이 자랐죠."

"아아……."

"공공 병원에서 제가 출산할 때 저희 딸을 받아 주기도 했어요. 난산이어서 저도 정신을 잃은 상태였는데 정말 고생했죠."

"아, 병원에서 일하는 사람이었어?"

"의사 보조로 잠시…… 지금은 아니에요. 얼마 안 되어 그만두고 다른 곳으로 떠났다가 최근에 수도로 다시 돌아왔어요. 꽤나 성공했는지 돈도 많아 보이더라고요."

"아, 그래? 어쩐지 익숙하지 않은 얼굴이다 했어."

"브리버즈 길 21번지에 주택도 구매했더군요. 자세히는 얘기해 주지 않았지만 무슨 투자에 성공했다고 하더라고요."

브리버즈 길이라면 수도에서 꽤 손꼽히는 고급 주택가였다.

메릴린은 천천히 말을 이었다.

"저 친구에게는 늘 미안하죠. 제 죽은 아이를 받고 나서 얼마 안 되어 일을 관두고 남부로 떠났거든요."

남부는 험준한 산맥으로 막혀서 수도와 교류가 힘든 곳이었다.

"제가 너무 슬퍼하는 바람에 병원에서 일하는 데 괜한 트라우마를 남기지 않았나 싶어요."

나는 나와 그 아이가 동시에 태어났다는 사실에 기분이 좀 이상해졌다. 케이틀린과 함께 진통하고 함께 딸을 낳았다고 하니…… 아무래도 나를 보면 계속 죽은 따님 생각이 나지 않을까 싶었다. 그래서 케이틀린이 내게 무심했던 것에 대해 저렇게 화를 내시나.

뭐라고 해야 할지 몰라서 아무 말도 못 하고 있는데, 메릴린이 살짝 웃고는 화제를 돌렸다.

"이런 재미없는 이야기 말고, 아나벨 양의 이야기가 듣고 싶은데요. 이왕 이렇게 만났으니 오페라 관람 후기를 듣고 싶은데. 그날 황자님께서는 뭐라고 하셨나요?"

레슬리 님 역시 흥미롭다는 듯이 눈을 반짝이며 나를 바라보았다.

"원래 시작하는 연인들 이야기가 제일 재밌는 법이지. 얼른 말해 봐."

시, 시작하는 연인이라니…….

'이 분위기 살려야 한다.'

나는 메릴린이 애써 밝은 표정을 지어 보이는 것을 보며 생각했다. 로버트를 언급한 것은 어떻게든 우울한 화제에서 벗어나려는 그녀의 배려였다. 그와 파트너를 한다고 해서 메릴린과 레슬리 님이 열과 성을 다해 나를 꾸며 주신 건 사실이었다.

그래서 나는 꼭 흥미로운 이야기를 들려드리고 싶었으나…….

'하지만 살릴 자신이 없다.'

로버트와는 다시는 만나지 않을 예정이었고, 무슨 일이 있지도 않았다. 아베데스 후작 부자와 대화를 나누고 난 뒤 별일 없이 집으로 돌아왔기 때문이다.

"어…… 음, 예쁘다고 하셨어요."

나는 가까스로 대답했지만 둘 다 그 한마디에 만족하지 못한 것 같은 얼굴이었다. 하긴 나 같아도 그랬을 것이다. 하지만 어쩔 수 없었다. 자극적인 이야기가 없었으니 더 자극적인 이야기로 돌려 막아야 했다.

"별일이 있을 수가 없었던 게…… 아베데스 후작님께서 저를 부르셔서…….."

"아."

레슬리 님이 미간을 찌푸리며 찻잔을 내려놓았다.

"브레이든에게 들었다. 아베데스 후작과 그 아들들이 알은척을 했다지?"

역시 금실 좋은 부부였다. 어젯밤에 있었던 일인데 이미 브레이든이 레슬리 님께 다 얘기한 듯했다.

"네. 그동안 냉대해서 미안했다고, 가족이니까 이제부터라도 잘 지내보자고 하셨어요."

"세상에."

레슬리 님은 고개를 절레절레 저으며 중얼거렸다.

"정말 투명하다, 투명해. 스물두 해를 모른 척하다가 네가 로버트 황자님과 파트너를 하니 바로 가족 타령이야?"

나도 그렇게 생각했지만, 일단은 모두에게 내 의도를 숨겨야 할 때였다.

"그래도…… 저는 그걸로도 좋아서……."

내가 눈을 굴리며 어물거리자 메릴린이 한숨을 쉬며 거들었다.

"그 마음 압니다. 저와 오스칼도 보육원 출신이니까요."

그녀가 나를 따뜻한 눈으로 바라보며 말을 이었다.

"저와 오스칼 역시 평범한 가정을 이루고 싶었답니다. 첫 아이를 그렇게 보내고 나서, 오스칼은 돈이 없어서 실력이 없는 공공 병원에 갔던 걸 계속 후회했어요. 그래서 미친 듯이 돈에 집착하기 시작했죠."

"아아, 그래."

레슬리 님이 고개를 끄덕였다.

"그래서 내 러브콜에도 불구하고 계속 공작저에 안 들어왔는지? 사업한다고."

"예……."

어쩌다 보니 또 메릴린의 옛날이야기가 이어졌다.

그 당시 메릴린은 실력이 뛰어났지만 기존 의상실에서 독립할 돈이 없었다고 했다. 결국 오스칼은 사업에 엄청나게 성공했고, 메릴린에게 아주 호화로운 의상실을 열어 주었다. 그리고 메릴린의 의상실은 오픈하자마자 수도에서 가장 유명한 의상실로 자리매김했다.

"그렇게 돈에 미쳐 살다 보니…… 어린 아론을 제대로 보듬어 주지 못했더군요. 그 애가 열두 살이 될 때까지, 밤에 잠든 얼굴밖에 본 기억이 없어요."

메릴린은 회한에 젖은 눈으로 말을 이었다.

"그 애의 첫 검술 대회도 못 갔지요……. 웨이드로스 공작저의 기사단에 들어간다고 했을 때, 차마 가업을 이으라며 말리지도 못했습니다."

아론은 열두 살 때 첫 검술 대회에서 이안에게 패배하고, 그다음 날 바로 웨이드로스 기사단에 들어갔다고 했다.

"그때 알았지요. 두 번째 아이에게도 좋은 부모는 못 되었다는 걸요."

그녀가 쓸쓸하게 웃으면서 덧붙였다.

"돈이라도 많이 물려줄 수 있어서 다행일까요……. 아, 또 제가 우울한 이야기를 해 버리고 말았군요."

"아, 아니에요."

나는 재빨리 고개를 저으며 말했다.

"저를 이해해 주셔서 감사합니다."

"그런 의미에서……."

메릴린은 눈을 반짝이며 말했다.

"그 저녁 식사가 언제인가요, 아나벨 양?"

"사흘 뒤에요."

"그럼 입을 옷은 정했나요?"

"네? 아, 아직……. 그런데 훈련복들이 이렇게 많으니까……."

후작저에 저녁 식사를 하러 가는데 휘황찬란한 드레스를 입고 가는 건 좀 웃긴 것 같아서 훈련복을 말한 것이었다. 하지만 내 말에 레슬리 님이 테이블을 쾅, 하고 쳤다.

"자, 메릴린. 우리가 뭘 해야 할지 알겠지."

"네."

메릴린 님이 결연하게 고개를 끄덕였다.

"가볍게 저녁 식사를 하러 가는 차림이지만 미친 듯이 예쁜 외출복을 만들어 보지요."

그들의 바람잡이 덕에 나는 사흘 뒤 저녁, 또 굉장히 아름다운 모습으로 후작저에 저녁 식사를 하러 가게 되었다.

아나벨 나디트가 아베데스 후작저에 초대받았다는 이야기는 또 수도 사교계 전역으로 퍼져 나갔다. 그들을 둘러싼 이야기가 워낙 자극적이고 흥미로워서 모두가 뒤에서 수군대기 바빴다.

"오호라, 오늘 저녁이란 말이지? 아베데스 후작저에 다들 모이는 게?"

그중에서도 아나벨의 저녁 식사에 지대한 관심을 갖고 있는 이가 있었다.

"그동안 소원했던 가족들끼리 드디어 회포를 푸는 시간이겠구먼."

대신관은 껄껄 웃으면서 깃펜을 들었다.

"진정한 가족이 되는 기념비적인 식사가 되도록 선물을 보내 주어야지."

그는 친자 검사에 관한 서신을 쓰기 시작했다. 대신관은 세상을 사랑하는 이답게 모든 것을 긍정적으로 생각하는 경향이 있었다.

"오페라 때 보니 분위기도 아주 좋던데. 암, 나이 들면 혈연만 한 것이 없어."

물론 누군가는 그 긍정적인 시선을 '꽃밭'이라고 평가하기도 했다.

"순수한 선의로 나를 구해 준 아나벨 양에게 이 정도의 보답은 당연하겠지."

대신관은 유려한 글씨로 고급 양피지를 채워 나가기 시작했다.

"본인과…… 가문과…… 황족과…… 내 동의만 있으면 되는 것이지. 일주일 뒤에 내 은퇴 행사가 있으니, 그 기념으로……."

그는 하급 사제를 불러 저녁 식사 시간에 맞추어 후작저에 그 편지를 배달하라 일렀다. 그 시각, 아나벨의 생각을 대신관보다도 훨씬 더 많이 하고 있는 사람이 있었다.

"아나벨 님께서는 3일 내내 코빼기도 비치지 않으시는군요."

아론이 심각한 표정을 지으며 중얼거렸고 이안은 아무런 대답이 없었다. 다만 그의 눈 밑은 다소 퀭하게 가라앉아 있었고 붉은 눈에는 생기가 없었다.

"거의 매일 보던 사이인데 아주 서운합니다. 그렇지 않으신가요?"

203

"내가 왜 서운해."

이안은 검을 휘두르면서 아론에게 퉁명스럽게 대꾸했다.

"성가신 일이 없어서 아주 좋은데."

"하긴."

아론은 팔짱을 끼며 중얼거렸다.

"저는 아나벨 님께서 주신 미션을 완료하지 못했지요. 아직은 그분을 뵐 면목이 없습니다. 곧 이안 님이 샤워하실 때 몰래 잠입하여……."

"허튼 생각 하지 마라, 아론. 절대 그게 이루어질 일은 없으니까."

"네? 이런, 앞으로는 샤워를 안 하실 생각이신가 보군요."

결국 이안은 섬뜩한 얼굴로 아론에게 검을 들이댔다. 그러고는 짜증스럽게 대꾸했다.

"아나벨은 얼마 전 아베데스 후작저에 식사 초대를 받았다. 여기 기웃댈 정신이 없다는 뜻이야. 그러니 괜히 기다리지 마라."

"흠."

아론이 슬금슬금 뒷걸음질을 치다가 고개를 갸웃했다.

"저는 서운하다고 했지 기다린다는 소리는 안 했는데요. 혹시 이안 님께서 기다리고 계셨는지요?"

"웃기지 마. 후작가에 갈 생각에 들떠 나를 이기겠다는 마음도 잊은 사람을 내가 왜."

"저런."

이안의 퉁명스러운 대꾸에 아론이 안타깝다는 듯 혀를 찼다.

"우선순위에서 밀리셨군요. 그래서 삐지신 건가요?"

"삐지긴 뭘 삐져!"

"아차. 삐진 사람한테 삐졌냐고 물어보면 화내는 법인데 제가 깜빡했군요."

이안은 더 이상 아론과 대화를 나누고 싶지 않아서 대충 검을 쑤셔 넣고 연무장을 나섰다.

아론에게는 놀라운 장점이 있었다. 바로 이안의 온갖 찝찝한 마음을 모조리 분노로 바꿔 준다는 것이었다. 하지만 그 분노가 가라앉고 나면 이상하게 또 아론의 말만 귓가에 맴돌았다.

기다리고, 삐졌다니…….

아나벨이 나타나지 않은 3일 동안 이안은 생각이 아주 많아졌다. 그리고 생각 끝에 그녀가 오지 않는 이유가 아베데스 후작저 때문이라고 결론 내렸다.

'검에 대한 마음만큼은 진심이라고 생각했는데.'

이안은 땀에 젖은 머리카락을 쓸어 넘기며 미간을 찌푸렸다.

'나를 이기려던 마음이, 오로지 후작에게 인정받기 위해서였던가…….'

그렇다면 정말 아론의 말대로 우선순위가 밀린 것은 확실한데…… 그럼 이 대로 영영 다시는 얽힐 일이 없나? 그게 서운해서 이토록 기분이 나쁜 건가?

그는 아론의 말대로 자신이 아나벨을 기다리고 있었던가 잠시 고민했다. 씻기 위해 욕실로 들어가면서도 그는 열심히 머리를 굴렸다.

'……지금쯤 후작저에 도착했겠지.'

나는 메릴린 님이 정성스럽게 만들어 준 외출복을 입고 집을 나섰다.

리어드는 떨떠름한 표정을 지으며 내 등 뒤에 대고 말했다.

"저녁 식사 한번 한다고 네가 후작가의 사람이 되는 건 아냐. 무조건 1등을 해서 작위를 받아야 해. 알겠어?"

혹시나 내가 후작가에서 어느 정도의 대우를 받으면 검술 대회를 포기할 수도 있다고 생각하는 듯했다. 그는 집문서까지 홀라당 도박판에 밀어 넣은 것이 불안한지 몇 번이고 강조했다.

"돈 몇 푼 쥐여 준다고 해서 넘어가지 마. 상속권이 진짜라고."

"당연하지. 검술 대회 1등은 내 오랜 꿈이기도 해. 그러니까 걱정 마."

나는 열심히 그를 안심시켰다.

'아버지가 같은 오라비나, 어머니가 같은 오라비나 왜 다 이 모양……'

친부나 친모가 모두 좋은 사람은 아니었으니 어떻게 보면 일관적이었다.

'물론 그러니 나도 이 모양……'

나 역시 그 일관적인 핏줄의 하나였다. 전생을 기억하기 전까지 진상, 진상 그런 진상이 없었으니 말이다. 물론 그 진상 짓을 그만둔 것도 진짜로 착해져서가 아니라 감옥 엔딩을 피하기 위해서였다.

'이 모양인 사람들끼리 서로 상처 주다 손절하는 거지, 뭐.'

도착한 후작저는 으리으리했다. 회색 훈련복을 입고 왔다면 이곳의 하녀에게도 무시당할 뻔했다.

"잘 왔다, 아나벨."

아베데스 후작은 씩 웃으며 내 어깨를 두드렸다.

"진작 초대했어야 했는데."

엘번은 불퉁한 얼굴로 침묵을 지키고 있었지만, 리하르트는 눈을 접어 보이며 예쁘게 웃었다. 심지어는 내 자리의 의자를 빼주는 매너까지 보여 주었다.

"그래, 아나벨. 이제 자주 오렴."

나는 그의 푸른색 눈을 바라보며 마른침을 삼켰다.

'진짜 왜 이래?'

물론 원래 이런 놈이었다. 겉과 속이 소름 끼치게 다른 인물이자 악역 서브 남주. 솔직히 내가 이 세계관 검술 이인자인데 모두를 두들겨 패 주는 거야 어렵지 않았지만…….

'그래도 피가 섞였으니까 서로 못 볼 꼴은 보여도 피는 보면 안 되겠지.'

저놈은 진짜 사악하고 못되어 먹은 인간이었다. 나 같은 일차원적인 조무래기 악당하고는 차원이 달랐다.

'심지어 칼론이 흑마법을 쓰는 걸 도와주는 인간이잖아. 세상도 파괴할 인간인데 나까지 파괴하게 놔둘 수는 없어.'

그러니 너무 큰 엿을 먹이면 안 되고 정도를 잘 지켜야 했다. 복수하기에도 귀찮을 정도로만 적당히 치고 빠질 예정이었다.

"그 동안 고생이 많았지…… 하지만 고생 끝에 낙이 오는 법 아니겠니?"

"뭐, 개인적으로 고생 끝에는 만성 질환이 온다고 생각하지만…… 어쨌든 지금이라도 이렇게 함께할 수 있어서 너무 기뻐요."

곧 아주 기묘한 식사 시간의 막이 올랐다. 음식은 몹시 맛있었으나 오스칼의 요리보다는 훌륭하지 않아서 그다지 감흥은 없었다. 몇 마디 신변잡기식의 대화가 오고 갔다. 약속한 듯이 케이틀린이나 검술 대회 같은 화제는 완전히 배제했다. 메인 요리가 나올 때쯤에서야 아베데스 후작이 헛기침을 하며 은근슬쩍 본격적인 화제를 입에 올렸다.

"요새 로버트 황자님과 친분이 있어 보이더구나."

"아……."

"로버트 황자님께서는 워낙에 능구렁이 같…… 아니 신중하셔서 온갖 소문에도 입을 다물고 계시지."

아베데스 후작이 말을 꺼내자마자 리하르트가 재빨리 맞장구를 쳤다.

"그러니 남 일에 관심 많은, 할 짓 없는 사람들이 모두 궁금해하거든."

그 사람들 중 가장 궁금해하는 이들이 내 앞에 앉은 세 명일 텐데…….

"진밀로…… 눌이…… 특별한 사이인 것이냐?"

"글쎄요."

원래부터 나는 큰일을 벌이는 악당은 못 되었지만, 자잘한 거짓말과 사기, 억지와 우기기에는 능했다.

"황자님께서 워낙 능구렁이 같…… 아니 신중하시니 저도 애매해요."

나는 세상 멍청해서 이용해 먹기 딱 좋은 애의 표정을 지으며 말을 이었다.

"한번 판단해 주시겠어요? 이런 얘기 누구랑 하겠어요……. 하지만 저희는 가족이니까."

"그래, 그래. 우리가 아니면 누가 진솔하게 조언을 해 주겠느냐."

아베데스 후작이 냉큼 고개를 끄덕였다.

내가 아무리 연애 상담을 할 사람이 없어도 사생아를 만든 노답 친부에게 하겠느냐마는…… 나는 속으로 혀를 차면서도 겉으로는 계속 혀를 놀렸다.

"이런저런 중요한 이야기를 나눌 정도는 되는 것 같아요. 예를 들어……."

내 말에 엘번까지도 마른침을 삼키며 나를 바라보았다.

"다음에 어디를 단속할지 의논한다든가요."

엘번이 포크를 떨어트릴 뻔한 것을 나는 놓치지 않았다.

"다, 단속? 그것까지 황자님이 네게 말씀하셨단 말이냐?"

로버트는 종종 황제의 비밀 칙령을 받아 온갖 불법적인 일들을 수사하고 단속했다. 지금까지 그 성과가 상당했기에 별다른 뒷배도 없이 황제의 신뢰를 얻을 수 있었던 것이다.

당연히 로버트는 내게 그런 말을 한 적이 없었다. 내가 원작을 통해서 알고 있는 것뿐이었다. 이안이 로버트의 이번 단속을 도와주면서 여주와 얽히니까 말이다.

"음……."

물론 제삼자를 가지고 거짓말하는 건 비겁한 짓이지만 나는 원래 비겁했다.

'어차피 다 손절 대상이라고. 위에서 치고받든 나랑 무슨 상관?'

심지어 나는 다들 왜 그렇게 소스라치게 놀라는지 알고 있었다. 아베데스 후작가와 칼론 황태자가 흑마법에 관여되어 있었기 때문이었다. 비밀 단속의 대상이 될까 봐 긴장한 것이겠지.

뭐, 어차피 이번에 아베데스 후작과 칼론 황태자는 걸리지 않는다.

"제가 이래 봬도 검술을 좀 하잖아요."

나는 애매하게 웃어 보이며 덧붙였다.

"제 도움이 필요하다고 생각하실 수도 있죠."

물론 이안 하나만 데려가도 될 일이기는 하지만.

"그, 그래."

아베데스 후작은 마른침을 삼키며 말했다.

"황자님께서는 그럼 다음에는 어떤 단속을 하신다고 하더냐?"

로버트의 행보를 미리 알 수 있다면 그야말로 칼론 황태자에게 엄청난 정보가 될 터였다. 내 맹한 표정에 시선을 고정한 리하르트 역시 눈을 빛내며 숨을 죽이고 있었다.

"그게…… 아, 좀 말이 어려워서…… 머릿속으로 정리하고 말씀드릴게요. 제가 검술 외에는 제대로 된 교육을 받은 적이 없거든요. 그런데 이 고기는 좀 질기네요."

리하르트가 다급히 종을 울리며 외쳤다.

"다시 구워 와라! 최고급 부위로!"

"와인도 좀 입맛에 안 맞고요."

"당장 저택에 있는 것 중 가장 좋은 와인을 가져와. 종류별로."

"저는 디저트를 좋아해서…… 벌써 기대가 되네요."

"주방장에게 디저트를 3종 이상 준비하라고 일러라."

그때였다. 갑자기 식당 안으로 하인 한 명이 뛰어 들어왔다.

"후작님! 죄송합니다. 급박한 사안인 듯합니다. 신전에서 서신이 왔습니다."

"신전에서?"

"원래 식사 전에 도착 예정이었는데 마차의 바퀴가 빠져서 늦었다고 합니다."

"그걸 왜 하필 지금……."

아베데스 후작이 신경질적으로 대꾸하자 하인이 급히 대답했다.

"전해 준 사제가 아나벨 양과 함께 봐야 하는 서신이라고 해서요."

……나랑 같이?

나는 디저트까지 모두 먹고 난 뒤에는 준비한 대사를 내뱉고 튈 생각에 가까운 창문을 눈여겨보던 중이었다. 본디 이 음습한 집안과는 맛있는 밥 한 끼 이상으로는 얽힐 생각이 없었다. 왜냐하면 나는 수도에서 무사히 자리 잡고 싶었기 때문이다. 아무리 2등이라도 내 명성이 있는데 그걸 왜 포기해? 군이 연고도 없는 먼 곳에서 고생하고 싶지 않았다. 전생을 떠올리고 나서 외국으로 튀지 않은 것은 바로 그런 이유에서였다.

'특히나 리하르트 저놈은 당한 것의 몇 배로 갚아 줄 인간이니 귀찮은 잽만 몇 번 날리고 냉큼 꺼져 줘야 해.'

내 한 몸은 충분히 지킬 수 있으니 약만 한번 올리고 안전하게 이별할 예정이었다.

'그러니까 기분은 더럽지만 군이 복수할 정도는 아닌…… 성가시고 어이없을 정도로만.'

자질구레한 못된 짓이 바로 내 전공 아니겠는가. 꼴을 보아하니 요구하면 돈도 몇 푼 쥐어 줄 것 같기는 한데, 군이 필요 이상으로 뜯어내기는 싫었다. 그런데 신전에서 대체 나와 이 사람들에게 무슨 편지를 보낸단 말인가?

아베데스 후작은 미간을 찌푸리며 편지를 꺼내 천천히 읽기 시작했다.

"친애하는 아베데스 후작, 오늘 무척 의미 있는 가족 식사를 한다고 들었소."

나는 눈을 데굴데굴 굴리며 괜히 머리카락을 만지작거렸다. 내 연보라색 머리카락은 아베데스 사람들과는 달리 살짝 붉은 기가 감돌았다. 어린 시절, 케이틀린은 자신이 적발이기 때문에 그런 거라고 말했었다.

"그토록 의미 있는 대화합의 장에 내가 선물을 하나 주려고 하오."

대신관의 편지가 조금만 더 늦게 왔어도 의미 있는 깽판의 장을 연출할 수 있었는데.

"아나벨 양은 티 없이 깨끗하고 순수한 의도로 나를 구한 은인이기도 하고."

그 문장에 사실이라고는 한 단어도 없었지만, 굳이 지적할 필요는 없었다.

나는 뭐 그저 그런 감사와 축하의 편지겠거니 생각하며 다시 포크를 들다가 이어지는 말에 그대로 멈춰 버렸다.

"일주일 뒤 나의 대신관 은퇴식이 있는데, 그때 친자 검사를 시행할까 하오."

……친자 검사? 그걸 해 준다고?

친자 검사는 대신관 정도 되어야 할 수 있을 만큼 엄청난 신력을 필요로 했다. 그것도 한 번 하면 꼬박 며칠은 나가떨어질 정도라서 대신관도 절대 해 주지 않았다. 한 번 전례를 만들면 요구가 쏟아질 것이 뻔했기 때문이다.

'그래서 은퇴식에 한다는 거구나.'

다음 대신관 예정자는 그 꼴을 보며 아마 울고 싶을지도 모르겠다.

"아시다시피 절차에 따르자면 넷의 허가가 필요하오."

넷이라면 신전 이외에 그 가문의 가주와 본인, 그리고 황족 중 한 명을 뜻하는 것이었다.

"신전은 이미 허가했으니 그 저녁 식사 자리에서 후작과 아나벨 양이 의견을 모으면 될 것 같소. 그리고 모르긴 몰라도 세간의 소문에 의하면 로버트 황자님께서 허가해 주지 않겠소?"

표정 관리의 전문가인 리하르트조차 벌어지는 입을 어쩌지 못했다.

아베데스 후작은 떨리는 목소리로 편지를 마저 읽었다.

"그리한다면 아주 뜻깊은 은퇴식이 될 같소. 신전은 언제나 은혜를 갚는다는 것도 대중들에게 알려 주고 말이오. 그럼 긍정적인 답변 기다리겠소."

대신관의 은퇴식은 아일라스 광장에서 열린다. 아일라스 광장은 많은 사람들이 운집할 수 있는 수도에서 가장 큰 광장이었고, 대신관의 은퇴식은 황족과 고위 귀족, 신전 사람들은 물론 관심 있는 평민들까지 모두 몰려오는 대규모 행사였다. 그러니까 모든 사람들 앞에서 내 친자 검사를 한다는 뜻이었다.

211

편지의 내용은 끝나고, 식탁에는 정적이 흘렀다.

지금껏 나를 돈만 빼 가려는 버러지 취급을 했던 집안의 성을 받는다고? 굳이 그런 것에 목매지 않는 새사람이 되기로 한 지 얼마나 되었다고. 내가 지금 돈이 없는 건 사실이었지만, 그래도 나름 능력도 자존심도 있었다. 하지만······.

'꼭 도와드릴게요, 저희는 가족이니까······ 라고 말하기를 바랄 정도로 뻔뻔한 사람들은 아니겠지. 기대하는 꼴이 눈에 가득한 걸 보니 그 천박함이 열네 살의 나를 닮았네?' 라는 말을 준비 중이었던 나는 얌전히 입을 다물고 앉아 있었다.

이 집에서 보석 하나 받지 않겠다고 다짐했지만, 상속권은 좀 다른 문제였다. 그 정도의 돈과 지위라면 끝까지 돈만 빼 가려는 버러지가 될 가치가 충분했다. 굳이 뭔가 노력하지 않아도 숨만 쉬고 가만히 있으면 부자 귀족이 된다는데 굳이 새사람이 될 필요가 있나.

원래부터 구질구질한 악당의 속성이 가득했던 나는 쉽게 결정했다. 이 집안을 손절해도 상속권을 받은 뒤에 한탕 땡긴 후 손절해야겠다고 말이다. 리어드에게는 한 푼도 주지 않고 내가 다 받아서 잘 먹고 잘살 것이다.

"어, 어허허허허허."

아베데스 후작은 어설프게 웃었다. 일이 이렇게 될 것이라고는 예상하지 못한 얼굴이었다. 여기서 대신관의 호의를 거절하는 것은 말 그대로 신전을 무시하는 일이었다. 게다가 나를 벼랑 끝으로 밀어 버리는 선택이었다. 지금까지 로버트의 뜻을 알아보겠다며 '진정한 가족' 운운한 것이 모두 다 거짓이었다는 걸 인정하는 셈이었다.

"······말도 안······."

엘번이 이를 갈며 소리치려는 순간, 리하르트가 급히 그의 말을 끊었다.

"이것 참 좋은 일이구나!"

역시 계산이 빠른 사람이라 본능을 억지로 누른 듯했다. 지금 사교계에 아베데스 후작가와 나의 관계를 모르는 이가 없었다. 신전의 호의를 거부했을 때의 뒷감당은 쉽지 않을 것이다. 게다가 누구나 나와 로버트의 사이를 저렇게 짐작하고 있는 한…… 차라리 상속권을 주고 안전하게 로버트 쪽의 첩자로 이용하겠다는 계산을 했겠지.

'게다가 지금 벌이고 있는 일이 워낙에 못돼 처먹은 짓이니…… 로버트에게 들킬까 봐 겁나기도 하겠지.'

나는 싱긋 웃으면서 말했다.

"그렇다면 얼른 신전에 답신을 보내야지요."

아베데스 후작은 어쩔 수 없이 그 자리에서 '신전의 호의에 감사드립니다. 아베데스 후작가와 아나벨 나디트는 기쁜 마음으로 받아들입니다.'라는 답을 써서 보냈다.

당사자들의 동의가 이루어진 상태였으므로 이제 친자 검사까지 필요한 절차는 단 하나였다. 바로 황족의 허가였다. 아베데스 후작가 사람들은 어쩔 수 없이 친자 검사에 동의한 것이지 진심으로 나와의 친자 관계를 확인하고 싶은 것이 아니었다. 그러므로 그들이 황족에게 허가를 받아다 줄 리 없었다.

그래서 나는 선수를 쳤다.

"황족의 허가는 제가 알아서 할게요."

그들에게 맡겼다가는 오히려 일이 잘못될 가능성이 컸다.

"아시잖아요. 저와 로버트 황자님의 사이."

그리고 너무 충격적인 일이 벌어진 탓에, 우리의 저녁 식사는 로버트의 단속 이야기도 끝맺지 못한 채로 파했다.

아나벨이 저녁 식사를 할 동안, 웨이드로스 공작 부부 역시 저녁을 먹으며 아나벨의 이야기를 하고 있었다.

"아나벨이 로버트 황자님과 얽히기 시작한 이후부터 일이 급박하게 돌아가네. 이래서 황족과 남녀 관계로 얽히면 피곤해."

브레이든은 망설이며 말했다.

"음, 레슬리. 두 사람은 그냥 몇 번 만났을 뿐이야. 꼭 남녀 관계로 얽혔다고 하기에는……."

"몇 번 만난 게 남녀 관계지."

"그렇게 치면 이안은 아나벨과 거의 매일 만났는데?"

"이안은 좀 상황이 다르지. 둘의 사이가 너무 나쁘잖아."

"아니, 그래도 어쩌면 둘이 잘될 수도 있지 않나……."

"왜? 혹시 이안이 아나벨을 좋아한대?"

"그건 아닌데…… 그냥 내 느낌이……."

"자기야. 혹시 눈하고 귀에 문제 있어? 아니면 머리?"

레슬리가 어이없다는 듯 피식 웃었다. 논의할 가치도 없다는 얼굴이었다.

"지금 로버트 황자님과 이안을 비교하는 거야? 객관적으로 봐. 온갖 달콤한 걸 다 주면서 다가오는 황자님하고 만나기만 하면 죽어라 싸워 왔던 이안이랑 어떻게 비교가 돼?"

브레이든은 아주 오랜만에 레슬리를 꼬실 때처럼 답답함이 몰려오기 시작했다. 저 말에 제대로 된 답변을 할 수 없다는 것이 더 갑갑했다. 그리고 그녀를 똑 닮은 아들 역시 비슷하게 생각하고 있을 것이 뻔했다. 슬프게도 증거도 없고 정황도 없고, 그저 자신의 놀라운 감만 있을 뿐이라 반박도 못 했다.

'이런 비극이 다 있나. 이 세상에 아들의 마음을 아는 사람이 나밖에 없다니.'

브레이든은 앞으로 자신의 마음고생이 심해질 것을 예감하며 마른침을 삼켰다. 아내를 들이는 데에도 힘들었는데, 며느리를 들이는 것은 몇 배로 힘들게 생긴 탓이었다.

'그땐 레슬리 하나만 상대하면 됐지, 이제는 레슬리와 이안과 아나벨 양까지 상대해야 해……'

브레이든이 슬픈 한숨을 쉬자 레슬리가 그의 어깨를 툭툭 쳐 주었다.

"괜찮아, 자기야."

그녀는 따뜻하게 웃으며 다정하게 말했다.

"자기 직감이 틀렸다고 해서 그렇게 기운 빠져 있으면 내가 슬퍼. 눈치가 없는 건 죄가 아니야."

브레이든은 차마 사랑하는 아내의 말을 부정할 수도 없어 더 깊은 한숨을 내쉬었다. 한숨의 의미를 전혀 눈치채지 못한 레슬리는 위로하는 듯 덧붙였다.

"자기가 그렇게 생각하는 것도 이해해. 어쨌든 황족이 평민과 결혼한 사례는 아직 없잖아. 서로 아무리 끌리더라도 끝까지 잘되기는 힘들 수도 있을 거야."

그녀는 잠시 고개를 갸웃하더니 덧붙였다.

"아나벨 양이 아베데스 후작가의 일원으로 인정받으면 모를까……. 하지만 힘들 것 같아."

"그건 그래."

레슬리가 혀를 차며 한 말에 브레이든도 선선히 동의했다. 그녀가 아베데스 후작가의 일원으로 인정받기 위해서는 검술 대회 우승밖에 방법이 없었기 때문이다.

"이안이 이번에도 이기겠지. 실력 차이가 있으니까."

"……음, 그것도 좀 애매하긴 해……."

눈치는 좀 없었지만, 레슬리는 검술에 한해서는 보는 눈이 좀 있었다. 그동안은 검술 대회 때만 먼 관중석에서 긴장감 없이 아나벨과 이안의 대련을 지켜봤다. 그런데 요즘 자주 가까이서 마주치다 보니 눈에 들어오는 것들이 있었다.

"요새 종종 바로 옆에서 보다 보니 기본기가 생각보다 탄탄하지 않은 느낌이었어. 어릴 때 스승을 잘못 만난 것 같아."

"호오, 그래?"

"생각해 보니 케이틀린이 좋은 스승을 붙여 줬을 것 같지는 않아서…… 우리 이안만큼 지원을 받았더라면 또 모르는 일이라고 생각해."

레슬리는 심각한 표정으로 말하고는 한숨을 쉬며 덧붙였다.

"하지만 뭐, 일단은 의미 없지. 불쌍하게 이쪽저쪽에서 이용만 당하지 않을까 걱정이야. 어쨌든 아베데스 후작가의 일원으로 인정받는 건 요원하니까."

레슬리의 그 말은 바로 다음 날 거짓으로 판명 났다.

신전에서 로버트 황자의 허가를 받아, 아나벨과 아베데스 후작의 친자 검사를 일주일 뒤에 모든 사람들 앞에서 시행한다는 소식이 수도를 휩쓸었다.

4장

친자 검사
I

후작가에서 황실의 허가를 받겠다며 호언장담을 해 놓고 집으로 돌아온 나는 고민에 빠졌다.

'어떻게 하면 로버트를 다시 만나 부탁을 할 수 있을까.'

아베데스 후작가 사람들에게 한 거짓말과는 달리, 나는 그에게 연락할 방도조차 없었기 때문이다. 하지만 그 고민은 오래 가지 않았다. 바로 다음 날 비둘기 한 마리가 내 어깨에 날아와 발을 턱, 내밀었던 것이다.

내가 얼떨떨한 표정으로 발에 묶여 있는 쪽지를 풀자 비둘기는 읽어 보라는 듯이 부리를 딱딱 부딪혔다.

「아나벨 양, 친자 검사를 하게 됐다고 들었어. 허가는 걱정하지 마.

내가 내줄 테니까.

- 로버트」

황실의 인장까지 찍혀 있는 것을 보니 정말 로버트가 보낸 쪽지가 맞는 듯했다. 하긴, 원작에서도 로버트는 이안에게 이런 식으로 연락을 하곤 했다. 마정석이 거의 사라진 지금, 마탑 자체가 황궁 소속이었으므로 고위 마법은 황족들의 전유물이다시피 했던 것이다.

마법 아이템은 너무 비싸서 일반인들은 잘 못 썼고, 써 봤자 효과가 보장되지 않는 불법 아이템들이나 뒷골목에서 거래하곤 했다. 게다가 황족들은 축복받은 핏줄이어서 대륙 각지에 그들만이 출입하거나 할 수 있는 장소들이 있었다. 그래서 나는 믿고 바로 답장을 보냈다.

「정말 감사합니다, 황자님. 오늘 아침, 싫어하는 사람의 바지 지퍼
가 열린 것을 발견하시길. 그 사실을 말해 주지 않았는데 저녁까지
같은 상태이기를.」

그리고 답장을 보내기가 무섭게 대신관의 은퇴식과 맞물린 내 친자 검사 소문은 날개 돋친 듯 퍼져 나갔다. 일개 평민의 일에 황자인 로버트가 번개같이 허가를 해 주었다는 소문도 함께였다.

소문의 출처는 다름 아닌 신전으로, 대신관이 마지막 선행을 널리널리 광고하고 싶어 했던 것이다. 로버트와 관련된 소문은 지금까지의 염문설에 불을 지피는 일이었지만 그게 내게 무슨 상관이겠는가.

'로버트도 다 꿍꿍이가 있어서 허가해 준 거지, 뭐. 은혜를 잊지 말고 아베데스의 일원이 되었을 때 이중첩자 노릇을 하라는 거 아닐까?'

그런 복잡한 일에 얽힐 생각이 조금도 없었던 나는 다들 어떻게 생각하든 말든 나의 미래를 위한 일을 시작하기로 했다. 바로 상속권을 갖게 된 후의 계획을 짜는 것이었다.

친자 검사가 확정되고 난 뒤 나는 가장 먼저 부동산 업자에게 비밀리에 혼자 살기 좋은 고급 주택가 몇 군데를 추천받았다.

친자 검사를 하기 전날까지 나는 집에 붙어 있지 못할 정도로 바빴다. 남들 모르게 나의 미래를 위해서 열심히 청사진을 그리고 있었기 때문이다.

'브리버즈길의 주택은 너무 비싸. 패스.'

나는 그동안 수도 곳곳의 부동산 시세를 살펴보며 정착지를 찾아다녔다.

'데이가드길은 다 좋은데 예전 집이 너무 가깝단 말이야. 부정 타니까 패스.'

다들 내가 친자 검사 이후 아베데스 후작저에 들어갈 것이라고 생각하고 있었다. 하지만 나는 상속권만 받으면 모든 것을 현금화해서 독립 라이프를 꾸릴 예정이었다.

'후작가 재산이야 광산 낀 영지가 대부분이니 빠른 현금화는 어렵겠지⋯⋯ 그것까지 고려하면서 잔금 일자가 넉넉한 매물을 찾아보는 게 좋을 텐데.'

오늘도 하루 종일 여기저기 쏘다녔더니 벌써 오후가 다 지나 있었다. 나는 마지막으로 부동산에서 추천한 나라비길을 둘러보며 천천히 고개를 끄덕였다.

'여기가 괜찮네. 중심가에서 그다지 멀지도 않고, 완전 부촌이라 그런지 건물들도 다 깨끗해.'

단 하나 마음에 걸리는 것은, 여기서 웨이드로스 공작저가 너무 가깝다는 것인데⋯⋯.

'됐어. 난 이제 웨이드로스 공작가와 완전 상관없는 사람이라고.'

이안과 얽힐 일은 이제 없었다. 그러니 의식하는 것도 웃긴 일이었다.

'여기로 결정하자. 다 마음에 드네. 내일이 친자 검사니까 더 이상 돌아다닐 수도 없어.'

부동산에서는 이곳이 가격대가 굉장히 세서 평민 부호들이 몰려 사는 곳이라고 했다. 과연 모든 저택이 고급지고 길도 깔끔한 것이 미래를 그리기에 아주 느낌이 좋았다.

'이제 일자리도 좀 알아봐야지.'

평생 놀고먹을 돈이 생길 예정이긴 했지만 마냥 놀고먹기가 좀 그랬다. 가족도 없고 친구도 없는 데다가 평판도 엉망인데 돈 끌어안고 혼자 지내기에는 내 나이가 너무 어렸기 때문이다. 이안을 이기겠다는 마음에서 벗어났으니 이제 새로운 출발을 하고 싶었다. 동료들과 술 한 잔도 해 보고, 친구를 만들어서 티타임이라는 것도 즐겨 보고, 그러다가 연애도 하고…….

그렇게 앞으로의 생활을 상상하며 나라비길을 떠나려던 참이었다.

"도둑이야!"

갑자기 내 옆에 있던, 저택에서 귀가 찢어질 것 같은 소리가 들렸다. 나라비길에서 가장 크고 좋다는 곳이었다.

"도둑이야, 도둑! 잡아!"

이층 창문이 깨지는 소리가 들리며 누군가가 훌쩍 길거리로 뛰어내렸다. 그리고 나를 지나쳐서 저 골목길로 달려서 사라졌다. 내가 어떻게 반사 신경으로 붙잡을 틈도 없이 깨진 창문으로 익숙한 목소리가 들렸다.

"저 지옥길 가는 길에도 재수 없어서 두 번 뒈져 버릴 XX한 XX가! XX, 이 XXX 좀도둑 새끼!"

나는 멍하니 위를 올려보며 눈을 깜빡였다.

틀어 올린 보랏빛 머리에 짙은 화장, 엄청나게 화려한 드레스 차림의 메릴린이었다. 아마 퇴근한 지 얼마 되지 않은 것 같았다.

'그러니까…… 지금 저 고급 저택이 레인필드 저택?'

그러고 보니 부동산에서 이곳은 성공한 평민들이 많이 산다고 했다. 레인필드 저택이 있다고 해서 전혀 이상할 것이 없었다.

"웨이드로스 기사단원이라는 것도 거짓말이지? 이 XX인 XX!"

그녀가 창문 밖으로 몸을 반절 이상 내밀고 재단용 칼을 손에 쥔 채 고래고래 소리질렀다. 칼이 오후 햇빛에 비쳐서 골목길에 번쩍번쩍 빛을 흩뿌렸다.

"애인하고 친구하고 바람나라! 간신히 결혼해서 아기 낳으면 밤잠 한 시간만에 한 번씩 깨는 아기여라! 걔 좀 키우면 안 먹는 아기로 진화해라! 그리고 사춘기 호되게 겪어라! 그렇게 힘들여 키워서 결혼시켰더니 사돈이 옛날에 바람난 애인과 친구여라!"

그동안 의상실에서는 누구보다도 침착하고 차분하며 장인 정신이 투철해 보이던 사람이었는데, 고래고래 욕을 하는 모습이 아주 놀라웠다. 심지어 저렇게 일생에 걸친 막장 드라마급 욕설이라니.

물론 그 괴리에 놀란 것은 아주 잠시였고, 나는 즉시 도약해서 아까 골목길로 사라져 버린 사람을 따라 뛰었다. 누군가 웨이드로스 기사단원이라며 레인필드 저택에 침입한 후, 무언가를 훔쳐 달아난 것이 틀림없었다.

내가 대단한 정의에 불타는 사람은 아니어도 아는 사람이 도둑질을 당했는데 모른 체할 인간은 아니었다. 게다가 메릴린은 그동안 내게 정제된 친절함을 보였으며, 각종 행사가 있을 때마다 열과 성을 다해 나를 꾸며 준 사람이었다.

2층에서 뛰어내리자마자 골목길 저편으로 쉽게 사라질 만큼 상당히 몸도 날래고 달리기도 빠른 사람 같았지만, 그 정도 도둑을 잡는 것은 내게 식은 죽 먹기나 다름없었다.

그렇게 얼마 지나지 않아, 나는 한 풍채 좋은 좀도둑의 목에 검을 댄 채로 레인필드 저택에 입성할 수 있었다.

"아, 아나벨 양?"

메릴린은 얼떨떨한 표정으로 나를 맞았다. 레슬리 님 없이 둘이 이렇게 마주친 것은 처음이었다.

"여기는 어떻게 알고 왔나요?"

아까의 살벌한 욕을 내뿜던 어조는 온데간데없고 갑자기 교양이 넘치는 목소리였다. 물론 내가 끌고 온 도둑의 얼굴을 확인하고 나서는 눈을 크게 뜨며 숨을 들이켰지만 말이다.

"아니, 이런 XX XX를 아나벨 양이 대체 어떻게……."

"오다 주웠어요."

나는 좀도둑의 목에 검을 한 번 더 들이대며 씩 웃었다.

그리고 장난스럽게 덧붙였다.

"좀도둑이 든 것 같아서요."

그 시각, 웨이드로스 공작저의 연무장에서는 이안이 무시무시한 표정으로 기사들의 훈련을 봐주고 있었다.

"이 기세라면 웨이드로스 가문이 세계 정복하겠어."

아론이 옆에서 헐떡거리는 종자에게 속삭였다.

"요새 왜 저렇게 연무장에서 사시는 거지? 원래 이 시간엔 들어가셨었는데."

기사단은 이안이 있을 때와 없을 때의 분위기가 하늘과 땅 차이였다. 물론 기사단의 실력을 생각할 때면 이안이 오래 있으면 있을수록 좋았지만 다들 평소보다 빡센 하루를 보내야만 했다.

"이젠 물 뜨러 간다고 농땡이도 못 부리겠어요."

종자는 아론에게 조심조심 대답했다.

"결국 내일 식수대까지 설치하신다잖아요."

다들 이안의 눈치를 슬금슬금 보며 농땡이조차 치지 못하고 있을 때, 이안 역시 마음이 편하지만은 않았다. 아나벨의 코빼기조차 보지 못한 지 벌써 꽤 되었다. 지난 오페라가 마지막이었던 것이다.

'속 시원하군. 아나벨 나디트가 안 오니까 하루가 아주 알차. 시간도 안 가고.'

그는 괜히 검을 살펴보는 척하며 시계를 흘끗거렸다.

'그런 의미에서 30분만 더 있다 갈까.'

기사단 사람들이 알면 한 번 더 좌절할 만한 생각이었다. 지금 30분만 더 있겠다는 다짐이 벌써 몇 번째인지 몰랐다.

'아나벨이 헛걸음하게 할 수는 없…… 아니, 내가 지금 무슨 생각 중인거지.'

그러니까 그립다든가 보고 싶다든가 기다린다든가 하는 것처럼…….

물론 그가 아나벨이 오지 않는 이유를 알지 못한 건 아니었다. 그건 조금의 생각만 할 줄 아는 사람들이라면 다 짐작하는 바였다.

"그런데 아나벨 나디트가 요새 안 오네요? 문지기들 편하겠어요. 의미 없는 달리기 안 해도 돼서."

한쪽에서 휴식을 취하고 있던 기사들이 수군거렸다.

"너 같으면 오겠냐? 이제 이안 님을 이겨야 할 필요가 없는데?"

"하긴. 대신관님 은퇴식 날 친자 검사를 한다면서요? 그러면 검술 대회 1등도 필요가 없네."

"어차피 본인도 이안 님께 상대가 안 되는 건 알고 있었을걸. 그냥 오기로 엉겨 붙은 건데 이제 그럴 필요가 없어진 거지."

이안의 귀에 자꾸만 '필요 없다'라는 말이 맴돌 때였다. 기사들이 킬킬거리며 서로 물통을 주고받다가 물통이 빈 것을 확인하고 종자를 불렀다.

"린다! 물통 좀 갖고 가라! 물 다 먹었거든."

"그냥 버려. 이제 필요 없는데, 뭐. 내일이면 식수대 설치한다잖아?"

"그래. 한 8년 썼나? 필요 없으니까 버리면 되겠네."

기사들의 수다에 갑자기 정색하며 끼어든 사람이 있었다.

"어떻게 그런 심한 소리를 하지?"

바로 이상하게 상처받은 표정을 하고 있는 이안이었다.

"8년이라는 세월 동안 함께하지 않았나? 그런데 그렇게 가차 없이 버려?"

다들 어안이 벙벙해져서 이안을 바라보았다. 기사들은 서로 당황한 눈빛을 주고받다가 조심스럽게 대답했다.

이안은 검술에 관해서 좀 빡빡하긴 해도 아랫사람의 의견을 존중하는 주군이었기 때문이다.

"하지만 필요 없는데 굳이 계속 함께할 이유가 있을까요?"

"필요 없기도 하고, 좀 오래돼서 질리기도 질립니다."

기사들은 앞을 다투어 말하다가 이안의 표정이 어딘지 쓸쓸하고 아련한 것을 보고 눈치껏 입을 다물었다.

"……필요 없다는 말 하지 마."

그가 숨을 몰아쉬며 낮게 말했다.

"너무하다고 생각하지 않나. 정말 다들 너무나 매정하고 인간미가 없……."

아무래도 안 되겠다고 생각한 아론이 재빨리 물통을 집어 이안에게 쥐어 주었다. 한숨을 쉬며 고개를 돌린 아론이 무언가를 발견하곤 멍하니 중얼거렸다.

"어? 어머니? 그리고…… 아나벨 님?"

아론의 말에 이안은 손에 쥐고 있던 물통을 떨어트리고 말았다.

내가 그동안 발걸음하지 않았던 웨이드로스 공작저에 가게 된 사연은 별것 없었다.

"사실 그게 어떻게 된 일이냐 하면……."

메릴린은 나를 보면서 교양이 넘치는 목소리로 부드럽게 말했다. 아까 온갖 쌍욕에 디테일 장난 아니던 저주는 꿈에서 들었나 싶을 정도였다.

"자기가 웨이드로스 기사단에서 왔다는 거예요. 아론의 명을 받아서 왔다고, 긴히 전해드릴 말씀이 있다고. 다른 사람들은 알면 안 되는 이야기라 해서 사람들을 내보냈더니……."

조곤조곤 말하는 그녀의 손에는 재단용 칼이 휙휙 돌아가고 있었다. 그녀는 어렵지 않게 직접 재갈을 만들더니 그대로 도둑의 입에 물려 버렸다.

"갑자기 응접실에 전시되어 있던 블루 다이아몬드를 채 가더니 창문 밖으로 도망가지 뭐예요?"

"응접실에…… 보석을 전시해요?"

내 말에 메릴린이 쑥스럽다는 듯이 웃으며 말했다.

"원래 가문의 역사가 깊은 집안들은 응접실에 가보를 전시해 놓고는 해요. 말이야 손님들에게 가문이 걸어온 길을 알려주는 거라지만, 결국 손님들 기죽이고 자랑하려는 의미죠, 뭐. 저희는 그냥 평민 출신이고 가진 건 돈밖에 없으니 가장 비싼 보석을 전시해 놓은 것뿐이에요."

그렇다면 그냥 좀도둑이 아니라 엄청난 도둑인 셈이었다. 블루 다이아몬드를 훔치다니. 메릴린은 어렵지 않게 재단용 칼을 들이밀며 도둑에게 번쩍거리는 블루다이아몬드를 회수해 다시 장식장에 넣었다.

"굉장히 이상한 문화네요. 이렇게 외부인이 훔쳐 가면 어쩌려고……."

"그러니까 아무나 응접실에 들이지는 않죠. 신변이 확실한 자만 들여요. 그런데 제가 웨이드로스 기사단 사람이라고 해서 방심했어요. 제 퇴근 시간을 알고 맞춰 왔길래 더 의심을 안 했어요."

생각해 보니 그동안 그렇게 뻔질나게 웨이드로스 저택을 들락날락했어도 응접실에 간 적은 없었다. 아무나 들이는 것이 아니라는 건 확실한 정보 같았다.

"처분은…… 음, 아무래도 웨이드로스 기사단에 데려가야 할 것 같네요."

메릴린이 진지하게 말했다.

"제 퇴근 시간을 안다는 점, 응접실에 블루 다이아몬드가 있다는 걸 알고 있다는 점, 기사단의 증표를 갖고 있다는 점, 2층에서 뛰어내려 순식간에 사라질 정도의 신체 능력이 있다는 점 모두…… 단순한 사칭범 같지는 않거든요."

"웨이드로스 기사단 사람이었으면 좋겠군요."

나는 두려움에 차서 '읍!'하고 외치는 도둑을 흘끗 보며 어깨를 으쓱했다.

"이안은 자기 기사단에 대한 자부심이 엄청나잖아요. 인생의 쓴맛을 한 번 보는 것도 나쁘지는 않죠."

"그러면 같이 갈래요, 아나벨 양?"

"네? 저요?"

"원래 홍정은 말리고 싸움은 붙이랬잖아요."

"워, 원래 반대 아닌가요?"

"혹시나 웨이드로스 기사단에서 내분이라도 일어나면 얼마나 재밌겠어요."

지나치게 인생 전방위적인 저주를 퍼부을 때부터 알아봤지만, 아무래도 지금까지 봐온 메릴린은 자본주의에 충실한 경영인의 가면이 아닌가 싶었다. 그동안은 어느 정도 좋은 사람이라고 생각했는데 이런 면모를 보니까…….

"네, 그럼 지금 당장 갈까요? 이안이 연무장에 계속 있어야 하는데."

인간미 넘치는 진짜 좋은 사람이라고 생각하게 되었다.

그렇게 나와 메릴린은 합이 맞아서 당장 아무 말도 못하는 죄인을 끌고 웨이드로스 연무장에 들이닥치게 된 것이다. 이안은 나를 보자마자 아론에게 건네받은 물통을 툭, 떨어트렸다.

'뭐야, 저렇게 기분 나쁜 티를 낼 일이야? 물통 불쌍하게.'

"여, 여기는 어쩐 일이십니까?"

아론이 다가와서 물었다.

메릴린은 도둑이 든 전말을 열심히 설명했고, 얼마 안 되어서 사건은 해결되었다. 그 도둑은 웨이드로스 기사단의 기사가 아니라 얼마 전에 입단하겠다고 찾아온 청년이었던 것이다. 테스트 차례를 기다리면서 아론이 레인필드 저택의 응접실에 대해 떠드는 것을 엿들었으며, 그대로 다른 기사의 기사단의 증표를 슬쩍해서 범죄를 기획한 것이었다. 범죄를 마음먹고 나서부터는 나라비길에서 잠복하며 레인필드 사람들의 퇴근 시간을 계속 관찰했다고 했다.

"아니, 근데 언제부터 이렇게 입을 막아놨어요?"

아론은 퀄리티 높은 재갈을 보더니 단숨에 메릴린의 솜씨인 것을 알아차리고 물었다.

메릴린이 어깨를 으쓱하며 대답했다.

"그냥 나한테 쌍욕할까 봐 보자마자 막았어. 들으면 기분 나쁘잖아."

"……어머니는 이미 하셨군요."

아론이 고개를 절레절레 저었고 나는 속으로 '아론은 제 어머니의 본성을 알고 있었구나' 같은 생각을 했다.

별생각 없이 서 있던 나는 흘긋 이안을 본 뒤 눈을 깜빡이며 말했다.

"뭐야, 너 상태가 왜 이래?"

"내 상태가 뭐 어때서."

이안이 어딘지 모르게 뻣뻣한 태도로 대답해서, 나는 수상쩍다는 듯이 한발자국 그에게 다가갔다.

"진짜 이상하네. 8년을 거의 매일 쫓아다니면서 봐왔는데 내가 널 모르겠냐? 지금 뇌세포 중 어딘가가 파업 중인 것 같은데."

나는 한숨을 쉬며 안심시키듯 말했다.

"걱정 마. 오늘은 물론 앞으로도 이제는 너한테 시비 안 걸어. 특히 오늘은 너한테 볼 일 있어서 온 거 아니거든."

"나를 보러 온 게 아니야?"

사실 펄펄 뛰는 이안을 보러 온 것이기는 하지만 차마 그렇게까지 말할 수는 없었다. 실제로 웨이드로스 소속의 기사도 아니었고 말이다.

그래서 그냥 멍하니 그를 바라보며 고개를 끄덕이는데, 그가 충격 받은 얼굴로 중얼거렸다.

"내가…… 필요 없다고?"

5장

친자 검사

II

평소와는 다른 이안을 빤히 쳐다보는데 아론이 슬쩍 끼어들었다.

"아, 역시 아나벨 님. 바로 알아보시는군요. 정말이지, 이안 웨이드로스밖에 모르는 바보……."

"쿨럭! 쿨럭!"

이안은 뭐라고 말하려다가 아론의 '이안 웨이드로스밖에 모르는 바보'라는 말에 갑자기 사레가 들렸는지 기침을 하기 시작했다.

아론이 천연덕스럽게 말을 이었다.

"지금 8년간 기사단에서 쓰던 물통이 필요 없어졌다고 버림받는 것에 슬퍼하시고 계십니다. 그동안 아무도 몰랐지만 이안 님의 애착 물통이었나 봐요."

"아……. 혹시 이거?"

나는 이안의 발밑에서 구르고 있는 물통을 바라보며 말했다.

"왜 필요 없어졌는데?"

"식수대를 설치하기로 했거든요. 저기 저 느티나무 밑에."

"그래. 식수대가 없어서 사실 좀 불편하긴 했지. 종자들이 농땡이 치기에는 좋은 것 같았지만."

"이럴 수가. 완전 기사단 사람이랑 대화하는 것 같네요. 8년 세월이 허송세월은 아니었나 봅니다. 그런 의미에서, 오늘은 대련 안 하시나요?"

"됐어. 애착 물통이 버림받는다고 인생 버림받은 표정 하고 있는 사람이랑 무슨 대련이야. 게다가 나 내일 친자 검사야. 부정 타기 싫어."

나는 허리를 숙여 물통을 주워 그대로 이안의 손에 쥐어 주었다. 더 이상 볼 일 없는 자에게 베푸는 내 마지막 호의였다.

"애착 물통이 있는 것까지는 몰랐네. 얘랑 행복하렴."

마지막으로 그의 손등을 툭툭 두드려 주었는데, 그가 화들짝 놀라며 숨을 몰아쉬었다.

"왜 또, 뭔데?"

"너는, 너는 왜, 함부로 소, 손을…… 시, 시, 심장 뛰게……."

화들짝 놀라는 그의 모습을 보고 우리가 모두 당황해 버렸다. 나는 얼떨떨하게 눈을 깜빡이며 말했다.

"음…… 함부로 검도 대던 사이에 손을 좀 댔다고 그렇게 기겁할 일이야?"

이안의 귀 끝이나 목덜미, 심지어는 볼까지도 발그레하게 달아올라 있었다.

"저는 이안 님을 놀리는 걸 좋아하지만……."

아론이 옅은 한숨을 쉬고 말했다.

"지금 이 상황에 주군을 놀리면 그건 센스의 문제가 아니라 인성의 문제가 될 것 같군요. 지금은 애착 물통 때문에 충격을 좀 받아서 그렇지 기본적으로 참 훌륭하신 분입니다."

자신의 주군이 이상한 면을 보여주기 싫었는지 아론의 말이 길어졌다.

"아, 예를 들어 이 도둑 말인데…… 자꾸 보니 기억이 나긴 나는군요."

그가 감탄한 표정을 지어 보이며 손뼉을 쳤다.

"신체적 능력은 꽤 괜찮았는데 인성 면접에서 이안 님이 탈락시키셨죠. 역시 이안 님, 보는 눈이 대단하세요. 어떻게 바로 컷하셨지?"

그렇게 화제를 돌리려던 아론의 시도는 성공했다. 기사단 사람들이 웅성거리며 '역시 이안 님 대단해.', '사람 보는 눈 정확하셔.' 같은 말을 하기 시작했다.

"일단 웨이드로스에서 처분하도록 하지. 웨이드로스의 이름을 판 범죄자임은 확실하니까."

이안은 어느새 표정 관리를 하면서 무뚝뚝하게 말했다. 아쉽게도 조금도 그의 자부심에 스크래치가 난 것 같지 않았다. 이안이 좌절하는 것을 보러 왔다가 더 기고만장해진 모습만 보게 된 셈이었다.

"그럼 전 이만."

갑자기 모든 것이 시시해진 나는 도둑을 대충 아론에게 넘기고 하품을 하며 말했다.

"제가 이안의 안목에 대한 찬양을 들으러 여기 온 건 아니라서. 딱히 이 뒤가 궁금하지 않기도 하고."

"잠깐, 아나벨 양!"

내가 툴툴거리며 말하자 메릴린이 내 팔을 붙잡았다.

아무리 그래도 범죄자를 처분해 준다는 이에게 예의가 없다며 한 소리 들을 각오를 하고 있을 때였다.

"같이 가요."

메릴린이 주저 없이 말했다.

"저도 그 뒤의 뻔한 정의 구현에는 흥미가 없어서."

정말이지…… 은근히 나와 영혼이 잘 맞는 사람이었다.

도둑이 사라진 마차에 둘만 앉으니 또 횡해졌다. 원래라면 레슬리 님을 빼고 둘이 만난 적은 없으니 썩 편한 사이는 아닐 테지만, 묘한 동질감이 들어서 함께 있는 것이 나쁘지 않았다.

"나디트 저택은 오르비아길에 있던가요? 거기 내려줄게요."

메릴린은 부드럽게 말했고 나는 고개를 끄덕였다. 이제 뭐 굳이 더 돌아다닐 만한 시간도 아니었기 때문이다.

"오늘 정말 고마웠어요, 아나벨 양."

그녀가 나를 보면서 정식으로 감사 인사를 표했다.

"정말, 아나벨 양이 우연히 나라비길에 오지 않았더라면 그대로 빼앗겼을 것 아니에요. 하인들을 시켜도 어떻게 안 될 만큼 빠르던데."

"그건 그렇죠. 근데 많이 놀라셨겠어요. 잠깐이지만 응접실에서 범죄자랑 단 둘이 있었던 거잖아요. 차라리 오스칼 님께서 혼자 있을 때 왔다면 좀 나았을 텐데."

나는 예전에 웨이드로스 공작저에서 본 오스칼을 떠올리며 말했다. 엄청난 포커페이스에, 칼을 다루는 솜씨가 정말 현란했던 사람이었다.

"오스칼이요?"

"네. 딱 봐도 풍채가 너무 좋으시고, 포스도 엄청나시던데. 도둑쯤이야 눈빛으로 때려잡게 생기셨던데요?"

"흠, 뭐…… 외면만 보면 그렇게 보이긴 하지요."

메릴린은 눈을 한 번 굴리더니 어영부영 대답했다. 아무래도 그 샤프해 보이는 외모와 다른 면모가 있는 듯했다.

더 이상 할 말은 없었기 때문에 마차 안에서는 살짝 정적이 흘렀다. 나 역시 괜히 검을 쥐었다 놨다 하면서 창밖만 보고 있었다.

"아나벨 양."

그녀는 그런 나를 가만히 바라보고 있다가 문득 내 이름을 조용히 불렀다.

"하나 고백할 것이 있어요."

석양이 지고 있었고, 붉은 햇빛이 메릴린의 얼굴에 짙은 음영을 만들고 있었다. 붉은빛을 잔뜩 받은 내 연보랏빛 머리카락은 언뜻 보면 메릴린의 보라색 머리카락과 비슷하게 보이기까지 했다.

"저한테요? 뭔데요?"

나는 아무 생각 없이 물었고 그녀가 약간 서글프게 웃었다.

"맨 처음에, 아나벨 양을 일곱 번 정도 마주쳤다는 건 거짓말이에요."

메릴린이 차분하게 말했다.

"사실은 셀 수 없이 자주 봤어요. 거리의 인파 속에 있더라도 눈에 띄더라고요. 아까 봤다시피 우리 집과 웨이드로스 공작저가 가깝잖아요. 동선이 겹치는 건 어쩔 수 없는 일이죠. 그런데 그 때마다 마음이 별로 좋지 않아서⋯⋯ 그냥 잘 모르는 척했어요."

"마음이 좋지 않을 만하죠. 거의 대부분이 저를 꼴불견으로 생각⋯⋯."

"그게 아니고, 그냥 그 날 그 병원에서 태어난 두 아이 중 내 아이는 죽고 케이틀린의 아이만 살았다는 것이 가끔 이유 없이 억울하더군요. 알아요, 말도 안 되는 이야기라는 것. 그러니까 굳이 비난하지 말아요."

딱히 비난할 생각은 없었는데 메릴린은 바로 원천봉쇄를 해 버렸다. 자신의 단점을 잘 알고 있지만 굳이 남의 입으로 듣지 않겠다는 막무가내 의지라니.

'완전 나 같다.'

누구보다도 그 마음을 이해할 수 있는 나는 굳이 그녀를 비난하지 않은 채 다음 말을 기다렸다.

"나라면 내 딸을 저렇게 키우지 않을 텐데, 저렇게 불행하게 만들지 않을 텐데, 존재 그 자체만으로도 사랑해 줄 텐데⋯⋯."

"⋯⋯."

"차라리 아나벨 양이 사랑받으며 잘 크고 있었다면 아무 생각이 없었을 텐데 그렇지 않아 보여서 더 억울했어요. 아나벨 양을 보면서 자꾸만 죽은 내 딸이 생각났으니까."

나는 손가락을 꼼지락거리면서 한숨을 삼켰다.

메릴린의 담담한 말이 이어졌다.

"아나벨 양을 보면서 나는 내내 혼자서 상처받고 있었어요. 레슬리 님과 함께 만나고 나니 그냥 어울리기에 좋은 평범한 아가씨였을 뿐인데 내가 치졸했죠. 아나벨 양에게 도움까지 받고 나니 그 동안의 나 자신이 더 민망하네요."

마차 안에 살짝 정적이 흘렀다. 나는 머뭇거리다가 용기를 내어 물었다.

"저기, 메릴린 님. 그런데 굳이 제게 그런 말씀까지 하시는 이유가 뭔가요?"

나라면 굳이 말하지 않아도 될 좁아터진 속마음은 말하지 않을 텐데 말이다.

"한 사람을 진심으로 대하려면, 아무리 어두운 마음이라고 할지라도 숨기는 것은 없어야 된다고 생각해서요. 앞으로 자주 볼 것 같지 않아요, 우리?"

저 멀리 나디트 저택이 보이고 있었다.

메릴린이 내 손을 잡으며 싱긋 웃어 보였다.

"친자 검사 축하해요. 오랫동안 바라오던 가족들에게 인정받게 되는 거잖아요. 내일, 정말 진심으로 축하해 줄게요."

갑자기 마음이 울컥했다. 지금까지 내 친자 검사를 진심으로 원하는 사람은 나밖에 없다고 생각했다. 아베데스 후작가는 물론 로버트도 서로 나를 이용할 생각을 하고 있을 게 뻔했다. 리어드도 소문을 듣더니 검술 대회 내기가 걸리는지 썩 기뻐하지 않고 떨떠름한 반응을 보였었다.

물론 나 역시도 가족들에게 인정받는 게 좋은 것이 아니라 상속권에만 눈이 벌게져 있어서 좋아했던 것이었지만 말이다. 그런데 진심으로 축하해 주는 사람이 생기다니.

"친자 검사 날, 아나벨 양은 제 드레스를 입겠죠? 제가 만들어 준 옷밖에 없잖아요."

메릴린이 싱긋 웃으며 말했다.

"아나벨 양의 역사적인 순간에 제 옷이 함께할 수 있어서 기뻐요. 내일, 앞자리에 앉아서 아나벨 양의 앞날을 축복해 줄게요."

이상하게 마음이 간질거려서, 나는 나도 모르게 얼굴을 붉히고 말았다.

은퇴식 아침은 아주 맑고 상쾌했다. 나는 콧노래를 부르며 옷을 골랐다. 대신관의 은퇴식도 은퇴식이지만, 거의 100년 만에 친자 검사를 시행하는 날이니 광장이 꽉 찰 것이었다. 메릴린이 만든 옷 중 가장 화려하고 예쁜 드레스를 골라 입으니 벌써부터 돈 많고 능력 있는 독신이 된 것 같아서 기분이 날아갈 것 같았다.

신나서 집을 나서려는데, 리어드가 응접실에서 혼자 차를 마시고 있었다.

"리어드?"

나는 흘끗 그를 보며 먼저 말을 걸었다.

"안 나가? 곧 은퇴식 시작하는데."

"아."

리어드는 어색하게 웃으며 턱을 긁었다.

"먼저 가. 나는 잠시 만날 사람이 있어서……."

"만날 사람 누구?"

"이, 있어. 그런 사람."

내 친자 검사가 결정된 이후 리어드는 좀 이상하게 굴었다. 당연히 미친 듯이 기뻐할 줄 알았는데, 어딘가 불안한 사람처럼 눈을 데굴데굴 굴리며 어설프게 웃기만 할 뿐이었다.

"걱정 마. 검술 대회 때에는 진짜 최선을 다할 거라니까."

아무래도 내가 검술 대회에 기권이라도 할까 봐 저러는 듯했다.

'하긴 배당이 엄청나니 내가 귀족이 되는 것보다 1등 하는 게 본인한테는 낫겠지. 확실한 자기 돈이기도 하고.'

나는 그에게 한 푼도 줄 생각이 없었기 때문에 리어드의 떨떠름함이 이해는 갔다. 리어드는 손톱을 살짝 깨물며 대답했다.

"알았어. 믿을게. 일단 얼른 가 봐. 곧 따라갈 테니까."

그 미묘한 이상함에 반응해 줄 정도로 리어드에게 관심을 둘 여유가 없었다. 수많은 사람들 앞에서 아나벨 아베데스가 될 생각을 하니 내 안의 미약한 관종의 피가 끓어오른 탓이다.

그렇게 나는 콧노래를 부르며 아일라스 광장으로 향했다. 아직 은퇴식까지 한참 남았는데도 저 멀리 보이는 아일라스 광장에는 사람이 가득했다.

'일단 나라비길에 집부터 구하자. 메릴린 님과 이웃사촌이 되겠네.'

난생처음으로 마음이 너무 설레었다.

솔직히 말하면…… 내가 진심으로 원했던 것은 1등이나 작위 같은 것이 아니었다. 바로 가족에게 인정받는 것이었다. 케이틀린이나 리어드에게 인정받아 그들 사이에 끼고 싶었다. 케이틀린이 죽은 이후에도 리어드와 잘 지내고 싶다는 생각에. 어릴 적부터 간절했던 것이라 마치 관성처럼.

전생을 기억하고 나서부터 그런 미래는 절대로 오지 않는다는 것을 깨달았다. 더불어 내가 원했던 것이 다 부질없다는 걸 인정하고 나니 오히려 편안해졌다. 리어드와 케이틀린은 나쁜 가족들이었다. 그들에게 매달릴 필요가 없었다. 대신 '내 것'에 매달리기로 했다. 예를 들어 상속권 같은 것?

'예전에는 케이틀린과 리어드를 위해 상속권을 바랐다면, 이제는 오로지 나를 위해서!'

나는 차근차근 생각을 정리한 뒤 아일라스 광장으로 향하던 발걸음을 멈췄다. 지름길로 움직인 탓에 내가 있는 곳은 다소 인적이 드문 골목이었다. 천천히 뒤를 돌아본 나는 허공에 대고 조용히 말했다.

"검술에 아무런 일가견이 없어서 모르나 본데. 내 실력 정도 되는 사람의 뒤를 밟겠다는 건 어이없는 생각이야."

화려한 드레스 차림이었지만 단검 하나는 드레스 자락 속에 지닌 채였다.

"그게 비록 열여섯 명이라고 해도 말이야, 엘번."

내가 정확한 인원까지 말하니 별수 없었는지 여기저기서 자객들이 나타나 일제히 내게 달려들었다. 정말 검술에 아무런 상식도 없어서 벌일 수 있는 일이었다. 나를 상대할 수 있는 자는 제국에서 이안밖에 없으니 쪽수로 덤비면 될 거라고 생각한 건가. 아니면 드레스 차림이라 내가 늘 갖고 다니던 장검이 없어서 얕본 건가.

'1분 40초 본다.'

단검 하나로 가장 가까운 자객의 팔을 즉시 찌르고 장검을 빼앗아 상황을 정리하려고 할 때였다.

"잠시만요, 아나벨 님."

분홍색 머리의 청년이 내 앞을 막아섰다.

"제가 처리하겠습니다."

빠르게 검을 빼 든 것을 치고는 느긋한 목소리였다.

"······아론 레인필드? 네가 왜?"

그 대답은 정확히 2분 후에 들을 수 있었다. 열여섯 명의 자객을 모조리 처리한 그는 아주 공손하게 골목길 뒤에 숨어 있던 엘번까지 모시고 왔다.

"저 멀리서 간식거리 좀 사다가 우연히 보고 달려왔습니다."

"음······ 나를 위해서?"

"그 드레스 어머니가 제작한 거잖아요. 혹시라도 옷이 상하면 어떡합니까."

아론은 천연덕스럽게 말했다.

"이 역사적인 순간에 레인필드 의상실의 옷이 함께하는 것을 어머니가 몹시 기뻐하셨습니다. 새벽부터 가서 잎자리를 차지하고 계시는데 그 기대를 무너트릴 수는 없지요."

"고마워, 아론."

나를 위해서가 아니라 내 드레스를 위해서라는 말이었지만 어쨌든 고맙긴 고마웠다.

"그리고 엘번."

나는 한숨을 쉬며 내 앞에 선 엘번을 바라보았다.

"무식을 이렇게 티 내면 안 돼. 검술 대회 2등을 자객 열여섯 정도로 잡을 생각을 하다니. 게다가 뒤를 직접 밟아? 네 인기척 정도는 물구나무서서도 눈치챌 수 있어."

엘번은 나를 죽어라 노려보았지만, 덤빌 깜냥이 안 된다는 건 충분히 알고 있는 모양이었다.

'뻔하지. 내가 아베데스가 되는 게 너무너무 싫었을 거야.'

이번 은퇴식에만 내가 참석하지 않으면 모든 일은 없던 것이 된다. 몰래 몇 시간만 내 발을 묶어 두려고 했겠지.

리하르트나 아베데스 후작과는 달리 엘번은 굉장히 충동적이었다. 그는 리하르트와 아베데스 후작이 칼론 황태자와 합작하여 벌이고 있는 일에 대해 잘 몰랐다. 그래서 멀리 계산하기보다는 지금 당장 이 상황이 싫어서 이런 짓을 독단적으로 벌였을 것이다. 다만 검술에 너무 무지하다 보니 이딴 어이없는 짓거리를 벌인 셈이었다.

"……네가 뭘 했다고 상속권을 가져가."

엘번은 나를 노려보며 이를 갈았다.

"같이 자란 것도 아니고, 우리 가족과 함께한 시간이 있었던 것도 아닌데, 고작 피가 섞였다는 것 하나만으로 왜!"

"그걸 왜 나한테 물어봐? 제국법에 대고 물어봐."

나는 어깨를 으쓱하며 성의 없게 대답했다.

"그럼 이만."

굳이 오래 상대할 생각은 전혀 없었다. 엘번 따위에게 에너지를 쏟을 때가 아니다. 오히려 무시하고 그냥 가는 것이 그의 화를 더 돋울 것 같기도 하고.

나와 비슷한 생각이었는지 아론도 냉큼 옆에 따라붙었다.

"혹시 이런 관문이 두 번 더 남은 건 아니겠지요."

아론은 천연덕스럽게 말했다.

"아베데스 후작가에는 세 명의 남자가 있다고 알고 있어서. 어쨌든 어머니의 드레스를 위해 광장까지는 제가 호위하겠습니다."

이 세상에서 호위가 가장 필요 없는 사람이 나였지만 드레스는 또 이야기가 달랐다. 아베데스 후작과 리하르트는 이런 일을 벌이지 않겠지만, 굳이 거절할 필요는 없었다.

"음, 기운 내세요. 가족들에게 인정받는 날이잖아요."

"그 가족이 칼 들고 덤볐지만 말이지."

"위로의 말씀을 드립니다. 이건 진짜입니다."

아론은 씩 웃으면서 말했다.

"그리고 저는 요새 기척을 감추는 연습 중입니다. 언젠가는 꼭 샤워하는 이안 님의 노래를 엿듣겠습니다."

"그리고 엿듣다가 꼭 들켜야 해."

나는 단단히 주의를 주었다.

"그래야 더 수치스러울 것 아니야."

"꼭 클라이맥스는 지나고 들키는 것도 잊지 않겠습니다."

별것도 아닌데 문득 즐겁다는 생각이 들었다. 생각해 보니 이렇게 죽이 잘 맞는 대화를 또래와 한 것이 처음이었다.

"저기, 아론 레인필드? 너는 왜 검술 대회에 나오지 않아?"

"결과가 별로 궁금하지 않은데, 괜히 힘 빼고 싶지 않습니다. 아마 3등 정도 하지 않겠습니까?"

"음……. 그건 그래."

아까 자객들을 처치하는 걸 보니 딱 그 정도의 실력인 것 같긴 했다.

"그리고 저는 아나벨 님과 달리 딱히 이루고 싶은 것도 없습니다. 웨이드로스 공작가 기사단원에 아주 만족합니다. 이안 님도 좋은 주군이세요."

아론은 물 흐르듯 유연하게 말을 이었다.

"이안 님이 너무 재미없다는 치명적인 단점이 있었는데, 요즈음에는 아나벨 님 덕분에 놀릴 맛도 생겼고요. 요새 꽤 뜸해서서 제가 몹시 서운합니다."

"그래? 부관이 주군과 정반대의 입장을 취하고 있다니 웨이드로스 기사단의 미래가 참 캄캄하구나."

"이안 님과 제가 정반대인 건 하루 이틀 일이 아니지요. 저는 재미있는 사람 이니까요."

그렇게 어쩌다 보니 아론과 이런저런 이야기를 하게 되었다.

'뭐야, 나 친구 생긴 것 같아.'

나는 머쓱하게 턱을 긁으며 생각했다.

'또래랑 이렇게 수다를 떨다니, 나답지 않은데 즐겁네.'

어쨌든 티키타카가 잘되는 상대와 대화를 나누는 건 재미있는 일이었다.

아론도 비슷하게 느꼈는지 씩 웃으면서 말했다.

"나중에 레슬리 님과 셋이서 한번 티타임을 가지죠. 무척 즐거울 것 같지 않습니까?"

"응? 뭐……."

나는 천천히 눈을 깜빡였다.

"……그래도…… 좋지, 뭐."

솔직히 좀 재미있을 것 같아서 고개를 끄덕이고 말았다. 그러고 보니 정식으로 '놀자는' 제안을 받은 것도 처음이었다.

얘기를 나누며 광장에 도착하니 그새 바글바글 사람들이 몰려 있었다. 그들의 시선이 광장에 도착한 내게 곧바로 쏟아졌다.

"그럼 곧 아나벨 아베데스 님으로 뵙겠습니다."

아론은 가볍게 인사하더니 맨 앞에 자리 잡은 레인필드 부부에게로 갔다.

오스칼과 메릴린이 눈인사를 건네서 나 역시 어색하게 웃어 주었다.

그들과 제대로 인사도 하기 전에 사제복을 입은 하급 사제 한 명이 종종걸음으로 다가왔다.

"아, 아나벨 님 오셨군요."

"예."

"모두 기다리고 있습니다. 이쪽으로 오시죠."

광장 뒤편에는 신전의 모든 사제와 성녀들이 죽 늘어서 있었다. 그리고 광장의 무대에는 이미 아베데스 후작과 대신관이 자리하고 있었다.

이제 곧…… 나는 아나벨 아베데스가 되어 엄청난 돈을 상속받는다.

'돈 받고 아베데스 후작가와도 손절이다.'

두근거리는 심장을 애써 진정시킨 나는 무대에 올랐다.

웨이드로스 공작 부부와 이안은 무대와 가까운 귀빈석에 앉아 있었다.

"이제부터 오리안스 펠러퍼브 대신관님의 은퇴식을 거행하겠습니다."

지루한 절차가 이어졌지만 모두들 보고 싶은 것은 단 한 장면이었다. 이안만이 정자세로 앉아서 무대를 노려보고 있는 와중에 사람들이 수군거렸다.

"꾸미니까 정말 예쁘지 않아요? 아나벨 양이 저렇게 예쁜지는 몰랐네요."

"옷도 옷이지만 표정이 다르네. 항상 잔뜩 찌푸리고만 있더니, 저런 표정을 지으니 너무 보기 좋아."

아름다운 드레스 차림의 아나벨은 너무 설렌다는 얼굴을 하고 있었다. 물론 그녀는 앞으로 펼쳐질 돈 많은 독신의 삶에 설레고 있는 것이었다. 하지만 사정을 모르는 사람들은 모두 그녀가 아베데스 후작가의 일원이 된다는 것에 기뻐하는 것이라고 생각했다.

"그럼 굳이 검술 대회 1등에도 매달리지 않겠어요."

"웨이드로스 공작저에 매일같이 가는 일도 없겠죠. 이제 이안 님을 괴롭히지도 않겠죠?"

"이제 서로 얽힐 일도 없겠지, 뭐. 이안 님은 좋겠네요."

이안은 이상하게 기분이 점점 나빠지는 것을 느꼈다. 물론 주변에서 들려오는 소리 중에 가장 기분이 나쁜 것은 바로 그의 부모가 나누고 있는 대화였다.

"결국 이렇게 되네. 절대로 인정하기 싫어하더니."

레슬리는 속상하다는 표정을 지으며 구시렁거렸다.

"로버트 황자님과 잘되어 가는 걸 보고 정치적으로 이용하려는 걸 거야."

그녀가 정치적인 이야기를 하는 것은 아주 오랜만이었다.

"딱 봐도 눈에 보이는데…… 뭐, 그래도 어쩌겠어."

레슬리와 이야기를 나누던 브레이든이 은근슬쩍 떠보았다.

"아나벨 양이 황자님과 정말 잘되어 가는 것 확실해? 아닐 수도 있잖아."

"스캔들 한 번 없던 분이 같이 식사도 하고 오페라에도 같이 가셨다며."

레슬리가 그를 빤히 바라보며 대답했다.

"그게 잘되어 가는 게 아니고 뭐야?"

"……황자님께서도 아나벨 양을 이용할 생각이신지도 모르지."

"에이, 아나벨 양이 먼저 부탁도 하지 않았는데 친자 확인을 바로 허가해 주셨다며. 모든 정황이 잘되어 가고 있는 것 아냐?"

실제로 로버트가 즉시 허가를 내려 준 덕에 모두가 그런 추측을 하고 있는 중이었다.

레슬리는 한술 더 떠서 진지하게 말을 이었다.

"자기야, 아나벨 양이 귀족이 되면 로버트 황자님과 결혼할 수 있는 것 아냐?"

"결…… 혼?"

"물론 평민이라고 해서 황족이랑 결혼 못 한다는 법은 없지만, 아무래도 전

례가 없었잖아."

"아니, 그건……. 음, 이안?"

브레이든은 눈치 없는 아내의 폭주에 말문이 막혀 버렸고, 결국 이안에게 말을 걸면서 화제를 돌렸다.

"손에 힘 좀 풀어라. 의자 손잡이 부서지겠다. 표정이 왜 그래? 썩은 양파도 아니고."

"알겠습니다."

"……너는 어쩜 그렇게 지금 이 순간도 재미가 없니."

브레이든은 한숨을 푹 쉬었다.

"로버트 황자님께서는 상당히 유쾌하신데 말이다."

문득 오페라에서 아나벨과 로버트가 즐겁게 대화하던 것이 떠올라 이안의 기분이 바닥을 치다 못해 땅을 파고 들어가기 시작했다.

"내가 여자라도 로버트 황자님과 만나겠어."

"그렇군요. 하지만 로버트 황자님이 좋아하실 정보는 아닌 것 같습니다."

"혹시 농담이니?"

"아닌데요."

"그럴 줄 알았다. 왜냐하면 조금 재미있었거든. 네가 농담에 성공할 수 있는 애가 아닌데."

브레이든이 한숨을 쉬든 말든, 이안은 이성적인 태도로 마음을 다잡았다. 로버트가 자신에게 개인적인 부탁을 한 것이 있기에 당장 오늘 오후에 그를 만나야 했다. 그때 표정 관리가 되지 않으면 몹시 난감할 터였다.

"이안, 그러고 보니 은퇴식이 끝나고 약속이 있다지? 무슨 일이니?"

마침 레슬리가 대뜸 물었고 이안은 차분하게 대답했다.

"그냥 사교 모임입니다."

"응, 네가 사교 모임에 나갈 리 없지. 그냥 비밀로 하고 싶다는 말이구나."

실제로 이안과 로버트의 만남은 비밀이었다. 오늘 예정이었던 비밀 단속의 장소가 위험하다 보니 이안에게 도움을 청한 것이었다.

이안은 딱히 정치적인 움직임을 보이고 싶지는 않았으나 검사로서의 사명감이 있었다. 그동안 정의와 평화를 위해 약자를 보호해야 한다는 마음가짐으로 실력을 연마해 온 것이다.

"사악한 힘, 그러니까 흑마법이 연관되어 있는 것 같아. 나를 지지하라는 것이 아니라, 이 세상을 위해서 부디 도와줘."

로버트의 설명을 듣고 난 뒤 이안은 바로 그를 돕겠다고 약속한 터였다. 딱 봐도 꽤 위험한 전투가 될 가능성이 클 것 같았다. 그때에는 명예롭고 실력 있는 검사인 자신이 적극적으로 나서야 했다. 그러니까 로버트가 어딘지 모르게 껄끄럽게 느껴져도 티를 낼 수는 없었다. 지금 둘 다 목숨을 건 사투를 벌일 예정이니까…….

'그런데 왜 갑자기 로버트를 보기가 껄끄러운 거지.'

아마 그건 아나벨의 손 한 번 스쳤다고 밤늦게까지 요동을 치던 자신의 쉬운 심장 때문일 것이다.

'마치 그 애를 처음 봤을 때처럼, 정말 내가 미친 것 같…….'

이안의 생각은 더 이어지지 못했다. 드디어 지루했던 절차가 모두 끝나고, 대신관이 가운데 서서 아베데스 후작과 아나벨의 손을 잡은 것이다. 이대로 대신관의 신력을 모두 쏟아부은 뒤 두 사람의 머리 위에 후광이 비치면 친자 관계가 확인되는 것이었다.

"자, 그럼."

대신관은 눈을 감고 말했다.

"이 늙은이의 마지막 신력을 끌어모아, 이 세상의 가장 거룩한 신이 내리시는 말씀을 들어 보겠습니다."

광장에 정적이 흘렀다.

아나벨과 아베데스 후작의 몸이 붕 떠오르기 시작했다.

대신관의 손을 잡고 눈을 감자, 갑자기 시야가 환해지며 머릿속에서 목소리가 들렸다.

[선택받은 아이야.]

친자 검사를 받는 것인데 선택받은 아이라고까지 불리는 건가 싶어 나는 일단 침묵을 지켰다.

[아니, 아니지. 친자 검사로는 선택받았다고 할 수는 없지.]

아, 생각이 읽히는구나.

나는 곧바로 공손하게 생각했다.

'근데 그럼 뭐가 선택받은 건가요?'

[너도 알 텐데. 어느 날 네 삶이 송두리째 바뀌었잖니.]

'저, 전생이 생각난 것 말씀하시는 거예요?'

[그래.]

나는 너무 놀란 나머지 그만 공손하게 생각하는 것도 잊었다.

그냥 우연히 전생이 생각난 게 아니고, 신의 안배였다고?

[하나의 세계는 책으로 다른 세계와 연결되어 있단다. 그리고 굳이 네 전생을 떠올리게 한 것은…….]

아주 불길한 예감이 들었다.

[……네가 이 세상을 구해 주길 원해서란다.]

물론 원작에 따라 이 세상은 아주 혼란스러워질 예정이었다. 하지만 그래도 해피엔딩인데…….

내가 알기로 바로 오늘이 이안과 여주가 만나는 날이었다. 오늘 저녁, 이안과 로버트는 함께 비밀 단속에 나서서 흑마법의 현장을 덮친다. 그리고 위험천만한 순간에 운명적으로 성녀인 여주를 만나 도움을 받는다.

어차피 주인공들이 열심히 구해 낼 세상인데 내게 그런 사명감이 있을 리 없었다. 세계관 최강자 남주도 있고 최고의 성력을 가진 여주도 있는데, 하찮은 악역인 내가 왜 굳이?

'어차피 세상은 남주와 여주가 구하지 않나요?'

[그건 지금 이 상황에서 정해진 미래고, 네 도움이 있다면 이야기가 달라지겠지.]

'아니, 미래를 막 그렇게 바꿔도 돼요?'

[내가 신인데?]

뭐 그렇다면 딱히 할 말은 없었다.

'하지만 굳이 제가 나설 필요까지 있을까요…….'

[그들에게 맡기기에는 너무 일이 복잡해지고 우여곡절이 지나치게 많아. 저도 책으로 그 미래를 보았겠지.]

물론 세상을 구하려면 당연히 우여곡절이 있을 수밖에 없었다. 하지만 그렇다고 내가 그 우여곡절을 겪을 이유는 없었다.

[무엇보다 주인공들만으로는 세상을 완전히 구하지도 못해.]

'네?'

[네가 읽은 소설의 끝이 이 세상의 끝은 아니라는 뜻이다.]

'그래도 해피엔딩 아니에요?'

[그건 앞으로의 30년 정도만 해당하는 일이야. 그들은 '흑마법의 기원'을 알아볼 수 없기 때문에 모든 위험을 다 없애지 못해. 후환을 남겨 둔 셈이지.]

'흑마법의 기원이 뭔데요?'

[세계를 넘나드는 사악한 것들이 악마들의 도움을 받아 다른 세계에서 왔다. 이 세계의 신인 나는 대체 그게 뭔지 알 수가 없어.]

'어…… 음.'

설마 다른 세계에서 온 '사악한 것'이 나인가, 하는 생각을 잠시 할 수밖에 없는 대목이었다.

[이 세상에 존재할 필요가 없는 이질적인 것, 그게 '흑마법의 기원'이지. 지금 벌어지고 있는 모든 흑마법의 원인이야.]

이런 내용은 원작에 없었다. '흑마법의 기원'이라니 처음 들어 보는 말이었다.

[인간이 아닌 것들 주제에 인간의 음습하고 파괴적인 욕망을 건드려 상황을 엉망으로 만들어.]

그냥 이안이 다 때려 부수고 여주가 잘 치료하는 것만으로는 완벽하게 일이 끝나지 않는다는 뜻이었다.

[어쨌든 그런 '흑마법의 기원'들은 인간을 파멸로 이끈 뒤 이야기 속에서 멀쩡하게 살아남아. 그리고 다른 세계로 이동하여 또다시 인간을 부추겨 비극을 만들지.]

'음, 그렇군요.'

나는 열의 없는 학생처럼 얼른 대답했다.

30년 뒤에 또 위기가 온다는 뜻인데, 그 때도 주인공들이 어떻게 구해주면 안 되려나…….

[그것들은 차원을 통과할 때마다 사악한 힘을 얻어서 홀린 인간으로 하여금 흑마법을 다루게 해.]

'으음.'

[네가 전생의 세상에서 읽었던 이야기에 그 사악한 것들이 있단다. 그 세상에서 환생한 너만이 그것들을 알아보고 파괴할 수 있어.]

'오오오오오…….'

그러니까 내가 읽었던 다른 이야기들 속에 '흑마법의 기원'이 나온다는 말이었다. 사실 감은 잘 안 잡혔지만, 딱히 잡을 생각도 없었다.

[그럼 많은 희생 없이도 그 자리에서 모든 흑마법이 사라져.]

'아아, 네.'

[이곳에 있는 '흑마법의 기원'은 총 세 개다. 내가 알 수 있는 건 그뿐이야.]

'으음, 세 개…….'

[성의 없게 대답하지 마라. 네가 진정으로 원하던 것을 줄 테니까.]

'예에.'

[부탁한다, 선택받은 아이야.]

역시 공짜는 없는 법이었다. 감옥 엔딩을 피하게 해 주는 대신에 가성비 좋고 더 철저하게 세상을 구하라는 소리였다.

'예에에, 뭐.'

밝아졌던 시야가 다시 어두워지기 시작했다. 본능적으로 신과의 연결이 끊어진 것이 느껴졌다.

'어차피 진정으로 원하던 것은 받을 길이 요원한데, 그냥 상속권만 받고 입 좀 닦을게요.'

세상을 구하기보다는 일단 집을 구하고 싶다는 생각을 하고 있는데 발이 다시 바닥에 닿았다. 드디어 다 끝났나 싶어서 나는 천천히 눈을 떴다.

'지금쯤 아베데스 후작과 내 머리에는 후광이 떠 있겠지?'

그러나…… 대신관 너머로 흘끗 본 아베데스 후작의 머리에는 아무런 빛도 보이지 않았다. 사람들이 술렁거리는 소리가 들려왔다.

'이, 이게 뭐야?'

숨을 몰아쉬며 눈을 뜬 대신관 역시 나와 아베데스 후작의 머리 위가 아주 휑한 것을 보고 눈을 껌뻑이며 아무 말도 하지 못했다. 무대 위에 서 있었던 우리만 당황한 것은 아니었다. 광장에 모여 있던 모든 사람들이 당황했다. 눈을 씻고 쳐다봐도 후광은커녕 반딧불 꽁무니만큼의 작은 빛조차 보이지 않았다.

이건…… 나와 아베데스 후작은 친자 관계가 아니라는 뜻이었다. 우리를 포함한 수도의 그 누구도 예상하지 못한 결과였다.

케이틀린은 틀림없이 아베데스 후작의 정부로 꽤 오랜 시간을 지냈다. 그녀가 그 시절 다른 남자와 관계하지 않았고, 분명히 임신한 것은 아베데스 후작이 제일 잘 알 것이었다. 단 한 번의 의심도 없이 그토록 많은 돈을 준 것을 보면 말이다.

그리고 내 연보라색 머리카락과 푸른 눈은 아베데스 후작가의 사람들과 유사했다. 물론 조금 색채가 다르긴 해도 케이틀린과 섞일 수 있으니까…….

"이, 이게……."

이미 온갖 정치적 수를 모두 계산하고 있던 리하르트가 첫 번째로 패닉에 빠진 것처럼 보였다. 그의 성격이라면 벌써 나를 이용할 1000가지 방법쯤은 이미 고안하고 있었을 것이기 때문이다.

"마, 마, 말도 안 돼……."

나를 이용해 로버트의 의중을 알아내려던 아베데스 후작이 두 번째로 패닉에 빠졌다. 그동안 나 때문에 케이틀린에게 준 돈이 얼마인가! 내 존재 하나로 아베데스 후작가는 지금까지 계속해서 추문에 시달려 오기까지 했는데.

"그, 그, 그, 그럼…… 나는……."

그리고 세 번째로 패닉에 빠진 이는 갑자기 내 출생과 인생을 송두리째 부정당한 나였다. 그러니까 우리는 서로가 서로를 이용하려다가 완전히 진실에 뒤통수를 제대로 맞아 버린 셈이었다.

사실 내게는 상속권만을 위한 자리였지만, 지금 그런 건 중요하지 않았다. 왜냐하면 내 존재 자체가 혼란스러워졌기 때문이다.

"아니, 이게 대체 어떻게 된 일이오?"

자신의 결정으로 인해 아름다운 부녀의 화합을 기대하고 있던 대신관이 눈을 껌뻑이며 중얼거렸다.

"두, 둘이…… 친자가 아니라니…… 그럼 대체…….

멍한 눈빛으로 관중석을 바라보다가 문득 메릴린과 눈이 마주쳤다. 아론의 말에 따르면 메릴린은 내 드레스를 보겠다며 가장 앞자리를 잡았다고 했다.

갑자기 그녀가 부들부들 떨면서 일어났다.

심장이 먼저 반응하며 쿵, 하고 떨어졌다.

공공 병원에서 같은 날 태어난 두 명의 여자아이. 공교롭게도 그 둘은 아마 비슷한 연보라색 머리카락을 가지고 있었을 것이다. 갑자기 뇌리를 스치는 가설에 내 손 역시 떨리기 시작했다.

아베데스 후작가 사람들은 모두 다 연보라색 머리카락과 푸른 눈을 갖고 있었다. 그리고 연보라색 머리카락과 푸른 눈을 지닌 나로 인해서 케이틀린은 엄청난 부를 거머쥐었다. 메릴린의 아이를 받은 이후 갑자기 그만두고 수도를 떠나 버린 병원의 보조. 게다가 그녀의 엄청난 재력은 출처가 불분명했다. 살짝 붉은빛이 감도는 내 머리카락은, 그러니까 오스칼과 메릴린의 색채가 섞인 것이고…… 다소 짙은 푸른 눈은 아베데스 후작가의 옅은 푸른색이 아니라 오히려 오스칼 님과 비슷했다.

"어쩐지…… 자꾸 눈길이 갔어."

메릴린이 거친 숨을 몰아쉬며 중얼거렸다.

"이상하게…… 이상하게 매일 입던 그 잿빛 옷이 안쓰러웠어…….

그녀의 눈은 벌써부터 벌겋게 충혈되어 있었다.

"그냥 내 딸과 같은 날 같은 병원에서 태어나서 그렇다고 생각했는데…….

그리고 아무도 그녀가 무대 위로 난입하는 것을 막을 수 없었다. 그녀의 옆에 앉아 있던 오스칼이 힘없이 쓰러지고 아론이 그 몸을 급히 부축하는 것이 보였다.

나는 어느 날 갑자기 전생을 기억해 냈을 때보다 훨씬 더 당황했다. 내가, 내가 케이틀린과 아베데스 후작의 딸이 아니라니. 지금껏 아무 상관 없는 사람들에게 미묘한 학대를 받으며 헛된 삶을 살아왔다니.

그리고…… 그리고 내 친부모가…….

"대신관님!"

메릴린이 그대로 대신관 앞에 무릎을 꿇고 엎드렸다.

"부디, 부디 한 번만 더 친자 검사를……."

그녀가 절절 끓는 목소리로 소리쳤다.

광장은 찬물을 끼얹은 듯 조용하기 그지없었고 그래서 그녀의 거친 숨소리까지 울렸다.

"저와, 저와 아나벨 양을……. 아, 이런 끔찍한 일이……. 호, 호, 혹시나…… 정말 혹시나……."

"이, 일단 일어나시게!"

"저희는 같은 공공 병원에서 같은 날 아이를 낳았어요……."

세상이 멈춘 것같이 모든 것이 빙빙 돌았다.

심장이 아플 정도로 세게 뛰었다.

메릴린의 짙은 화장은 이미 눈물로 얼룩져 있었다.

"케이틀린이 자신의 아이가 죽어서 후작가로부터 돈을 못 받아 내니, 내 아이로 바꿔치기한 거라면!"

물론 메릴린과 내가 정말로 친자 관계일 수도 있겠지만 그건 가설일 뿐이었다. 케이틀린이 남몰래 다른 남자를 만났을 수도 있는 일이었다. 아니면 어디서 나를 주워 왔을 수도 있고. 그러니 친자 검사를 다시 하는 게 가장 확실한 방법이었다. 하지만 대신관은 아주 난감한 얼굴로 말했다.

"미, 미안하네. 신을 직접 소환하는 친자 검사는 신력이 굉장히 많이 들어서 당분간 신력을 쓸 수가 없네."

친자 검사에 엄청난 신력이 필요하다는 걸 익히 알고 있는 메릴린은 어쩔 수 없다는 듯이 고개를 끄덕였다. 그러고는 곧장 나를 향해 고개를 돌렸다.

"아나벨 양, 친자 검사 같은 것 없어도 괜찮아요."

메릴린의 볼에는 이미 눈물이 주룩주룩 흐르고 있었다. 그녀가 얼마나 힘주어 말했는지 나조차도 기에 눌려서 뒷걸음질을 칠 정도였다.

"내 딸이 되어 줘요. 호적상 양녀라도 괜찮아. 여러 정황상 아나벨 양이 내 딸임에 틀림없어."

"지, 진정하세요."

나는 당황해서 어쩔 줄 몰라 하며 대신관의 옷자락을 잡은 채 무릎을 꿇고 있는 그녀를 일으켜 세웠다.

"아닐 수도 있어요……. 그냥 심증일 뿐이잖아요."

"아니야! 케이틀린과 라넬라, 이 천벌 받을 것들이…… 분명 아베데스 후작의 딸이 죽은 채로 태어나니 연보랏빛 머리카락을 가진 내 아이와 바꾼 거야!"

메릴린 님은 이미 이성을 잃은 듯이 이번에는 내게 매달렸다. 나는 머리가 하얘지는 것 같아서 나답지 않게 우물쭈물하고 있었다. '네, 제가 메릴린 님 딸인가 봐요. 양녀로 들어갈게요.'라는 말은 차마 나오지 않았다.

확실히 가능성이 높은 가설이기는 하지만, 이 순간이 지나면 충동적인 결정을 모두가 후회할지도 모른다. 다른 사람은 몰라도 메릴린과는 어색한 사이가 되고 싶지 않았다. 그녀는 자신의 깊숙한 치부를 보여 주면서까지 내게 진심을 약속한 사람이었다. 심지어 나는 어제 그녀가 나를 보며 언제나 혼자서 서글퍼했던 절절한 심정을 듣지 않았는가.

그때였다. 견습 성녀들 사이에 존재감 없이 서 있던 갈색 머리의 여인이 조심스럽게 다가와 말했다.

"저…… 제가 한번 친자 검사를 해 봐도 될까요?"

충격의 연속이었다. 순수한 선의와 희생정신을 보인 이 착한 성녀는 원작 〈세상을 구하는 바른 생활 성녀님〉의 여주였다.

"아, 제 소개부터 할게요. 저는 견습 성녀 세시안느 렐리페입니다."

나는 홀린 듯이 그녀의 길게 늘어뜨린 옅은 갈색 머리카락과 분홍색 눈동자를 바라보았다. 절대로 나와 마주칠 일이 없다고 생각했던, 착하고 아름다운 바른 생활 여주였다.

리하르트의 첫사랑이자, 오늘 저녁 이안과 마주칠 운명인 그녀가 우리에게 도움의 손길을 내밀고 있었다.

"제가…… 음, 아직 견습이지만…… 그래서 아무도 모르지만, 사실은 제 신력이 꽤 높은 것 같아요. 믿어 주세요."

다른 사람은 몰라도 나는 당연히 그녀를 믿을 수밖에 없었다. 세시안느는 이 세상을 구할 수 있는 신력을 지닌 여주였다. 막 신전에 들어왔기 때문에 견습 신분이고 그녀의 신력이 어느 정도인지 아는 사람은 그녀 자신밖에 없었다. 그 누구도 막 들어온 견습 성녀의 신력에 관심이 없었기 때문이다. 하지만 원작에 따르면 그녀의 신력은 이미 대신관을 뛰어넘는 수준이었다.

"사정이…… 너무 안됐잖아요. 제가 돕고 싶어요."

게다가 세시안느는 정말 착했다. 공공 병원에서 아기가 바뀌었을 수도 있는 이 비극에서 자신의 능력을 숨기는 사람이 아니었다.

"부탁합니다."

그리고 나는 그 호의를 넙죽 받아들이는 사람이었다.

"성녀님의 엄청난 신력을 저는 진심으로 믿어요."

"감사해요. 허무맹랑하다고 할 수 있는데도 초면에 믿어 주시고."

하긴 견습 성녀가 친자 검사를 할 만한 실력이 있다고 믿기는 쉽지 않을 것이다. 그녀와 함께 지낸 신전 사람들조차 말이다.

"저야말로 감사합니다. 메릴린 님, 어서 성녀님의 손을 잡으세요."

나는 재빨리 메릴린의 손을 잡아끌었다. 지금은 신전 사람들이 모두 얼이 빠져서 상황 파악을 못 하고 있을 뿐이었다. 누군가가 '견습 성녀 주제에 제 실력도 모르고 어딜 나서!'라며 방해하면 아주 곤란했다.

그렇게 나는 메릴린 님과 함께 다시 세시안느의 양손을 잡았다. 아까와 똑같이 몸이 붕 떠올랐다. 또다시 시야가 환해졌다.

[거봐, 내가 뭐라고 했느냐.]

다시 한번 신의 목소리가 들려왔다.

[네가 진정으로 원하는 걸 준다고 했지?]

사실 내가 진정으로 원하던 것은 가족과의 유대감이었지만, 이미 나는 그런 건 포기한 상태였다. 나도 나지만 다른 혈육들 역시 노답이라는 걸 알아챘기 때문이다. 그런데 그런 소망을 이런 식으로 이루게 되다니.

[꼭 부탁한다, 아이야. 너와 나의 세상을 위해서.]

이번에는 대꾸할 새도 없이 다시 시야가 캄캄해지고 발이 땅에 닿았다.

다급히 눈을 떴을 때, 나는 메릴린의 머리 위에 번쩍이는 후광이 떠 있는 것을 보았다. 심장이 죄어들고 온몸이 벌벌 떨려 왔다.

"오오오오!"

"세상에!"

"이게 어떻게 된 일이야!"

광장은 거의 혼란의 도가니에 빠져들어 아수라장이 되었다.

"아, 신이시여! 이게 대체 무슨 운명의 장난이란 말입니까!"

대신관이 은퇴하는 날이라는 것은 본인마저도 잊은 듯했다.

"케이틀린, 이 미친 여자가……."

아베데스 후작 역시 거의 넋이 나간 표정으로 숨을 몰아쉬고 있었다.

"라넬라…… 그 천벌을 받을 것이 케이틀린과 일을 꾸민 거야!"

메릴린이 털썩 주저앉으며 중얼거렸다.

나는 품고 있는 단검을 의식하며 조용히 물었다.

"……그 여자 어디 있어요?"

"일주일 전에 갑자기 일이 생겼다며 수도의 모든 재산을 정리하고 떠났어."

메릴린은 눈물을 뚝뚝 떨어트리며 소리쳤다.

"생각해 보니 네 친자 검사를 한다는 소문이 돌자마자 튄 거야!"

"잠시만요."

그동안 너무 패닉 상태에 빠져 있느라 생각하지 못했던 것들이 차례로 떠오르기 시작했다.

"다들…… 나중에 봬요. 그리고 메릴린 님, 죄송합니다. 잠시 급해서."

나는 단검을 꺼내 뛰기 좋도록 드레스 자락을 찢었다.

"지금은 일단 리어드를 죽…… 아니 잡으러 가겠습니다."

눈에 불이 튀면서 분노가 솟아올랐다. 막상 리어드의 이름을 내뱉자 불안한 예감이 몸을 휩쓸었다.

내 친자 검사는 일주일 내내 수도에서 엄청난 화젯거리였다. 그때부터 확실히 리어드는 뭔가 이상하게 굴었다. 나는 그게 검술 대회에서 내가 1등을 하지 못할까 봐 불안해하는 건 줄 알았다. 그런데 생각해 보니…… 비밀을 들킬 것이 뻔하니 미래를 강구하느라 그런 것 같았다.

'만일 리어드도 다 알고 있었다면…… 자기랑 내가 친오누이가 아니라는 걸 케이틀린에게 들었다면…….'

그렇다면 라넬라처럼 일주일 전에 튀었을 것이다. 하지만 그는 오늘 아침까지 어색하게나마 자리를 지키고 있었고, 가능성은 둘이었다. 리어드조차 우리가 혈연관계가 아니라는 사실을 몰랐거나 아니면…….

'재산 정리.'

그는 여기저기 내기도 많이 걸어 두었고 돈놀이도 꽤 했다. 그러므로 최대한 많은 돈을 회수하려면 가능한 오랫동안 버텨야 했던 것이다. 그래도 혹시 몰라서 나는 미친 듯이 집으로 달렸다. 어쩌면 아직 멀리 가지 못했을 수도 있었다.

'이 개자식…….'

그동안 논리상 나도 개자식이 되어 버리는지라 개자식이라는 욕은 못 했는데, 이제 숨 쉴 때마다 하기로 했다.

'너는 내가 직접 죽인다.'

정말 수도 없이 이를 갈았지만, 혈연끼리 그러면 안 될 것 같아서 참아 왔었다. 그런데 그나마 혈연도 아니었다니 참은 시간이 아까워 죽을 지경이었다.

'케이틀린도 너무 곱게 죽었어. 이 많은 사람들을 고통에 빠트린 뒤 자기는 누릴 거 다 누리고, 자기 명대로 다 살다가 사고로 가 버리다니…….'

미친 듯이 뛰어 집에 도착했을 때, 나는 심장이 쿵 내려앉는 것을 느꼈다. 집은 난장판이었다. 돈 될 만한 것들은 이미 싹 쓸어 간 상태였다. 그러니까 리어드 그 개자식은 알고 있었던 것이다. 내가 아베데스 후작의 자식이 아니고, 연보라색 머리카락을 갖고 있다는 이유로 공공 병원에서 바꿔치기한 아이라는 것을 말이다.

엉망진창이 된 집에서 나는 내 방으로 향했다. 그동안 저택에서 일하고 있던 사용인들조차 코빼기도 보이지 않았다. 그만큼 이 집에서 내 것은 하나도 없었던 것이다. 나는 숨을 몰아쉬며 내 방의 옷장을 열었다. 메릴린이 정성스럽게 만들어 준 값나가는 드레스는 하녀들이 그새 훔쳐 갔는지 하나도 없었다.

눈물이 핑 돌았다. 진정으로 나를 낳아 준 어머니가 나를 위해 만들어 준 옷인데 빼앗겨 버렸다. 케이틀린은 뻔뻔하게도 내 부모님에게서 나를 데려오고 나서 어머니의 옷을 입고 아버지의 음식을 먹었다. 정작 나는 스물두 해 동안 한 번도 어머니의 옷을 못 입어보고 아버지의 음식을 못 먹어 봤는데.

다행인지 불행인지 바닥에 익숙한 회색 훈련복 몇 벌이 나뒹굴고 있었다. 검을 쓰지 않는 하녀들이 훔쳐갈 생각조차 하지 않고 버려둔 옷이었다. 나는 눈물을 참으며 그중 가장 편했던 것으로 갈아입었다.

"이 옷을 갈아입기 전에 리어드에게 복수할 거예요."

낡은 가죽끈으로 머리를 묶으며 결연하게 중얼거렸다.

방에 있는 검들 중에서 가장 날카롭고 편한 것도 골라 들었다. 다른 검사들은 오랫동안 주로 사용하는 검이 있었지만 나는 그런 것도 없었다. 왜냐하면 케이틀린이 사 주는 검들은 모두 다 싸구려였기 때문이다. 날을 벼려 가며 유지하는 비용이 새로 사는 것보다 많이 들었다. 그래서 나는 그동안 되는대로 아무 검이나 사용하면서 살았다.

"케이틀린이 사 준 것, 그 아들한테 돌려줄게요."

어디라도 한 군데 깊게 찔러 돌려줄 예정이었다. 이제 다음으로 확인하러 갈 곳이 있었다.

나는 리어드가 열심히 드나들었던 도박장으로 달려갔다. 그곳으로 향하면서도 생각이 멈추지 않았다.

'바보 같았어. 세상에, 아베데스 후작가도 그렇고 리어드도 그렇고 검에 재능 있는 자들은 아무도 없는데.'

하나하나 짚어 보니 이상한 것들 천지였다.

'아베데스 후작가 사람들은 나랑 하나도 안 닮았고.'

오히려 내 눈매는 오스칼 님이나 아론과 비슷했고, 팔다리가 길쭉길쭉한 것은 메릴린 님과 유사했다.

'그때도 라넬라라는 그 여자는 나랑 메릴린 님이 함께 있는 걸 보고 기겁해서 도망간 거야.'

멀리 떠났다 20년이 넘도록 별일 없으니 다시 수도로 올라온 것이 뻔했다.

온갖 감정들이 몰려왔다. 서러움이나 슬픔은 물론이고 기쁨과 설렘까지. 그러나 그 모든 감정들은 치솟는 분노에 묻혀 버렸다. 케이틀린이 이미 죽어서 한 번 더 죽일 수 없다는 것이 가장 화가 났다.

'라넬라와 리어드, 둘은 기필코 내 손으로 죽인다.'

눈이 뒤집혀서 도박장에 도착한 나는 리어드가 취소 수수료를 물고 오늘 아침 집문서를 바로 현금화했다는 것까지 알아냈다. 그러니까 내가 콧노래를 부르며 광장으로 향할 동안 그 개자식은 모든 걸 정리하고 튄 것이다.

얼마나 나를 쉽게 봤으면, 친자 검사 직전까지 재산 정리를 열심히 하다가 그날 아침에 튄단 말인가. 나는 그동안 나디트 모자에게 그토록 호구였다.

나는 그 개자식이 어디 있는지 알 것 같았다.

"내 제일 친한 친구가 수도에서 가장 큰 노예상이야. 이런 일에는 전문이고."

그 말을 들었을 때에는 아무 생각이 없었다. 노예는 흑마법과 연결되어 있었다. 로버트가 주인공들의 도움을 받아 탈탈 털 예정이었기에 나까지 얽힐까 봐 불안하기만 했었다.

"혹시라도 들켜서 숨어야 할 상황이 되면 개한테 가면 돼. 신변 세탁에는 도가 튼 애니까 꼭꼭 숨어 있을 수 있다고."

수도에서 가장 큰 노예상이라면 로버트가 이번 비밀 단속을 나가는 곳이었다. 배후에 있는 칼론 황태자까지 잡아내지는 못하지만, 그래도 남주와 여주의 첫 만남이 이루어지는 장소였다. 생각해 보니 그날이 오늘이었던 것 같다. 대신관의 은퇴식 날 세시안느가 신의 계시를 듣고 신전을 몰래 빠져나가 노예를 쫓다가 이안과 얽히기 때문이다.

'그거야 내 알 바 아니고.'

이안과 세시안느가 사악하고 나쁜 것들을 열심히 몰아낼 동안 나는 리어드의 목숨을 몰아내면 되는 일이었다. 그러니까 같은 시간에 같은 장소에 있더라도 각자 자기 일을 하면 되는 것이었다.

물론 나보고 세상을 구하라던 신의 제안 같은 건 이미 안중에도 없었다. 서로 합의한 것도 아니고 그냥 일방적인 부탁 아니던가.

'내가 세상을 안 구하면 안 되는 것도 아니고…… 알아서 멀쩡히 잘 굴러갈 세상인데.'

최강의 능력치, 엄청난 인성, 뛰어난 협동심을 가진 주인공들이 알아서 잘할 것이다. 셋 중 하나도 가지지 않은 내가 굳이 낄 필요 없다는 뜻이었다. 다만 그들의 일정을 이용할 수는 있었다.

'분명히 로노포디아 잡화점 건물 지하라고 했어.'

원작에서 로버트가 정말 열심히 알아낸 정보였지만, 나는 그냥 떠올리기만 하면 되니 얼마나 좋은가. 심지어 들어가기 위한 암호까지 알고 있었다.

'오후 늦게야 문이 열릴 테지만…… 몰라, 일단 가고 본다.'

마음먹은 김에 또다시 로노포디아 잡화점으로 달려가려던 때였다.

"아나벨!"

지붕에서 누군가 훌쩍 뛰어내리더니 내 팔을 덥석 잡았다.

"어디 가는 거야?"

나는 멍하니 나를 붙잡은 남자를 바라보았다. 아니, 여기서 이안이 대체 왜 나온단 말인가.

이안은 숨이 차서 헐떡대면서 말했다.

"네가 그런 표정으로 갑자기 사라져 버려서 얼마나 걱정……!"

"……걱정?"

세상에서 나를 가장 걱정하지 않을 사람이 이안이었다. 내가 경악해서 묻자 이안이 고개를 저으며 황급히 덧붙였다.

"아니, 레인필드 사람들이 걱정하고 있나고!"

갑자기 발끝이 간지러운 기분이 들었다. 누군가 나를 진심으로 걱정한다는 것이 이런 기분이었나 싶었다.

"아……. 다들 괜찮으서? 오스칼 님은 쓰러지신 것 같던데……."

"네가 무슨 마음인지는 알겠는데."

이안은 무뚝뚝하게 말했다.

"어차피 당장 리어드를 찾을 수 있는 게 아니라면 가족부터 만나는 게 맞아."

"하지만 그 개자식을 한시라도 빨리 족쳐야 한다고!"

내가 버럭 소리를 지르자, 이안이 차분하게 내 눈을 응시하며 말했다.

"그렇게 남겨져서 마냥 기다리는 사람 마음은 생각 안 해?"

"……어?"

"복수하고자 하는 마음도 좋지만, 너를 진정으로 생각하는 사람들도 배려해 줘야지. 지금 막 딸을 찾은 레인필드 부부가 무엇을 원하겠나."

"……."

"네가 리어드를 죽이겠다고 수도를 뒤지는 걸 원하겠어, 아니면 너와 한마디라도 대화를 나누고 안아 보는 걸 원하겠어?"

나는 이안을 뿌리치려던 팔을 툭, 하고 놓았다. 과연 상식적이고 올바른 말들이었다.

"복수하지 말라는 게 아니야. 하지만 짧은 대화라도 제대로 나누고, 일단 마음을 안심시켜 드리고 가라는 거야."

내가 풀이 죽어서 어깨를 축 늘어트리자 이안이 달래듯 내게 천천히 손을 내밀었다. 그가 내 어깨에 조심스럽게 손을 얹은 뒤 조곤조곤 말을 이었다.

"나도 네 실력을 아는데 리어드 하나 못 잡을 거라고 생각하지는 않는다."

미처 날뛰다가 부드럽고 따뜻한 남의 체온이 느껴지자 순간적으로 몸에 긴장이 죽 풀렸다. 그런데…….

'왜 이렇게 손을 떠는 거야?'

내 어깨에 닿은 손가락은 눈에 보일 정도로 떨리고 있는데, 그의 말만은 차분하고 낮게 이어졌다.

"약속해. 혹시라도 뒤쫓는 것이 어려워지면 웨이드로스 공작가가 나서서 도와줄게. 그동안의 행적을 추적하여……."

"뭐? 왜?"

나는 화들짝 놀라서 소리치듯 물었다.

웨이드로스 공작가가 리어드의 행적을 추적하다가 나까지 감옥에 처넣는 게 바로 원작 내용 아니던가. 그걸 막기 위해서 내가 그동안 그 개고생을 했는데!

나는 당황해서 아무 말이나 지껄이기 시작했다.

"필요 없어! 필요 없다고! 네가 대체 나를 왜 도와줘!"

절대로 도와줄 마음이 들지 않도록 욕설을 내뱉는 것도 잊지 않았다.

"내 태생과 상관없이 너랑 잘 지내고 싶은 마음은 없어! 장난감 사업가가 괜히 부정 탈까 봐 얼씬도 안 할 정도로 재미없는 인간아!"

"뭐?"

자기가 재미없는 인간인 줄은 아는지 그의 얼굴이 순식간에 붉어졌다.

"누가 너를 도와준대? 우리 집안과 연이 깊은 레인필드를 도와주는 거지!"

"지금 레인필드 무시해? 너희는 못 하니까 우리가 해 준다, 이거야?"

"하."

이안은 내 어깨에서 손을 떼고 이마를 짚으며 고개를 절레절레 저었다.

"됐다. 그딴 생각을 한 내가 미쳤지."

나는 속으로 안도의 한숨을 쉬었다. 계획대로였다.

"어쨌든 레인필드 부부에게로 가자. 다들 의상실에서 기다린다고 했으니."

한층 차가워진 목소리로 이안이 말을 이었다.

"내가 널 찾아서 데려가겠다고 한 뒤에 온 거니까."

나는 목을 사나흘으며 반문했다.

"음…… 그런데 네가 왜 날 찾겠다고 한 거야?"

"내가 이 세상에서 너를 뒤쫓을 수 있는 유일한 인간이니까."

이안의 말에는 장난기가 전혀 없었다. 이게 나에 대한 칭찬인지 자신에 대한 자만인지 모를 일이었다. 그런데 기분이 이상하게 찡해졌다. 내가 알고 있던

265

모든 것들이 달라졌어도 이안과의 관계만큼은 그대로인 것 같아서였다. 그게 미묘한 위안이 된다는 게 이상했다.

나는 감정을 가다듬고 쭈뼛대며 물었다.

"아무리 너라도 수도가 이렇게 넓은데, 날 어떻게 찾아?"

"8년이다."

이안은 뒤를 돌며 내뱉듯이 말했다.

"8년 동안 가장 많이 검을 맞댄 사람이 넌데 그 기척도 못 쫓을까 봐."

나는 균형 잡힌 그의 뒷모습을 멍하니 바라보았다. 저 뒷모습에 대고 기습을 한다며 참 많이도 검을 휘둘렀었다. 어쩌면 그가 부러워서 그동안 몹쓸 짓을 더 열심히 한 걸지도 모른다. 사이좋고 상식적인 부모님, 검술로 유명한 가문의 전폭적인 지원, 바르고 훌륭한 인성까지.

"야."

내가 알기로 그는 대신관의 은퇴식이 끝나자마자 로버트와 만나서 기습 준비를 할 예정이었다.

"나 의상실 어디인지 알아. 그러니까 넌 네 볼일이나 봐."

가서 원작대로 세상이나 구하라는 뜻이었다.

"널 데려가기로 아론과 약속했……."

'이미 로버트와의 약속 시간에 좀 늦지 않았나……?'

나는 나답지 않게 속으로 걱정하며 일부러 퉁명스럽게 이안의 말을 잘랐다.

"내가 사지 멀쩡한데 왜 네가 내 가족들에게 날 데려가? 우리가 무슨 연인이라도 돼?"

나는 더 이상 대화를 나누고 싶지 않다는 듯 성큼성큼 걸어 그를 앞질렀다.

이안은 잔뜩 굳은 얼굴로 발걸음을 멈추고 더 이상 나를 따라오지 않았다. 연인이라는 말이 정말 싫었던 모양이었다.

"뭐."

내 생각에도 좀 너무했다 싶어서 살짝 뒤를 돌아서 머쓱하게 말했다.

"어쨌든 찾아와 준 건 고마워."

생각해 보니 그에게 이런 긍정적인 말을 한 건 또 처음이었다.

"조언도…… 고맙고."

이안은 여전히 뻣뻣하게 굳은 채 아무 대답도 하지 않았다.

나는 어깨를 한번 으쓱하고 의상실로 달려가기 시작했다.

이안은 아나벨의 뒷모습이 사라질 때까지 그 자리에 못 박힌 듯 서 있었다.

그녀에게 '고맙다'라는 말을 듣다니. 한 번도 생각해 보지 못한 일이었다.

"조언도…… 고맙고."

아니, 그 말이 뭐라고 이렇게 계속해서 귓가에 울리는지 자신이 어이가 없었다. 물론 그렇게 치면 오늘 벌어진 일련의 일들이 어이가 없었다.

그러니까 아나벨은 아베데스 후작가의 딸이 아니었다. 상황을 보아하니 케이틀린이 자신의 아이가 죽자 공공 병원에서 레인필드 부부의 아이와 바꿔치기를 한 것 같았다.

이 희대의 사기극에 광장에 있던 사람들은 모두 다 뒤집어졌다.

아나벨은 멍한 눈으로 뭐라고 중얼거리더니 갑자기 광장을 벗어났다. 어찌나 속도가 빠른지 눈으로 쫓기도 어려웠다.

"아나벨, 아니 누님! 어디 가세요!"

근처의 관중석에서 쓰러진 오스칼을 부축하고 있던 아론이 소리쳤다. 그는 아나벨을 쫓아가고 싶은 듯 오스칼을 맡길 사람을 찾아 주위를 두리번거리기 시작했다.

무대에서의 메릴린 역시 숨을 꺽꺽거리며 그녀의 뒷모습에 대고 하염없이 '아나벨'을 외치고 있었다.

"어머, 어떡해."

레슬리가 멍하니 중얼거렸다.

"다들 심정이 말이 아니겠네……. 아나벨 양은 대체 어디 가는 거야? 표정이 너무 안 좋은데. 누가 옆에 있어 줘야 하는 것 아니야?"

그러더니 그녀는 한숨을 쉬며 천천히 의자 팔걸이를 짚고 일어나려는 자세를 취했다.

"안 되겠다. 나라도 어떻게 뒤쫓아 봐야겠어."

아론이 재빨리 레슬리를 말리며 고개를 저었다.

"아닙니다. 레슬리 님, 그냥 이 상황에서 눈치 없이 자기 혼자 기절해 버린 우리 답 없는 아버지만 좀 부탁드리겠습니다. 누님에게는 제가 가겠……."

이안은 자신도 모르게 벌떡 일어났다.

"내가 데리고 오지."

"예?"

"어차피 아나벨을 따라 잡을 수 있는 사람은 나밖에 없으니까."

아론은 멍하니 이안을 바라보았다.

"그, 그렇지만……."

이안은 그가 이상한 말을 하기 전에 확실히 못 박았다.

"너는 내 부관이니까. 부관의 가정사에 도움이 되는 일이라면 당연히 발 벗고 나서야 하는 것 아니겠나."

"네? 저를 그렇게 아끼셨을 줄은……."

"어디로 데려오면 되겠나. 광장은 너무 보는 눈이 많은데."

"의상실! 의상실로 부탁드립니다. 부모님과 함께 기다리고 있겠습니다."

아론은 급히 대답했고, 이안은 더 이상 말을 섞지 않고 아나벨이 사라진 방향으로 뛰었다. 그길로 시내의 길을 뒤져서 마침내 아나벨을 찾아냈다.

'로버트 황자님과의 약속 시간까지 얼마 안 남았지만…….'

로노포디아 잡화점 건물 지하에 불법 노예 경매장이 있다고 했다. 어쩌면 그 사악한 흑마법의 배후가 칼론 황태자일 수도 있다고 하는데…….

세상이 걸려 있는 그 복잡한 생각은 아나벨의 말에 흩어지고야 말았다.

"우리가 무슨 연인이라도 돼?"

이안은 사레가 들릴 뻔했다. 아나벨과 연인이라니, 그게 무슨 괴상망측한 일인가. 그들은 지금까지 욕설이 난무하는 대화 외에는 해 본 적이 없는데!

"어쨌든 찾아와 준 건 고마워. 조언도…… 고맙고."

아닌가, 지금 이게 정상적인 대화였나. 또 한 번 떠올리니 발바닥부터 간지러우면서 몸이 죄어드는 기분이었다. 생각만 해도 이 정도일 지경이니, 맨 처음 그녀가 고맙다는 말을 했을 때에는 머리끝까지 열이 오르며 팔다리가 뻣뻣하게 굳고 말았다. 마치 물통을 건네주던 그녀의 손가락 감촉에 온몸이 짜릿했던 것처럼.

그런 그를 신경도 쓰지 않고, 아나벨은 펄쩍 뛰어 그의 시야 밖으로 벗어났다. 그녀가 그에게 무심하다는 깃이 느껴져서 이안은 살짝 섭섭할 뻔했다. 자신은 그녀의 어깨에 손을 올렸을 때, 살짝 느껴지는 그녀의 빗장뼈 때문에 덜덜 떨리던 손이 스스로도 민망할 정도였는데.

'그래도 끝까지 도와준다고 할 걸 그랬나. 고맙다는 소리까지 들었는데.'

그가 초조하게 마른침을 삼키며 생각했다.

'너무 유치하게 발끈해서 안 도와준다고 소리쳐 버렸군……. 가뜩이나 혼란스러울 애한테 굳이 나까지 그럴 필요는 없었는데.'

이상한 일이었다. 이안은 지금까지 단 한 번도 감정적으로 사람을 대한 적이 없었다. 늘 약간의 무심함과 적절한 상식으로 마치 정답과도 같은 반응을 해 왔다. 심지어 자신을 괴롭혀 왔던 아나벨에게도 그래왔다. 그런데 요즈음, 아나벨과 얽히기만 하면 감정이 요동치면서 후회할 짓만 하는 것 같았다.

'나한테 고맙다는 애를 끝까지 데려다주지도 않고 바짝 얼어서는…… 하.'

이안은 잠시 넋을 놓고 있다가 로버트와의 약속 장소로 빠르게 발걸음을 옮겼다. 자꾸만 헛생각이 나는 게 얼른 다른 일에 몰두해야 할 것 같았다.

'아무리 지금 수도의 모든 사람들이 아나벨 생각을 하고 있어도 나는 이제 신경 끄자.'

오늘 계획대로 노예 경매장을 뒤집어엎는다고 해도 며칠간은 그 일을 처리하느라 바쁠 것이다. 아나벨은 새로 찾은 가족들과 시간을 보내랴 리어드를 찾으랴 그녀 나름대로 바쁠 것이고.

요즈음 그녀와 얽히다 보면 항상 속이 시끄러워졌다.

'오늘 밤만은 임무에만 집중하는 거야.'

어차피 아나벨과 마주칠 일이 없으니 마음의 평정을 찾기는 쉬울 것이다.

'나는 이미 한 번 그녀를 완전히 마음속에서 지운 적이 있지 않나. 당분간 아나벨 생각을 절대 하지 말자.'

그는 로버트와의 약속 장소로 향하며 다짐했다.

〈 2권에 계속 〉

최강자 남주의 라이벌을 그만두었더니 1

초판 1쇄 인쇄 2023년 5월 15일
초판 1쇄 발행 2023년 5월 24일

지은이 유나진
펴낸이 김선식

경영총괄 김은영
IP개발 김현미 **상품개발** 신효정
엔터테인먼트사업본부장 서대진
웹소설1팀 최수아, 김현미, 심미리, 여인우, 장기호
웹소설2팀 윤보라, 이연수, 주소영, 주은영
웹툰팀 이주연, 김호애, 변지호, 윤수정, 임지은, 채수아
IP제품팀 윤세미, 신효정, 정예현
디지털마케팅팀 김국현, 김희정, 이소영, 송임선, 신혜인
디자인팀 김선민, 김그린
해외사업파트 최하은
저작권팀 한승빈, 이슬
재무관리팀 하미선, 윤이경, 김재경, 안혜선, 이보람
제작관리팀 이소현, 김소영, 김진경, 양지환, 이지우, 최완규
인사총무팀 강미숙, 김혜진, 지석배, 박예찬, 황종원
물류관리팀 김형기, 김선진, 한유현, 전태환, 전태연, 양문현, 최창우
외부스태프 gnoey(디자인)

펴낸곳 다산북스 **출판등록** 2005년 12월 23일 제313-2005-00277호
주소 경기도 파주시 회동길 490
전화 02-702-1724 **팩스** 02-703-2219 **이메일** dasanbooks@dasanbooks.com
홈페이지 www.dasan.group **블로그** blog.naver.com/dasan_books
종이 신승지류유통 **출력·인쇄** 북토리 **코팅 및 후가공** 제이오엘앤피 **제본** 다온바인텍

ISBN 979-11-306-4238-3(03810)

다산북스(DASANBOOKS)는 독자 여러분의 책에 관한 아이디어와 원고 투고를 기쁜 마음으로 기다리고 있습니다.
책 출간을 원하는 아이디어가 있으신 분은 다산북스 홈페이지 '원고투고'란으로 간단한 개요와 취지, 연락처 등을 보내주세요. 머뭇거리지
말고 문을 두드리세요.